Hüt' dich, schön's Blümelein

ECON Historischer Kriminalroman

Das Buch

»›Und was machen wir jetzt‹, fragte er, ›gehen wir von Stand zu Stand und horchen die Leute nach dem Mädchen und ihren Begleitern aus? Ich seh's dir an der Nasenspitze an, daß du genau das vorhast.‹

Gret dachte einen Moment nach. Dann schüttelte sie heftig den Kopf. ›Nein, das tun wir morgen, wenn wir das Bild haben.‹ Sie wandte Hans das Gesicht zu und grinste ihn an. ›Sei nicht so sauertöpfisch! Heute muß ich nur noch feststellen, woher die Papierblume stammt. Und dann könnten wir natürlich auch die Augen offenhalten, nach einem jungen Mann in dottergelben Hosen.‹«

Die Autorin

Barbara von Bellingen hat sich mit ihren kenntnisreich recherchierten historischen Romanen und besonders ihrem Vorzeitroman *Tochter des Feuers* einen Namen gemacht. Ihr Hexenroman *Luzifers Braut* ist ebenfalls als Taschenbuch bei ECON erschienen. Dies ist nach *Mord und Lautenklang* ihr zweiter Gret-Grundlin-Kriminalroman.

Barbara von Bellingen

Hüt' dich, schön's Blümelein

Ein Kriminalroman
aus dem Mittelalter

ECON Taschenbuch Verlag

Ökologisch handeln:
Dieses Buch ist gedruckt auf 100% Recyclingpapier, chlorfrei gebleicht.

Originalausgabe

Umschlaggestaltung: Molesch/Niedertubbesing, Bielefeld
Titelabbildung aus: Die Buchillustration Henning Wendland,
AT Verlag Aaran, Stuttgart 1987
Lektorat: Andreas Hofer
Gesetzt aus der Bodoni und Charlemagne
Satz: HEVO GmbH, Dortmund
Druck und Bindearbeiten: Ebner Ulm
Printed in Germany
ISBN 3-612-25076-0

HÜT' DICH, SCHÖN'S BLÜMELEIN

1. KAPITEL

Der Vormittag war schon ziemlich weit fortgeschritten. Gret stand vor dem Spiegel und legte letzte Hand an ihre Frisur. Nicht mehr lange, dann würde Hans Stellmacher an ihre Tür klopfen, um sie abzuholen.

Der Spiegel war ein wirkliches Prunkgeschenk von Doctor Minutus. Wie die polierte Messingplatte glänzte! Und wie unscheinbar war dagegen das Spiegelbild, das er bot! Gret streckte sich die Zunge heraus. »Alte Jungfer«, knurrte sie, »graue Maus! Einundzwanzig im nächsten Winter – und noch immer unverheiratet!« Sie zupfte am Mieder ihres dunkelblauen Leinenkleides; eigentlich saß es bestens, und die Farbe schmeichelte ihrer rosigen Haut. Auch die frischgestärkte und faltenlos gebügelte weiße Haube machte sich gut, besonders zu ihren hellgrauen Augen. Aber alles in allem …

Gret wunderte sich, warum Hans ausgerechnet sie gebeten hatte, mit ihm zur Maternus-Kirmes nach Rodenkirchen zu gehen. Hans wußte doch, wie leicht es zu Streit und Mißverständnissen kam, wenn er mit Gret zusammen war. Sie konnte sich in seiner Gegenwart einfach nicht so locker und natürlich geben, wie bei anderen Leuten. Immer entwickelte sich eine angespannte, gehemmte Atmosphäre, die kein gelassenes Gespräch mehr zuließ. Gret seufzte tief. Bei Hans, in den sie doch seit mehr als drei Jahren so schrecklich verliebt war, benahm sie sich kratzbürstig – sie konnte einfach nichts dagegen tun. Vielleicht, weil Hans sie wie ein kleines Mädchen behandelte, wie ein unmündiges Schwesterchen, das man beschützen mußte.

»Würstchen«, zischte sie ihrem Spiegelbild zu, »kein Wunder, daß er dich nicht für voll nimmt – so mickrig, wie du ausgefallen bist!« Mutter Immaculata aus dem Kloster St. Maria Magdalena am Blaubach hatte ihr zwar erst neulich gesagt, wie hübsch sie sei, aber Mutter Immaculata war natürlich voreingenommen. Die alte Nonne sah Gret, das Findelkind, das sie großgezogen hatte, mit den Augen einer liebenden Pflegemutter. Aschblond hatte sie Grets Haar genannt! Gret fand es mausgrau, auch wenn es üppig und glänzend war. Dann das kleine, schmale Gesicht und dieses Näschen! »An dir ist einfach alles klein«, schleuderte Gret ihrem Spiegelbild zum Abschluß entgegen, »wie sollte dich da ein Prachtmannsbild wie Hans Stellmacher ernstnehmen können!«

Komisch, daß er trotzdem immer für sie zu sprechen war und keine Gelegenheit ausließ, um mit ihr in Verbindung zu bleiben – trotz aller Zänkereien.

Na ja, brüderliche Gefühle oder Mitleid – was auch immer Hans dazu bewogen hatte, Gret einzuladen – es war ihr im Augenblick egal. Sie freute sich auf den Gang zur Kirmes. Und der ganze restliche Tag gehörte ihr.

Doctor Theophilus Minutus, dem sie den Haushalt führte, hatte süß-säuerlich lächelnd zugestimmt, als sie ihn um Freizeit gebeten hatte. Zuerst war er sich in einer theatralischen Geste durch das graue Haar gefahren, das seinen kahlen Schädel wie ein Kranz umgab. Dann hatte er sich in seiner ganzen Leibesfülle vor Gret aufgebaut, hatte seinen breiten Schulterkragen aus Biberpelz zurechtgeschoben und dramatisch ausgerufen: »Schön, Grundlin – muß ich deinetwegen eben einen wichtigen Krankenbesuch verschieben! Das wird mein Ansehen und meine Einkünfte schmälern, aber dein Wohlergehen ist es mir wert. Sag selbst, wo würdest du wohl einen Dienstherrn finden, der so gut zu dir ist wie ich?«

Gret mußte ein Kichern unterdrücken, während sie an diese bühnenreife Vorstellung von Doctor Minutus dachte. Er hatte aber auch allen Grund, rücksichtsvoll mit ihr umzugehen. Gret war ja schon seit ihrem vierzehnten Lebensjahr Magd bei ihm – und nicht nur das. Sie war ihm unentbehrlich geworden. Doctorchen, dachte sie, du weißt genau, was du an mir hast! Du kannst es dir gar nicht leisten, unfreundlich zu mir zu sein. Wenn ich dir den Dienst aufkündigen würde, dann wär's nämlich aus mit deinem bequemen Leben.

Sie klappte den Deckel ihrer Kleidertruhe auf, ließ den Hornkamm in den halbleeren Kasten fallen und lächelte. Die solide gezimmerte Kiste war das einzige Möbel in ihrem Einzimmerhäuschen, abgesehen von dem dreibeinigen Schemel und dem Strohsack, auf dem sie schlief. Reich konnte man bei Doctor Minutus nicht werden. Aber angenehm war der Dienst schon, auch wenn er manchmal das Äußerste an Einsatz forderte. Doctors Haus, Doctors Gemüsegarten, Doctors Schweine und Hühner – all das hatte Gret zu versorgen. Sie kochte, putzte, machte die Wäsche.

Und nebenbei war sie seine rechte Hand bei Krankenbesuchen – die Hand, die die Arbeit tat. Schon seit langem beherrschte sie einfache medizinische Behandlungstechniken besser als der Doctor; sie ließ zur Ader, setzte Schröpfköpfe und führte Untersuchungen durch. In letzter Zeit hatte der Doctor nur noch die Honorare für seine Konsultationen entgegennehmen müssen. Wenn er könnte, dachte Gret und grinste, dann würde er mich auch noch die Vorlesungen an der Universität halten lassen.

Andererseits ließ er sie überall frei wirtschaften. Sie verwaltete das Haushaltsgeld und entschied, was anzuschaffen war – fast wie eine Hausfrau. Sogar das Häuschen – ihren kleinen Gadem, der in Fachwerk an das steinerne Haus des Doctors angebaut war – bewohnte sie seit dem vergangenen Jahr mietfrei. Eigentlich war Gret recht zufrieden. Nur einer brachte ihr Leben immer wieder durcheinander …

Hans konnte jeden Augenblick kommen. Von seiner Werkstatt in der Streitzeuggasse bis zu ihr in der Glockengasse waren es ja nur ein paar Schritte. Gret warf einen letzten Blick in den Spiegel, schloß dann die Schlagläden an ihrem einzigen Fenster und trat vor die Tür.

Draußen schien die Sonne vom wolkenlosen Himmel; nach den glühenden Augusttagen hatte der Septemberanfang jetzt nicht mehr ganz soviel drückende Hitze zu bieten. Das Wetter war ideal für eine Kirmes. Grets Stimmung stieg von melancholisch auf heiter. Sie schloß ihr Häuschen ab und ging am vorderen Gadem vorbei, in dem Jost der Fuhrmann zur Miete wohnte. Sie würde an der Straßenseite auf Hans warten.

Die junge Frau des Schuhmachers, der drei Räume des Doctorhauses gegen Zins als Werkstatt und Wohnung nutzte, hängte gerade im Obergeschoß Decken zum Lüften aus dem Fenster. »Hast dich ja richtig feingemacht«, rief sie Gret gutgelaunt zu, »na, dann viel Spaß in Rodenkirchen – und komm mir nicht unter die Räder!«

Gret lachte zu der Schusterin hinauf. »Keine Gefahr, Trin«, gab sie zurück, »ich bin ja immer brav und weiß, was sich gehört!«

»Daß mir keine Klagen kommen«, witzelte die Schustersfrau; sie glättete liebevoll die letzte der grauen Wolldecken und klemmte die Halteriegel am steinernen Fensterrahmen fest, damit die Läden offen blieben. Die Fenster im Obergeschoß hatten keine Verglasung wie die drei altmodischen Spitzbogenfenster im Erdgeschoß, hinter denen die Wohnräume des Doctors lagen. Auch das Fenster der Schuhmacherwerkstatt – das vierte Erdgeschoßfenster rechts neben der Tür, aus dessen geöffneten Holzläden die hämmernden Arbeitsgeräusche des Meisters auf die Straße drangen –, war damit nicht versehen. Überall außer in seiner eigenen Wohnung hatte der Doctor die hohen Glaskosten eingespart.

Während Gret die Blicke über die hübsche, wenn auch etwas altertümliche Fassade mit dem hohen Treppengiebel wandern ließ, nahm sie sich vor, den Doctor noch einmal auf diesen Mißstand hin anzusprechen. Minutus war ja weiß Gott alles andere als arm; wenn sie ihm klarmachen konnte, daß Glasscheiben, wenigstens im oberen Drittel aller Fassadenfenster, den Wert seines Hauses steigerten, dann ließ er sie vielleicht noch vor den dunklen Wintermonaten einbauen. Sie konnte ihm ja auch vorrechnen, wie viele Kienspäne und teure Kerzen dann überflüssig wurden, und daß durch das eingesparte Lichtgeld vielleicht sogar die Miete für den Schuhmacher nicht erhöht werden mußte …

Gret war noch ganz diesen Überlegungen hingegeben, als ihr jemand von hinten auf die Schulter tippte. Sie zuckte zusammen und wirbelte herum.

»So in Gedanken?« fragte Hans Stellmacher. »Ich hoffe, du freust dich auf Rodenkirchen!«

»Ach, du!« schimpfte Gret halb gespielt, halb ernst. »Daß du das immer wieder tun mußt! Du weißt doch genau, wie schreckhaft ich bin!«

Hans lachte. »Aber das macht es ja so reizvoll! Für mich bist du immer besonders hübsch, wenn du so große, erschrockene Augen machst!«

Sein Gesicht überzog sich mit der dünnen Röte der Verlegenheit, die seinen scherzhaften Ton Lügen strafte. Gret spürte, wie sie ebenfalls bis in den Haaransatz rot wurde. Obwohl sie sonst die Schlagfertigkeit in Person war, fehlten ihr bei Hans wieder einmal die Worte. »Ach, zum Kuckuck«, knurrte sie, »warum lasse ich mich eigentlich immer wieder von dir auf den Arm nehmen? Ich sollte es doch mittlerweile besser wissen!«

Die Schustersfrau oben im Fenster stieß ein belustigtes Lachen aus. »Mir läuft ein dummer Spruch auf der Zunge herum«, rief sie zu Gret herunter, »aber ich verkneif' ihn mir wohl besser …«

»Fall mir bloß nicht in den Rücken, Trin. Dadurch würde dieser Ochse ja noch übermütiger!« Gret winkte zu der Schusterin hinauf. Dann schob sie das Kinn vor. »Los, komm«, forderte sie Hans auf, »oder willst du hier Wurzeln schlagen? Wir sind sowieso schon spät dran!«

Sie marschierte los. Die Holzbrettchen, die sie zum Schutz gegen den Straßenkot unter die Schuhe geschnallt hatte, klapperten angriffslustig. Hans lächelte und stapfte sanftmütig neben ihr her. Er hatte sich für den heutigen Ausflug mit seiner Kleidung besondere Mühe gegeben. Gret, deren Laune sich mit jedem Schritt wieder besserte, warf ihm aus den Augenwinkeln einen bewundernden Blick zu. Sein braunes, hüftkurzes wollenes Wams war in der Taille eng gefältelt und betonte mit den üppigen Schinkenärmeln höchst vorteilhaft Hans' breite Schultern und seinen hohen Wuchs. Die muskulösen, gutgeformten Beine steckten in hellgrünen, strumpfengen Hosen, die Füße in wadenlangen Lederstiefeln mit kurzen Schnäbeln. Auf Hans' hellblondem Haar saß eine topfförmige, blaue Filzmütze, die er verwegen-schief auf dem Ohr trug.

Gret reichte ihm nur bis zur Schulter. Wieder einmal kam sie sich klein und unscheinbar vor, trotz ihres neuen blauen Sonntagskleides und der hübschen weißen Haube, die ihr Gesicht so schmeichelhaft umrahmte. Und obwohl sich Gret für heute fest vorgenommen hatte, keine Hemmungen zu zeigen – sie fand einfach keinen Anfang für eine Unterhaltung mit Hans.

Stumm bogen sie nebeneinander in die Brückengasse ein; erst als sie an der Ecke zur Straße an der Goldwaage angelangt waren, machte Hans endlich dem angespannten Schweigen ein Ende. »Du bist mir doch nicht böse wegen vorhin?« fragte er vorsichtig.

Gret zuckte die Achseln und bemühte sich, ein gleichgültiges Gesicht zu machen. »Nein, das nicht. Aber eklig finde ich es schon, wenn du dich so an mich ranschleichst.«

»Es sollte nur ein Scherz sein.« Hans wandte sich ihr zu und lächelte. »Außerdem siehst du wirklich ganz süß aus, wenn du so erschrocken guckst – wie ein kleines Häschen oder Eichhörnchen!«

»Ha!« Gret plusterte sich auf. »Und weißt du, wem du ähnlich siehst? Einem ... einem ...« Auf die Schnelle fiel ihr kein Tier ein, das groß, blöd und ungeschickt genug war, um für eine passende Beschreibung herzuhalten. »Riesentrampel«, spuckte sie giftig, »und das ist noch geschmeichelt!«

»Du bist also doch böse«, sagte er betroffen.

»Nein, bin ich nicht!«

»Verzeih mir den Ausrutscher«, kam kleinlaut seine Bitte.

»Du kannst eben nichts dafür!«

»Gret, ich wollte dir auf keinen Fall den Spaß verderben!« Er machte ein so zerknirschtes Gesicht, daß Gret lachen mußte.

»Laß uns lieber von dem Spaß reden, den du mir nicht verderben wolltest«, sagte sie und atmete tief durch, um auf andere Gedanken zu kommen. »Wie ist es denn auf der Maternus-Kirmes? Erzähl mal – was gibt es da alles zu sehen?«

Hans nutzte dankbar die Gelegenheit zum Themawechsel. »Oh, du wirst staunen«, antwortete er und strahlte sie an, »Akrobaten sind da, und es gibt eine Schauspieltruppe. Man kann auch tanzen, essen und trinken ... Ich hab mir sagen lassen, die Festwirte hätten eine riesige Zeltplane aufbauen lassen – mit Schanktischen und einem hölzernen Tanzboden!«

»Wunderbar«, strahlte Gret zurück, »ich hoffe, du läßt mich nicht den ganzen Nachmittag sitzen!«

Diesmal klang Hans' Antwort beleidigt. »Aber wieso sollte ich wohl mit dir zur Kirmes gehen, wenn ich nicht auch mit dir tanzen wollte? Wirklich, Gret!«

»Man weiß ja nie«, brummelte Gret zweifelnd, »es könnte

immerhin sein, daß du vom vorigen Jahr noch andere Mädchen kennst, mit denen du –«

»Andere Mädchen sind mir schnuppe«, gab er böse zurück, »wenigstens, solange du dabei bist!«

»Aha.« Wie er das wohl gemeint haben mochte? Eine kurze Strecke hüllte Gret sich in Schweigen und vermied es, Hans anzusehen. Statt dessen betrachtete sie die Umgebung.

An der Straße zur Goldwaage, die von den Anwohnern auch die Hohe Straße genannt wurde, standen die prächtigsten und vornehmsten Häuser der Stadt. Die Reichen und Wichtigen hatten hier und in den Seitenstraßen ihr Domizil – so mächtige und einflußreiche Familien wie die Rinks, die Hardenraths oder Sudermanns. Zwischen Schildergasse, Perlenpfuhl und Goldwaage konzentrierte sich der geballte Reichtum der Kölner Gesellschaft. Verglichen mit den herrschaftlichen Anwesen in diesem Teil der Stadt sah Doctor Minutus' hübsches Haus in der Glockengasse mehr als bescheiden, ja regelrecht ärmlich aus.

Immer wenn sie hier entlangging, bewunderte Gret die schönen Fassaden und säuberlich gestalteten Giebel der großen Häuser, die bei allem offensichtlichen Wohlstand dennoch nicht protzig, sondern eher großzügig und einladend wirkten. Diese Residenzen der Kaufleute weckten nicht den Neid der Ärmeren, sondern Stolz auf die schöne Heimatstadt. Sie wirkten genau so menschlich und anheimelnd wie die kleineren Stein- oder Fachwerkgebäude, von denen der größte Teil Kölns geprägt war.

»Du müßtest aber langsam wissen, daß du mir von allen Mädchen, die ich kenne, die liebste bist«, riß Hans sie aus ihren Gedanken.

»Das hört sich geradeso an, als ob du Dutzende zum Aussuchen hättest«, konterte Gret und warf ihm einen gespielt neckischen Seitenblick zu.

»Aber Gret!«

Sie hatten schon fast die Hohe Pforte erreicht. Gret tat ihre kecke Bemerkung leid. »Hans«, sagte sie besänftigend, »es ist wirklich sehr nett, daß du mich auf die Kirmes begleitest. Ich weiß das zu schätzen, glaub mir.«

»Na ja.« Er grinste. »Allein hättest du ja nicht hingehen können. Ohne mich würdest du, genaugenommen, die berühmte Maternus-Kirmes nie zu sehen kriegen.«

Gret mußte schlucken. »Was willst du damit sagen?« Im Gehen sah sie ihn böse an. »Was soll das heißen, ich kann nicht allein hingehen? Wer sollte mich wohl daran hindern?«

»Sieh mal, Gretchen«, sagte Hans, »anständige Frauen tun sowas nicht. Ohne Begleitung auf Feste gehen, meine ich.« Er lächelte Gret noch einmal an und zwinkerte. »Ohne mich würdest du doch glatt untergehen – so klein und schutzbedürftig, wie du bist!«

»Oh!« Bei dieser Erklärung fehlten Gret die Worte. Typisch Hans, dachte sie, typisch Mann. Alle versuchen sie einen zu bevormunden. Jeden Funken Vernunft sprechen sie einem ab. Gret spürte, wie der Zorn in ihr hochkroch. Sie machte auf einmal viel größere Schritte und trat hart auf.

»Klein und schutzbedürftig«, zischte sie Hans an, »daß ich nicht lache! Das hättest du wohl gern, was?« Sie holte tief Luft. »Weißt du was, du mutiger Beschützer? Du kannst dir deine Maternus-Kirmes an den Hut stecken, ich gehe nämlich nicht mit dir hin. Such dir doch eine andere, die du wie ein Kind behandeln kannst!«

Sie blieb abrupt stehen und warf den Kopf in den Nakken. Dann schlug sie ohne weitere Worte den Weg zum Blaubach ein.

Hans war sprachlos. Er stand da, klappte den Mund auf und wußte nicht, was er sagen oder tun sollte. Da ging sie hin, seine Gret, sein kleiner, frecher Spatz, und ließ ihn einfach auf der Straße stehen! Und er hatte wieder einmal keine Ahnung, was er falsch gemacht hatte. Eine ganze Woche lang hatte er sich auf den Samstag mit ihr gefreut, und jetzt ... jetzt fiel das Fest aus!

Nein, das durfte nicht sein. Hans schwoll nun auch der Kamm. Wie kam er eigentlich dazu, sich von diesem Persönchen herumschubsen zu lassen? Wenigstens wollte er wissen, warum zum Teufel sie so wütend geworden war. Schließlich liebte er sie doch – auch wenn er ihr das bisher noch nicht hatte sagen können ... es hatte sich nie so recht die Gelegenheit dazu ergeben. Aber er ärgerte sie doch nicht mit Absicht. Daß sie das nicht spürte!

»Gret!« schrie er ihr nach, »Gret – warte doch! Wo willst du denn jetzt hin?«

Sie blieb nicht stehen. Sie schien wirklich sehr ärgerlich zu sein. Als Hans neben ihr angekommen war, beschleunigte sie sogar noch ihre Schritte.

Sein eigener Ärger war andererseits schon beinahe wieder verflogen. Er mußte seinen ganzen Mut zusammennehmen, um sie noch einmal zu fragen: »Wo willst du denn jetzt hin?«

Gret würdigte ihn kaum eines Blickes. »Mutter Imma im Kloster besuchen«, knurrte sie, »die ist der einzige Mensch, der mich so nimmt, wie ich bin!«

»Aber das tu ich doch auch, Gretchen!«

»Vor allem bin ich kein Gretchen«, fauchte sie ihn an und warf ihm einen zornigen Blick zu. Wenn der Kerl glaubte, daß sie nur mit ein paar Nettigkeiten weichzukriegen war, dann hatte er sich aber gewaltig geirrt!

Auf Hans wirkte sie in diesem Augenblick wie ein Kätzchen, das zum ersten Mal seine Krallen ausprobiert – genauso reizend und ungefährlich. Ihre Wut konnte gar nicht echt sein. Wahrscheinlich spielte sie nur.

Sie waren an der schmalen Brücke angekommen, die über den Bach führte. Hans setzte zu einem neuen Versöhnungsversuch an. »Sei wieder gut, Kleines. Ich hab's nicht bös gemeint, was immer es war!«

»Wieder gut sein? Wo du mir andauernd um die Ohren schlägst, was ich für ein kleines, unscheinbares Würstchen bin?« Gret kochte, das war deutlich zu sehen.

»Hab ich doch gar nicht!«

»Ach, nein?« Gret hielt an, drehte Hans den Rücken zu und umkrallte mit beiden Händen das Brückengeländer. »Noch vor wenigen Schritten hast du gesagt –«

Sie kam nicht weiter. Vor ihren Augen, unterhalb der Brücke am Bachufer, waren ein paar Leute damit beschäftigt, jemanden aus dem Wasser zu ziehen. Zwei Männer angelten mit Stangen nach dem reglosen Körper, während mehrere halbwüchsige Jungen ihn mit Stöcken zu erwischen und an Land zu ziehen suchten. Zwei Frauen standen dabei und gafften.

Gret ließ das Geländer los und drehte sich auf dem Absatz um. Am Anfang der Brücke führten einige Steinstufen zum Bach hinunter. Mit wenigen schnellen Schritten war Gret unten und lief zu der Menschengruppe hinüber.

Hans, ganz verdutzt über ihren spontanen Stimmungs- und Richtungswechsel, konnte nichts anderes tun, als ihr nachrennen. »Was machst du denn, um Gottes willen?« rief er verwirrt hinter ihr her.

»Ich muß doch sehen, ob ich nicht helfen kann«, gab Gret zurück und wartete, bis er sie eingeholt hatte, »vielleicht lebt er ja noch!«

»Wer denn?« fragte Hans verständnislos. Dann entdeckte auch er den Körper, den die Männer inzwischen aus dem Wasser auf das Gras gezogen hatten. Er verstummte und blieb stehen. Aber Gret schob sich durch die Gruppe der Zuschauer. »Wie sieht's aus«, fragte sie den einen, »könnt ihr Hilfe brauchen? Ich weiß, was zu tun ist – ich arbeite bei einem Arzt.«

Der Mann musterte sie und schüttelte den Kopf. »Nä«, meinte er trocken, »da is alles zu spät. Die is mausetot.«

»Ersoffen«, stellte einer der Jungen lakonisch fest, während er sich ungeniert in der Nase bohrte.

»Du Spinner«, äußerte sich sein Nebenmann, »die hat einer abjemurkst – dat sieht doch'n Blinder mit'm Krückstock!«

Gret trat näher heran. Vor ihr auf dem feuchten Boden, in den Sauergräsern des Bachufers, lag leblos ein junges Mädchen von vielleicht siebzehn Jahren. Die blauen Augen in dem hübschen Gesicht waren halb geöffnet und ohne Blick zum Himmel gerichtet. Der blasse, rundlippige Mund stand offen.

Gret hockte sich hin und legte in einer oft geübten Bewegung die Finger ihrer rechten Hand an den Hals des Mädchens. Kein Puls mehr – und auch kein noch so schwacher Atemzug aus dem klaffenden Spalt der Lippen, als Gret sich darüberbeugte. Das Mädchen war wirklich tot.

Gret betrachtete die Leiche. Ihr fielen die blau verfärbten Streifen am Hals der Toten auf. Sie konnten eigentlich nur Würgemale sein und stammten offenbar von einem Seil oder Riemen, der sich tief in die Haut eingeschnürt hatte. Der Tod mußte vor ganz kurzer Zeit eingetreten sein. Denn Gret fand noch keine Anzeichen von Leichenstarre, als sie den Unterkiefer des jungen Mädchens betastete.

»Sie ist heute morgen umgebracht worden«, sagte Gret und drehte sich zu den Zuschauern um.

»Heute morjen?« fragte einer der beiden Männer, »Woher willste dat so jenau wissen? Die könnt' doch schon seit jestern abend im Bach jelejen haben!«

»Auf keinen Fall«, erklärte Gret, »sieh doch mal, wie beweglich die Gelenke noch sind!« Sie faßte den Unterarm der Toten und hob ihn leicht an. Die blasse Hand baumelte.

»Ach so«, sagte der Mann und nickte.

»Ist einer von euch mit der Frau verwandt oder bekannt?« wollte Gret wissen. Allgemeines, verneinendes Kopfschütteln. »Ich hab die noch nie jesehen«, sagte der Junge mit der Rotznase und kratzte sich den dichten, struppigen Schopf.

»Na ja«, meinte Gret, »es war eindeutig Mord. Deshalb wäre sowieso der Büttel zuständig. Einer von euch sollte anzeigen, daß hier eine Leiche gefunden worden ist.«

Der rotznasige Junge lachte spöttisch. »Dat kriegen die doch nie raus, wer die Frau alle jemacht hat«, sagte er, »die Klocken, die sind doch blind und doof. Wenn ich mit dem Matthes hier nit zufällig jeangelt hätt', dann wär' die da noch nit ens jefunden worden. Hier kommt doch fast nie einer hin.«

Eine der Frauen, die bis jetzt mit unbewegtem Gesicht zugesehen hatten, mischte sich ein. »Dat soll uns ejal sein«, meinte sie, »die Leich' is nit von hier. Soll der Pastor dafür sorjen, dat se unter de Erd' kommt.«

»So'n armes Mensch«, murmelte ihre Nachbarin, »hoffentlich findet sich doch noch Verwandtschaft, die die da anständig begräbt.«

Das hoffte Gret auch. Und auch sie setzte kein großes Vertrauen in die Gerichtsdiener, den Mörder dieses armen Mädchens jemals ausfindig zu machen und vor Gericht zu bringen. Die Klocken, denen der bunte Amtsmantel diesen Namen eingebracht hatte, waren mit ihren Aufgaben als Ordnungshüter restlos überfordert. Denn es gab für die ganze große Stadt nur vier von ihnen – wenn man den städtischen Schwertträger mitrechnete, der nur in besonderen Fällen zum Einsatz kam.

Gret schaute die Tote noch einmal an. Sie war gut gekleidet; Rock und Mieder aus grünem Leinen schienen ziemlich neu. Auch das feine Hemd aus weißem Musselin war von allerbester Qualität. Eine Haube trug das Mädchen nicht; das aufgelöste Haar klebte ihr in dunklen, noch immer triefenden Strähnen an Gesicht und Schultern. Eine rote Seidenschnur, die wohl die Locken zusammengehalten hatte, lag neben ihr im Gras wie eine schimmernde Schlange.

Sonderbarerweise waren die Füße der Toten nackt. Schuhe konnte Gret nirgends entdecken. Das weckte ihre Neugier. Die Füße waren sehr sauber, gepflegt und ohne Hornhaut, die sich unweigerlich bei jemandem gefunden hätte, der öfter ohne Schuhe geht. Auch zwischen den Zehen fand Gret keinen Schmutz: Das Mädchen mußte auf jeden Fall vor ihrem Tod Schuhe getragen haben. Wo waren sie geblieben?

Grets Blick wanderte von den Füßen zu den Händen der Toten. Auch die waren gepflegt, glatt und weich und ohne Schwielen. Lange schlanke Finger mit schön geformten Nägeln … madonnenhaft. Am Mittelfinger der linken Hand steckte ein billiger Bronzering mit einem Stein aus blauem Glas, der sich nach innen, zur Handfläche hin verdreht hatte. Und eingeklemmt in die Häkchen der Fassung entdeckte Gret einige nicht allzu lange, fuchsrote Haare. Außerdem waren unter den Nägeln des linken Zeige- und Mittelfingers Spuren von Blut zu erkennen.

Gret zog die Luft durch die Zähne, so daß es wie ein Pfeifen klang. Sie stand wieder auf, glättete ihren Rock und ging zu Hans hinüber, der abseits auf sie wartete. »Ich brauche noch ein Weilchen«, sagte sie zu ihm, »komm mit. Ich muß mir unbedingt mal die Stelle ansehen, wo sie aus dem Wasser gezogen wurde!«

»Was soll denn das«, sagte Hans unwirsch, »du wolltest doch nur helfen, falls die Frau noch lebt. Sie ist aber eindeutig tot, und du kannst nichts mehr für sie tun. Um das was jetzt kommt, könnten sich ruhig die Anwohner kümmern – meinst du nicht?«

Gret überhörte seine Einwände. In ihr war der alte Spürsinn erwacht und ließ sich nicht mehr einschläfern. »Es dauert wirklich nicht lange«, sagte sie, »vielleicht find' ich was – vielleicht auch nicht.«

»Aber was, zum Kuckuck, willst du denn finden?« fragte Hans verständnislos.

»Ich weiß es noch nicht genau«, meinte Gret nachdenklich.

Sie ging einfach zurück zum Bachrand. Hans folgte ihr widerwillig ein paar Schritte weit und sah dann zu, wie die Leute die Tote aufhoben und wegtrugen.

Gret kümmerte sich darum nicht. Sie stellte sich hin und musterte mit scharfem Blick das Ufer. Es war an dieser Stelle nicht befestigt; am Rand des schmutzigen, träge dahinströmenden Wassers zog sich ein breiter, von Unrat aller Art durchsetzter Streifen aus graubraunem Schlamm. An der Stelle, wo die Tote an Land geholt worden war, gab es nichts zu sehen als die Schleifspur, die die Leiche hinterlassen hatte, und die vielen Fußabdrücke der Männer und Jungen.

Enttäuscht wollte Gret sich abwenden, als ein kleiner, leuchtend roter Fleck im Uferschlamm ihre Aufmerksamkeit auf sich zog. Gret ging vorsichtig, um ihre Schuhe nicht zu beschmutzen, ein paar Schritte darauf zu und bückte sich danach. Es war eine Blume aus Papier, ganz durchnäßt und aufgeweicht. Ihre Farbe hinterließ blutigrote Spuren an Grets Daumen und Zeigefinger, als sie sie aufhob.

»Sieh mal, was ich gefunden habe«, rief sie Hans zu. Und dann sah sie noch mehr. Am Rand des Wassers, da, wo die Schleifspur begann, war auf dem nassen Schlamm der undeutliche Abdruck von grober Sackleinwand zu erkennen. Und zwei Schritte daneben, tief eingeprägt, die Abdrücke von ungefügen Holzsohlen, die ins Wasser führten.

Diejenigen, die die Tote geborgen hatten, waren alle barfuß gewesen, auch die Frauen. Gret spürte, wie sie sich anspannte. Ihre Gedanken begannen zu wirbeln. Sie arbeitete sich auf Zehenspitzen zu den gerade entdeckten Spuren hin, betrachtete sie mit geschärfter Aufmerksamkeit und prägte sich ihr Aussehen ein. Die Abdrücke mußten von Holzschuhen stammen, wie die Bauern sie bei der Feld- und Stallarbeit trugen; aus der linken Sohle schien ein großer Span herausgebrochen zu sein, denn der Abdruck zeigte eine deutliche Kerbe.

Gret schüttelte den Kopf über die ungewöhnlich tief in den Schlamm eingedrückten Spuren, die bereits voll Wasser gelaufen waren. Plötzlich sah sie einen kleinen, metallenen Gegenstand, der halb in den weichen Uferboden eingetreten war. Mit spitzen Fingern griff sie danach und zog ihn heraus. Eine versilberte Zierschnalle, vielleicht von einem feinen Damenschuh?

»Komm doch endlich aus dem Morast«, rief Hans mißbilligend, »du machst dich ja ganz dreckig!«

»Augenblick noch«, murmelte Gret, ohne darauf zu achten ob er ihre Worte hören konnte oder nicht. Einige weitere Abdrücke der klobigen, beschädigten Holzschuhe fesselten sie. Diese zuletzt entdeckten Spuren waren weit weniger tief als die ersten und führten, nur schwach ausgeprägt, wieder aus dem Wasser heraus Richtung Brücke. Sie verloren sich im Gras. Gret nickte. Dann richtete sie sich auf und ging endlich zu Hans hinüber, der ungeduldig von einem Fuß auf den anderen trampelte. Die beiden Fundstücke hielt sie fest in der Hand.

»So, fertig«, sagte sie, »nun können wir gehen.«

»Darf ich dich denn wenigstens zum Kloster begleiten?« fragte Hans schüchtern und sah sie bittend an.

»Wieso zum Kloster?« Gret warf ihm einen fragenden Blick zu. »Wir wollten doch auf die Kirmes.«

2. KAPITEL

Gret wickelte ihre Fundstücke in ein Ochsenzungenblatt und steckte sie in die Rocktasche. Dann wischte sie sich auf dem Grasstreifen am Bachrand die Schuhe ab und stieg neben Hans, der wieder ein strahlendes Gesicht machte, die Stufen zur Straße hinauf. Sie schlugen die Richtung zum Waidmarkt ein und wanderten die Severinstraße hinunter.

Gret war hier noch nie gewesen. Man merkte deutlich, daß man sich hier schon außerhalb der Stadt befand – vor den Ruinen der Stadtbefestigung aus uralter Zeit, die mit Mauerresten und zerfallenen Türmen am Rand des Blaubachs und des Mühlenbachs bis zum Filzengraben noch teilweise erhalten war. Häuser standen nur direkt an der Severinstraße; dahinter lagen einige Bauerngehöfte mit

Obst- und Gemüsegärten inmitten abgeernteter Getreidefelder.

Beim Anblick des Elendsfriedhofs brach Hans das Schweigen. »Da wird das tote Mädchen wohl begraben werden, wenn sich keine Angehörigen finden«, meinte er nachdenklich. »Alle, die nicht in der Stadt ansässig sind und zufällig in Köln sterben, kommen da hin.«

»Hmm«, brummte Gret gedankenverloren.

»Ich freu' mich, daß wir nun doch noch das Fest miterleben.« Hans bemühte sich, eine Unterhaltung in Gang zu bringen.

»Dem Mädchen hat der Besuch in Rodenkirchen jedenfalls kein Glück gebracht«, sagte Gret.

Hans war verblüfft. Er warf Gret einen Seitenblick zu. »Woher willst du wissen, daß sie überhaupt dort war?«

»Ich weiß noch viel mehr«, erwiderte Gret, »zum Beispiel, daß sie nicht an der Stelle ermordet wurde, wo die beiden Jungen sie gefunden haben.« Sie sah Hans mit funkelnden Augen an. »Die Leiche ist in einem Sack dorthin geschleppt worden – am hellichten Tag, stell dir das mal vor! Und derjenige, der sie in den Bach geworfen hat, trug große beschädigte Holzschuhe.«

»Gret, deine Phantasie geht mit dir durch!« Ungläubiges Staunen breitete sich auf Hans' Gesicht aus. »Du erzählst mir doch ein Märchen – oder?«

»Oh nein«, sagte Gret, »und das ist noch längst nicht alles.« Sie kam jetzt richtig in Fahrt: »Der Mörder hatte rote Haare – und er müßte auf der rechten Gesichtshälfte zwei tiefe Schrammen haben. Das Mädchen hat sich nämlich gewehrt und ihn ordentlich gekratzt. Sie ist Linkshänderin, weißt du.«

Hans lachte auf. »Ich wußte es – du willst mir einen Bären

aufbinden«, prustete er heraus, »sowas kannst du nun wirklich nicht wissen! Du hast ja den Mörder gar nicht gesehen!«

»Brauche ich auch nicht.« Grets Gesicht blieb unbewegt. »Er hat jede Menge Hinweise hinterlassen. Wollen doch mal sehen, ob wir ihn nicht aufspüren können.«

»Um Gottes willen, *was* hast du vor?« Hans gefror das Lächeln. Schlagartig wurde ihm klar, daß sie es ernst meinte – todernst. Wenn Gret sich etwas in den Kopf gesetzt hatte, dann konnten nichts und niemand sie mehr davon abbringen. Dann war sie unerbittlich und unbestechlich. Er wußte es aus eigener Erfahrung. Trotzdem wagte er einen Versuch: »Misch dich auf keinen Fall in so was ein. Mörder zu fangen – das ist Sache der Büttel!«

Gret zeigte ihm ein Gesicht, das Hans fürchten gelernt hatte. Ihre Miene wurde undurchdringlich. Hans wußte genau: Wenn sie einen so anschaute, dann war sie wild entschlossen. »Aber ich will ihn ja gar nicht fangen«, sagte sie in diesem trügerisch-beruhigenden Ton, »ich will nur ein bißchen nachforschen – damit die Klocken auch wissen, wo sie suchen müssen.«

Hans gab es auf.

Sie hatten die Severinstorburg erreicht und verließen die Stadt durch dieses südlichste Tor in der mächtigen Stadtmauer. Es herrschte wie immer viel Betrieb. Denn von hier aus führte die Hauptstraße am Rhein entlang nach Süden. Ankommende oder abfahrende Fuhrwerke mit Waren aller Art wurden abgefertigt.

Das Dorf Rodenkirchen war schon zu sehen. Gret beschleunigte ihre Schritte; sie schien es kaum erwarten zu können, sich in den Festtrubel der Kirmes zu stürzen. Aber Hans wußte es besser: Nicht Biertisch und Tanzboden lockten Gret, und auch nicht die kleinen und großen Attraktionen der Schausteller. Gret war einem Mörder auf den Fersen; sie hatte die heiße Spur aufgenommen wie ein Jagdhund und würde nicht mehr davon ablassen, bis sie gefunden hatte, was sie suchte.

Manchmal war ihm diese zierliche Person mit ihrer Energie, ihrer Furchtlosigkeit und ihrem scharfen Verstand richtig unheimlich. Aber gerade wegen dieser Eigenschaften bewunderte und liebte er Gret ja so leidenschaftlich – auch wenn das Mädel gelegentlich furchtbar unbequem werden konnte.

»Gret«, sagte Hans leise, »versprich mir eins: Laß dich bitte nicht wieder auf gefährliche Alleingänge ein, hörst du? Ich mach mir immer so schreckliche Sorgen um dich!«

»So?« Sie schenkte ihm ein entwaffnendes Lächeln. »Das ist aber gar nicht nötig. Wie schon gesagt, ich will nur ein bißchen nachforschen.«

»Das nehm' ich dir nicht ab. Ich kenne dich!«

Sie lächelte noch immer, diesmal eher mütterlich und nachsichtig. »Wenn ich Hilfe brauche, sag ich dir Bescheid. Einverstanden?«

Die Maternus-Kirmes hatte ihren zwiespältigen Ruf nicht zu Unrecht. Sie galt als laut, bunt und etwas anrüchig – der Sammelplatz von Sensationen aller Art. Hier trafen sich die Leute aus dem Volk mit den Reichen, den Berühmten und solchen, die es werden wollten. Hier flanierten würdige Matronen am Arm ihrer einflußreichen Ehemänner neben Bauersleuten mit großer Kinderschar, hier lustwandelten sittsame Bürgertöchter in Begleitung einer Aufsichtsperson.

Aber es wimmelte auch von einheimischen oder zugewanderten Straßen- und Gelegenheitshuren, und die machten an den Kirmestagen von allen, die etwas anboten, die besten Geschäfte. Jedem saß das Geld locker; besonders die Bauernburschen, die Hafenarbeiter und Matrosen nutzten die Gelegenheit, um ihren arbeitsreichen Alltag einmal gründlich zu vergessen, sich nach Kräften zu amüsieren und ihren schmalen Lohn auf den Kopf zu hauen.

Natürlich waren bei diesem leicht entflammbaren Gemisch von Sitte und Unsitte, Moral und Unmoral, Zucht und Unzucht gelegentliche Explosionen unvermeidlich. Es kam immer wieder vor, daß die Wellen des Vergnügens allzu hoch schlugen, daß der gute Geschmack auf der Strecke blieb und daß brave Bürger zu betrunkenen Schweinen wurden. Schlägereien an den Tischen der Bauern, Messerstechereien bei den Matrosen und den Fahrenden, gebrüllte Beleidigungen bei den Gutbetuchten waren dann an der Tagesordnung.

Gerade diese lauernden Gefahren aber machte den unwiderstehlichen Reiz der Maternus-Kirmes aus – dieses Gefühl, vielleicht etwas Unerlaubtes, ganz Unerhörtes zu erleben. Und genau deshalb betrat Gret an Hans Stellmachers Arm den Kirmesplatz mit einem beunruhigend-berauschenden Kribbeln im Magen. Sie konnte sich der Magie des Rummelplatzes ebensowenig entziehen wie die anderen, die von allen Seiten herbeiströmten und sich in den allgemeinen Trubel mischten.

Dennoch verlor Gret ihr Ziel nicht aus den Augen. Sie schob sich näher an Hans heran und sagte: »Was meinst du – sollten wir nicht zunächst einmal einen Rundgang machen und sehen, was es alles gibt? Tanzen können wir ja danach.«

Hans nickte begeistert. Auch ihn hatte die Kirmesstimmung gepackt, das sah man dem lustigen Funkeln seiner

Augen an. »Einverstanden«, sagte er, »zuerst also die Sehenswürdigkeiten!«

»Aber nur die erlaubten«, drohte Gret spielerisch. »Wehe, du riskierst ein Auge auf fremde Weiber – und wenn sie noch so hübsch sind!«

Er lachte. »Um Gottes willen, ich bin doch nicht lebensmüde! Außerdem ...«

»Ja?«

»So blöde, dich gegen eine andere auszutauschen- so blöde bin ich nun auch wieder nicht.«

Gret lächelte verlegen über das sonderbare Kompliment. Hans errötete leicht. Um seine Unsicherheit zu überspielen, faßte er einfach ihre Hand und zog sie in den Strom der Kirmesbesucher hinein.

Sie waren umringt von gutgelaunten Leuten und wurden von der Menschenmenge vorwärtsgeschoben. Gret hielt Hans' Finger fest gepackt, damit sie ihn im Gewühl nicht verlor. »He«, zischte sie ihm zu, »ich hoffe, du hast dein Geld gut untergebracht! Mit Sicherheit treiben sich hier Tausende von Beutelschneidern herum!«

»Klar«, gab Hans zurück, »ich paß schon auf, daß wir uns ein Bier oder drei genehmigen können, und was zu essen dazu! Vielleicht findet du ja auch eine nette Kleinigkeit zum Andenken. Da möchte ich nicht pleite sein!«

Gret wollte schon wieder die Stacheln sträuben. »Du glaubst wohl, ich könnte mir selber gar nichts leisten, was?« Sie blitzte ihn kampfbereit an.

Aber er versuchte das Streitgespräch im Keim zu ersticken. »Doch, doch! Aber du könntest dir ja ausnahmsweise auch mal was von mir schenken lassen, oder? Es würde mir so viel Spaß machen.«

Gret gab keine Antwort. Sie hatte einen Stand entdeckt,

an dem ein fremdländisch aussehender alter Mann allerlei glitzernden, buntschillernden Flitterkram verkaufte. »Da, sieh mal!« Sie gab Hans einen Knuff in die Seite. »Die Sachen muß ich mir unbedingt ansehen!«

»Da hätte ich dir aber einen besseren Geschmack zugetraut«, brummte Hans, »so billiges Zeug– willst du davon wirklich was haben? Das ist doch nichts wert!«

»Wie?« Gret warf ihm einen verwirrten Blick zu. »Ach so ...!« Sie begann zu lachen. »Nein, ich muß nur wissen, was der Mann da verkauft.«

Das beruhigte Hans. Auch wenn er noch nicht recht begriffen hatte, warum der Tand seine Gret so sehr anzog, bahnte er ihr doch einen Weg zu dem Verkaufstisch hinüber, damit sie den Plunder begutachten konnte, den der welsche Händler feilbot.

Federn, in schreiendem Rot, Blau und Grün eingefärbt, steckten da zu Büscheln zusammengebunden in tönernden Bechern und warteten auf Käufer; es gab protzige Halsketten aus versilbertem Metall, Ringe ganz aus buntem Glas, Ringe aus Kupfer und poliertem Messing. Plötzlich entdeckte Gret das, was sie zu finden gehofft hatte: einen Ring aus Bronze mit einem dicken, mugelig geschliffenem Glasstein. Genau so einen hatte das tote Mädchen am linken Mittelfinger getragen.

Gret holte tief Luft, um die Aufregung zu bekämpfen, die sie ergriff. »Guter Mann«, sagte sie zu dem Verkäufer und deutete auf den Ring, »kann es sein, daß Ihr einen wie den hier heute schon mal verkauft habt?«

Der Mann musterte Gret etwas verunsichert. Sein von der Sonne der Landstraße tiefbraun gegerbtes Gesicht, zu dem der grauweiße Bart einen sonderbaren Kontrast bildete, verzog sich zu einem schmalen Lächeln. Dann zwinkerte er

Gret mit blitzenden schwarzen Augen an und schob sich seine rote Filzmütze schief aufs Ohr. »Einen, Signorina?« Er lachte. »Ich viele verkauft – alle an bezaubernde junge Mädchen und Frauen wie du! Willst du haben den Ring? Sehr kostbar – aus Venezia!«

»Nein, nein«, lehnte Gret ab, »ich wollte nur wissen ... Habt Ihr vielleicht einen mit einem blauen Stein an ein Mädchen in einem grünen Kleid verkauft?«

Der Blick des Mannes wurde mißtrauisch. »Warum du fragen? Wenn Ring kaputt, ist nicht meine Sache. Muß besser aufpassen die junge Signorina!«

»Aber nein«, beschwichtigte Gret, »darum geht es nicht! Ich hätte nur gern gewußt, ob sie den wunderschönen Ring bei Euch gekauft hat!«

Der welsche Händler gewann seine gute Laune zurück. »Wie du sagen? Wie hat ausgesehen?«

»Grünes Leinenkleid, weißes Hemd. Sie hatte dunkle Haare und blaue Augen. Und sie war ein bißchen größer als ich.« Gret schaute den Mann gespannt an.

»Ah«, sagte der, »und war sehr, sehr – wie soll ich sagen – gentile ... mit kleine, feine Hände, come una dama?«

Gret nickte. Sie mußte sich beherrschen, um ihre Aufregung nicht zu verraten und den Händler wieder mißtrauisch zu machen.

»Si.« Der Tandler schnalzte genießerisch mit der Zunge. »Hat die Ring nicht wollen passen an richtige Finger. Viel zu groß. Da hat sie die Schmuck an falsche Finger gesteckt – mitten an die linke Hand!«

»Ja, genau!« Gret sah den Mann forschend an. »War sie allein?«

»Ma no! Eine Mädchen wie diese ist nie allein!« Der Händler zwinkerte Gret wieder an. »Zwei junge Männer –

zwei auf eine Mal! Madonna ... aber ich bin zu alt und zu arm.«

Gret biß sich auf die Lippen. Ihr wurde plötzlich ungemütlich unter den allzu vertraulichen Blicken des Welschen. »Darf ich fragen, wie die beiden Männer aussahen?« brachte sie stockend heraus.

»Hab ich nix behalten«, sagte der Händler und zuckte die Achseln, während er theatralisch die Finger spreizte. »Männer sind egal. Ich habe nur Augen für schöne Frauen – so schön wie du.«

Gret schlug die Augen nieder und drückte sich näher an Hans heran, der schweigend und staunend neben ihr stand. »Hatte der eine vielleicht rotes Haar?« fragte sie zögernd.

»No«, gab der Tandkrämer zurück, »ma ...« Er überlegte einen Augenblick. »Einer hatte pantaloni gialli – gelbe Hosen. Wie die Gelb von Ei.«

Hans wurde die Sache jetzt doch zu dumm. »Aha«, sagte er, »und wo ist der Mann mit den gelben Hosen jetzt? Wir suchen nämlich verzweifelt nach ihm.«

»Ma, Signore«, entschuldigte sich der Händler, »das war heute morgen, ganz früh. Wie soll ich das wissen?«

»Schon gut.« Hans nahm Gret fest bei der Hand und wandte sich zum Gehen. »Schönen Dank für die Auskünfte, auch wenn sie uns nicht weitergeholfen haben.« Damit zog er Gret von dem Kramstand weg und tauchte mit ihr wieder in die schiebende, drängende Menschenflut ein.

Gret war einerseits froh darüber, daß er ihr aus der ungemütlichen Situation geholfen hatte; andererseits hatte sie aber vorgehabt, den Händler gründlicher auszuquetschen. »Was du immer machst«, fauchte sie Hans deshalb an, »ich war doch noch gar nicht fertig mit Fragen! Nun kriege ich vielleicht nie mehr heraus, wie der Begleiter von dem Mädchen ausgesehen hat – abgesehen davon, daß er gelbe Hosen trug!«

»Ich mußte dich da wegholen«, erklärte Hans und preßte ihre Hand, »der Kerl hat dich so unverschämt angestarrt, daß ich ihm am liebsten eine verpaßt hätte! Und außerdem –«

»Was?«

»Außerdem wußte der sowieso nichts mehr zu sagen. Der hätte dir als nächstes höchstens noch eine von seinen Häßlichkeiten angedreht.« Hans sah Gret zärtlich an. »So eine Farbe wie die deiner Augen hatte der bei seinen Schmucksteinen ohnehin nicht zu bieten.«

»Kein Wunder«, gab Gret trocken zurück, »mausgraues Glas, das gibt's gar nicht.«

Hans schluckte. Er setzte zu einem leidenschaftlichen Appell an Grets Farbverständnis an. »Mausgrau – wie kannst du das nur denken! Sie sind eher wie ganz heller –«

Gret lachte ihm mitten in seine Rede hinein. »Hör doch auf, mir so komische Komplimente zu machen – ich bin ja schon gar nicht mehr böse!«

Hans ließ es also dabei bewenden. Ihm war klar, daß er auch diesmal Gret nicht davon überzeugen konnte, wie ausnehmend hübsch er sie fand. Außerdem, dachte er, mußte sie es peinlich finden, wenn er ihre Vorzüge immer wieder so deutlich herausstrich. Er würde sich in Zukunft besser zurückhalten, damit sie keinen falschen Eindruck von ihm bekam. Schließlich war sie für ihn ja nicht nur irgendein Abenteuer.

»Und was machen wir jetzt« fragte er, »gehen wir von Stand zu Stand und horchen die Leute nach dem Mädchen und ihren Begleitern aus? Ich seh's dir an der Nasenspitze an, daß du genau das vorhast.«

Gret dachte einen Moment nach. Dann schüttelte sie heftig den Kopf. »Nein, das tun wir morgen, wenn wir das Bild haben.« Sie wandte Hans das Gesicht zu und grinste ihn an. »Sei nicht so sauertöpfisch! Heute muß ich nur noch feststellen, woher die Papierblume stammte. Und dann könnten wir natürlich auch die Augen offenhalten – nach einem jungen Mann in dottergelben Hosen.«

»Na gut«, meinte Hans und gab sich geschlagen. »Wenn er noch da ist, wird er kaum zu übersehen sein. Aber was für ein Bild meinst du denn? Und morgen – heißt das, du willst am Sonntag nochmal auf die Kirmes?«

»Es bleibt mir wohl nichts anderes übrig, Hans. Ich hoffe, du begleitest mich noch einmal.«

»Versteht sich von selbst.« Impulsiv nahm er sie fester bei der Hand. »Und das Bild ... was war damit?«

»Ich lasse die Tote zeichnen. Dann kann ich das Bild vorzeigen, und die Leute erinnern sich vielleicht eher an sie und können mir genauere Auskünfte geben.«

Hans riß die Augen auf. »Sag mal, du hast wohl geerbt, was? Eine Zeichnung ist doch viel zu teuer. Ich kann dir das aber nicht bezahlen!«

Wieder einmal warf Gret ihm einen ihrer halb belustigten, halb verärgerten Seitenblicke zu. »Glaub mir, ich krieg es kostenlos. Oder vielmehr gegen ein Schinkenbrot. Ich weiß schon, wer mir für so eine Köstlichkeit ein erstklassiges Bildnis zeichnet. Wart's nur ab!«

»Da bin ich aber mal gespannt«, sagte Hans ungläubig.

»Und jetzt ein anderes Gesicht aufgesetzt«, lachte Gret, »du siehst ja richtig grimmig aus! Ich dachte, wir sind zum Vergnügen hier!«

»Das dachte ich am Anfang auch«, murrte er und wunderte sich gleichzeitig. »Gret, bei dir weiß man nie, woran man ist!«

»Ich möchte tanzen«, sagte sie und befreite ihre Hand aus seinem festen Griff. Sie hakte sich locker bei ihm ein. Wie auf ein Stichwort gellte plötzlich das Höllengetöse von Zinken und Pommern, Schalmeien und Schellentrommeln durch die Luft. Die mitreißende Musik kam von den Schanktischen her, die in reichlicher Zahl den Tanzboden umgaben – ein großes Viereck, das aus Brettern auf der Wiese am Rand des Kirmesplatzes ausgelegt war.

»Da! Gerade geht's auch los«, sagte Hans, »als ob die Musikanten deinen Wunsch gehört hätten!« Er lachte. Gret stimmte herzhaft ein. »Komm«, sagte sie und zog ihn mit, »laß uns nicht lange herumstehen und überlegen. Das klingt gut, was die da spielen!«

»Wahrscheinlich sind sie noch nicht allzu besoffen.« Hans grinste und bahnte für sie mit Schieben und gleichzeitigem Entschuldigen einen Weg zur Tanzfläche.

Hier tummelte sich schon eine ganze Anzahl lustiger Paare. Die Musiker spielten einen Hupfauf, einen eben erst – besonders bei den ganz jungen Leuten – in Mode gekommenen Tanz aus Welschland. Da war natürlich jeder dabei, um zu zeigen, daß er die Schritte konnte.

»Wollen wir's auch mal probieren, oder möchtest du lieber warten, bis was Langsameres drankommt?« erkundigte sich Hans.

»Nein«, sprudelte Gret begeistert und schickte sich an, den Bretterboden zu betreten, »so alt bin ich nun auch noch nicht. Oder seh' ich aus wie eine Urahne?«

»Im Gegenteil!« Hans faßte sie mit beiden Händen um die Taille und wirbelte mit ihr herum. »Du bist das jüngste und reizendste Mädchen, das mir je begegnet ist!«

»Übernimm dich nicht, Hans Stellmacher«, wies Gret ihn in seine Schranken, während sie munter Schritt hielt, »und wehe, du berührst den unaussprechlichen Teil meiner Rückseite – wehe, du schleuderst mich so herum, daß jeder unter meinen Rock sehen kann!«

Hans lachte auf und schüttelte den Kopf. »So einer bin ich nicht!« Aber der Rhythmus des neuen Modetanzes hatte ihn gepackt; Gret staunte, wie vollkommen er die Hüpfschritte und Luftsprünge beherrschte, die in regelmäßigen Abständen auf die Schreitschritte folgen mußten. Es machte richtig Spaß, mit ihm zu tanzen. Er tat ihr ja auch den Gefallen und wahrte den Abstand. Er ersparte ihr die Schleuderfiguren, die Bocksprünge und die waghalsigen Hebe- und Wurffiguren, die manche Tänzer mit ihren Partnerinnen vollführten.

Dabei wurden die Frauen um die Taille und am Gesäß gepackt und hoch in die Luft gewirbelt; bei den tiefen Einblicken, die sich da manchmal boten, war es kein Wunder, daß ältere Leute den Hupfauf als anstößig und sittenlos empfanden. »Zu unserer Zeit ...« hörte Gret links und rechts die bekannten Bemerkungen.

Sie selbst fand den Hupfauf herrlich. Man mußte ja die allzu wilden Sprünge nicht mitmachen! Für sie war es die reine Freude, einen so guten Tänzer wie Hans zu haben.

»Sag mal«, fragte sie ihn atemlos, »wo hast du das eigentlich gelernt? Du kennst ja sämtliche Figuren!«

»Man hat Beziehungen«, grinste er, »zum Beispiel den jungen Herrn Gryn, dem ich neulich den Reisewagen repariert habe! Und du? Von Doctor Minutus kannst du ja wohl kaum die neuesten Schritte kennen!«

Gret mußte lachen, während sie sich den guten Doctor beim Hupfauf vorstellte. »Himmel, nein! Mir hat die Agnes das Tanzen beigebracht. Weißt du, die ist persönliche Bedienung im Haus Rink. Ich hab sie einfach mal gefragt, wie's geht. Man weiß ja nie, wann man es brauchen kann.«

»Zum Beispiel jetzt!« Hans setzte zu einer gewagten Drehung an. Aber urplötzlich brach das muntere Tanzstückchen ab, und die Spielleute ließen ohne Vorwarnung eine gravitätische Pavane für die älteren Herrschaften folgen.

»Schade«, sagte Gret, »wo es gerade anfing, Spaß zu machen!«

»Nur Geduld, schöne Dame«, witzelte Hans und hielt sie noch einen Augenblick fest umschlungen, »gleich wird's wieder wilder!«

In diesem Moment sah Gret den langen, geckenhaft herausgeputzten Jüngling in den grellgelben, schlauchengen Beinkleidern. Vor Anspannung wurde sie ganz hölzern in Hans' Arm. »Da«, sagte sie aufgeregt und machte sich von Hans los, »gelbe Hosen!«

»Wo?« Er versuchte ihrem Blick zu folgen. Auch er entdeckte den jungen Mann, der gerade ungeniert seine auffällig geschminkte Begleiterin abküßte. »Ach, der – den kenn' ich. Das ist der Diether. Der ist Hausknecht, glaub' ich, und steht im Dienst irgendeiner Ratsherrenfamilie.«

»Du kennst den?« Gret war auf der Stelle wieder ganz Spürhund.

»Ja, sicher. Ein blöder Angeber.«

»Dann frag ihn doch mal nach dem Mädchen! Aber sag ihm nicht, daß sie tot ist. Bitte, Hans – tust du das für mich?«

Gret schaute ihn so erwartungsvoll an, daß er gar keine Wahl hatte. »Wenn's dich glücklich macht«, meinte er widerstrebend. »Ich wünschte, du würdest das Ganze einfach fallenlassen!«

»He, es bringt mich einen Schritt weiter!« Gret schien seinen Stoßseufzer einfach überhört zu haben. Sie steuerte am Rand der Tanzfläche entlang auf den gelben Gockel und sein angemaltes Flittchen zu. Hans sah zu, daß er mitkam.

Schon war Gret bei dem albern turtelnden Pärchen angekommen. Sie drehte sich zu Hans um und gab ihm mit den Augen ein Zeichen.

Er tat, was sie verlangt hatte. »Sieh an«, sagte er zu dem Gelbbehosten, »wenn das nicht der Diether ist! Lange nicht mehr gesehen, mein Junge. Wie geht's denn so?«

»Hä?« Der Gockel wußte nicht recht, was er sagen sollte. »Stellmachers Hans – na sowas!«

»Sag mal«, Hans zwinkerte dem Hausknecht zu, »kann es sein, daß ich dich heute schon mit einem anderen Mädchen gesehen habe? Mit so einer hübschen Dunkelhaarigen im grünen Kleid?«

Der Gockel ließ verblüfft den Mund offenstehen, was ihm einen ausgesprochen dümmlichen Ausdruck verlieh. »Ja, schon möglich«, er lachte geschmeichelt, »hier laufen ja so viele appetitliche Häppchen herum – solche wie du, mein Schätzchen!« Er zwickte seiner Begleiterin in die Wange, daß sie neckisch quiekte.

»Erzähl mal«, sagte Hans, »kennst du die Frau von heute morgen schon länger? Was war denn das für eine?«

»Von der kann ich nur unter Männern mit dir sprechen«, erwiderte der Gockel und kniff vielsagend ein Auge zu.

»Gut«, sagte Hans. Er nahm den geckenhaften Hausknecht beim Ärmel und führte ihn ein paar Schritte beiseite. »Nun sag's mir«, forderte er ihn auf, so laut, daß Gret seine Worte gerade noch verstehen konnte, »Wo kam das Mädchen her? Von der möchte ich alles wissen – sie hat mich neugierig gemacht!«

Der Hausknecht machte wieder das dämliche Gesicht, bei dem die Augen rund wurden und der Mund aufklappte. »Das versteh' ich nicht. Du hast doch was Festes bei dir!« Er warf einen Blick zu Gret hinüber. »Also die Kleine von heute morgen, die mit dem grünen Kleid – das war 'ne Schlupfhure. So eine, die's heimlich tut, damit keiner rausfindet, womit sie ihr Brot verdient! Unser Kutscher, der Armin, war auch dabei. Wir haben uns den Spaß mit der Kleinen geteilt. So hat jeder was von ihr gehabt, und es war auch nicht so teuer.«

»Ach, so eine war das!« Hans spielte dem Gockel Enttäuschung vor. »Und wo ist sie dann hingegangen, als ihr mit ihr fertig wart?«

»Das weiß ich doch nicht! Sie wird sich neue Kunden gesucht haben. Es laufen ja massenhaft Männer hier herum, die ein schnelles Vergnügen zu schätzen wissen.« Der Gokkel kicherte. »Ich wette, die hat jetzt schon mehr verdient, als unsereiner in einem halben Jahr zu sehen kriegt!«

»Möglicherweise«, sagte Hans nachdenklich. »Was meinst du, ob die Frau noch hier ist?« Er musterte den Hausknecht mit scharfem Blick.

»Kann durchaus sein«, sagte der aufgeputzte Schnösel grinsend, »Mann, dir muß aber die Hose brennen, daß du dich so genau nach einer Hure erkundigst! He, wenn's unbedingt sein muß und dich deine Zukünftige nicht ranläßt, dann sieh dich doch mal um! Hier wimmelt es nur so von willigen Schätzchen – da brauchst du wirklich nicht nach 'ner Bestimmten zu suchen!«

»Na, so groß ist der Bedarf nun wieder auch nicht«, knurrte Hans, verärgert über die anzüglichen Bemerkungen. »Trotzdem, die eine hatte es mir schon angetan.«

Die Begleiterin des Hausknechts schob sich mit wiegenden Hüften auf die beiden Männer zu. »Das bin ich aber nicht gewöhnt, daß man mich einfach so stehen und warten läßt«, flötete sie mit gespielter Kleinmädchenstimme und zog einen dicken roten Schmollmund, »wollt ihr etwa den ganzen schönen Tag verplempern?«

»Auf keinen Fall«, antwortete der Gockel eifrig, »du mußt uns jetzt entschuldigen, Hans«, fügte er mehr erleichtert als bedauernd hinzu, »wir beide, wir haben noch viel vor!« Er klatschte seiner bunten Puppe kräftig auf das dralle Hinterteil und verabschiedete sich mit einem Kopfnicken. Dann schob er mit seinem angestrichenen Hühnchen ab, nicht ohne noch einmal vielsagend die Augenbraue zu heben.

»Na?« fragte Gret und trat an Hans heran, »was hat er gesagt? Ich konnte nicht alles verstehen.«

Hans erstattete Bericht. »Du siehst, wir werden dem Mörder kaum auf die Spur kommen«, schloß er, »irgendeiner ihrer Freier war vielleicht nicht mit ihr zufrieden und hat sie erwürgt, anstatt ihr den Liebeslohn zu zahlen. Wer es aber getan hat, das findest du nie heraus. Wahrscheinlich kämen Dutzende in Frage – den Diether und den Kutscher ausgenommen.«

In Gret regte sich Trotz. Jetzt gerade, dachte sie, und dann sprach sie es auch aus: »Ich krieg schon raus, wer sie umgebracht hat. Das wäre doch gelacht!«

»Aber lohnt sich denn deine Mühe überhaupt – ich meine, für so eine!« Hans verstand überhaupt nichts mehr. »Es reicht doch wirklich, wenn sie jetzt unverdientermaßen anständig begraben wird! Denn eigentlich kann sie ja nicht mal das verlangen. Huren steht kein Platz auf einem geweihten Friedhof zu. Das weißt du genausogut wie ich.«

»Ich wußte nicht, daß du so ungerecht bist«, gab Gret zurück und starrte Hans strafend an. »Für mich ist das Mädchen zu allererst ein Mensch, der ermordet worden ist. Und ich finde, ihr Mörder darf nicht ungestraft davonkommen! Oder machst du etwa Unterschiede zwischen anständigen und unanständigen Mordopfern?«

Hans schämte sich ein bißchen für seine unbedachten

Worte. »Nein, natürlich nicht«, murmelte er. Wieder einmal mußte er sich vor Grets Gerechtigkeitssinn beugen. »Aber wie zum Kuckuck willst du's denn anstellen«, muckte er noch einmal halbherzig auf, »ich hab keine Ahnung, was dich jetzt noch weiterbringen könnte!«

Gret gab ihm darauf keine Antwort. Sie arbeiteten sich durch die Gruppen von Zuschauern neben dem Tanzboden und fanden nach einigem Suchen ein Sitzplätzchen an einem der langen Biertische unter der Zeltplane. Hans besorgte für sich und Gret einen Krug Bier und einen frischgebackenen Weck. Sie aßen und tranken, schauten den Tänzern zu und hörten sich die Musik an, die jetzt bereits bedeutend schräger klang. Gret war wortkarg geworden; Hans hatte alle Mühe, sie wenigstens ab und zu aus ihren Gedanken herauszureißen, die nach allem, was er wußte, unaufhörlich um den Mord und um den Mörder kreisten.

Endlich kam ihm eine Idee. »Gret«, sagte er, »wir haben den tanzenden Bären noch nicht gesehen – und auch nicht die Seiltänzer und den Feuerfresser! Trink aus. Das dürfen wir auf keinen Fall verpassen! Und dann die Schauspieltruppe. Ich wette, die fangen gleich mit der nächsten Vorstellung an!«

Gret blickte zu ihm auf, als habe sie eben aus einem tiefen Traum in die Wirklichkeit zurückgefunden. »Schauspieler?« murmelte sie und straffte die Schultern, »oh ja, die würde ich gern sehen! Ich hab noch nie ein Theaterstück miterlebt!«

»Na, da wirst du aber staunen!« Hans war erfreut darüber, daß es ihm endlich gelungen war, Grets Aufmerksamkeit wieder auf den eigentlichen Sinn des Kirmesbesuchs zu lenken. »Ich hab mir sagen lassen, daß die Truppe, die hier auftritt, ziemlich weitgereist ist. Die Leute haben sogar schon im Ausland gespielt – da müßten sie recht gut sein.«

»Wir werden ja sehen«, meinte Gret. Sie leerte ihren Becher, wischte den Bierschaum vom Mund und stand auf. »Wo ist denn die Bühne aufgeschlagen?«

Das Theater war schon aus der Entfernung zu erkennen – ein großer, grellbunt bemalter Wagen, dessen eine Längsseite heruntergeklappt war und auf schweren eisernen Bockträgern ruhte. Diese einfach, mit flatternden Bändern geschmückte Plattform würde in wenigen Augenblicken Schauplatz einer Posse oder eines Dramas werden; die rohen, ungehobelten Bretter der Bühne würden die Welt bedeuten …

Gret näherte sich mit Spannung und einer Art Ehrfurcht. Noch war von den Schauspielern niemand zu sehen; Bärenführer und Feuerschlucker, die Hans erwähnt hatte, nutzten im Augenblick die Bühne, um die dicht gedrängt wartenden Zuschauer mit ihren Künsten zu unterhalten. Sie gehörten offenbar zum Nebenprogramm der Truppe – wie auch ein schlanker, tief sonnengebräunter Junge, der mit vier Bällen jonglierte.

Hans schaffte für sich und Gret Platz am linken Rand der Bühne – ganz vorn, so daß ihnen nichts entgehen konnte. Sie hatten sich gerade aufgestellt, als ein Trompetensignal den Beginn des Stückes ankündigte. Der Bärenführer zerrte sein zottiges altes Tier am Nasenring von den Brettern herunter, der Feuerfresser ließ ein letztes Mal eine Feuerwolke aus seinem Mund stieben, und der kleine Jongleur verschwand im Innern des fahrenden Theaters. »Jetzt paß auf«, sagte Hans, »sie fangen an. Bin mal gespannt, was es für ein Stück ist!«

Der Vorhang, mit dem das Innere des Wagens verhüllt war, teilte sich einen winzigen Spalt. Eine lange rote Nase lugte heraus; das Publikum johlte. Der Vorhang zitterte, flatterte leicht und dann erschien der Besitzer des überdimensionalen Riechorgans.

Auf die Bühne wankte dürrbeinig, krummrückig und mit steifen Knien ein klappriges Männlein in auffällig abgerissener Kleidung. »Sieh da – Besuch«, schrie der Alte mit dünner Greisenstimme, »wo kommen die vielen Leute her? Wer soll die denn alle bewirten, hä?«

Kichern und lautes Lachen im Publikum. »Du bist doch stinkreich, alter Geizkragen«, schrie ein Mann aus der vordersten Reihe zurück, »da wirst du uns ja wohl einen ausgeben können!«

Noch mehr Gelächter. Gret schaute zu dem Zuschauer hinüber, der den Zwischenruf losgelassen hatte. Welch sonderbarer Zufall … Es war einer der Männer von Blaubach. Er hielt eine dicke Frau im Arm, die einen knallroten Rock trug und sich damit ganz offen zum Gewerbe der Dirnen bekannte.

Der Mime auf der Bühne ging auf den Zuruf ein. »Sehr wahr«, krächzte er, »reich bin ich allerdings, mein Bester! Aber ich wäre es nicht, wenn ich mein Hab und Gut an Hinz und Kunz verschwendet hätte. Kurz und gut, ich liebe keinen Besuch!«

Er stelzte hölzern und gichtsteif auf und ab, während er den Blick aus komisch verdrehten Augen über die Zuschauer gleiten ließ. Gret kicherte; sie konnte die Gelenke des Männleins förmlich quietschen und knarren hören.

»Und in Zukunft werde ich noch weniger Menschen in mein Haus einlassen«, schrie der komische Alte, »denn ich gedenke mich zu verheiraten – mit einer süßen, sanften, wunderhübschen kleinen Frau von siebzehn Jahren!«

Die Zuschauer brüllten vor Vergnügen. »Das arme Kind«,

leistete sich der Mann von vorhin einen zweiten Zwischenruf, »die ist aber angeschmiert, wenn sie sich nicht 'nen Liebhaber besorgt, der es ihr besorgt!«

Röhrendes Gelächter. Der Schauspieler schien genau auf diese Reaktion gewartet zu haben. Er trat an den Rand der Bühne und antwortete darauf: »Liebhaber? Ha – meine Columbine ist sanft und treu wie ein Täubchen. Das sagt ja schon der Name!«

»He, Hans«, flüsterte Gret und stupste ihn in die Rippen, »der Kerl da in der Mitte – hat der vielleicht was mit der Truppe zu tun? Der spielt ja richtig im Stück mit!«

»Kann ich mir nicht vorstellen«, gab Hans leise zurück, »daß er das Passende sagt, ist sicher reiner Zufall. Vielleicht kennt er auch das Stück schon.«

»Du, ich drängle mich mal durch und frag ihn«, sagte Gret. »Vor allem muß ich auch wissen, wohin das tote Mädchen gebracht worden ist.«

Hans schüttelte den Kopf. Gret schob sich, ohne seine Antwort abzuwarten, zwischen den Zuschauern hindurch zu dem Zwischenrufer hinüber und sprach ihn an: »Gut, daß ich Euch so schnell wiedersehe!«

Der Mann heftete erstaunt den Blick auf sie. »So? Warum? Ich wüßte nit, wat ich mit dir –«

»Und ich wüßte gern, in welcher Kirche die Tote von heute morgen jetzt liegt«, unterbrach Gret, »es könnte sein, daß sie doch Verwandte hat.«

»Ach so.« Der mißtrauisch-zurückhaltende Ausdruck verschwand vom Gesicht des Mannes. »Wir haben dat arme Mensch zum Katharinenjraben jebracht, in de Elendskapell'. Wenn dir dat weiterhilft …«

»Oh, ganz bestimmt. Ich danke Euch.« Gret lächelte freundlich. »Was ich noch fragen wollte: Habt Ihr dieses

Spiel schon mal gesehen? Ich fand Eure Rufe eben sehr passend und komisch – als ob sie zum Stück gehörten!«

»Nä«, der Mann verzog das Gesicht zu einem breiten Grinsen. Er fühlte sich offensichtlich geschmeichelt. »Ich hab nur Spaß dran, wenn die Leute lachen. Soll ich noch mal …?«

Der Schauspieler erging sich eben in Lobhudeleien über sich selbst – oder vielmehr über den geilen und geizigen alten Trottel, den er darstellte. Gret nickte dem Mann vom Blaubach begeistert zu.

»Ich hab meinem Bräutchen diesen Sack zu bieten«, intonierte der Schauspieler mit näselnder Stimme und deutete auf einen dicken Geldbeutel, »prall gefüllt mit Goldstücken – so prall, daß er fast platzt!«

»Aber dein anderer Sack, der für Frauen viel wichtiger ist«, schrie der Mann vom Blaubach zur Bühne hinauf, »der is vollkommen leer! Da is nur noch heiße Luft drin!«

Ein Sturm aus Gelächter brachte die kleine Bühne zum Vibrieren. Der Schauspieler sagte irgend etwas, aber es ging unter in Wiehern und Kreischen. Als er sich, ganz Komiker, mit drohend ausgestrecktem Zeigefinger dem Zwischenrufer entgegenreckte, lachte das Publikum noch lauter.

Der Schauspieler konnte sich seiner eigenen Belustigung nur mit Mühe erwehren – Gret erkannte das trotz aller Schminke ganz deutlich an seinem krampfhaft zuckenden Mund. Sie lachte ebenfalls aus vollem Hals, auch wenn der Witz ein wenig zotig gewesen war.

Der Schauspieler näherte sich weiter dem Bühnenrand. Plötzlich zuckte sein Blick vom Zwischenrufer zu Gret herüber. Wie festgenagelt blieb er stehen – die Augen in dem von weißer und roter Schminke bedeckten, hageren Gesicht weiteten sich. Er machte den Mund auf, brachte aber keinen Ton heraus, sondern hob lediglich in einer erschrockenen Geste die Hände.

Gret spürte, wie ihr unter dem entgeistert staunenden Blick des Schauspielers heiß wurde. Noch nie hatte ein Mann sie dermaßen unverschämt angestarrt! Sie fühlte sich plötzlich nackt, hilflos diesen aufgerissenen Augen ausgeliefert, die ihr Gesicht musterten und es immer wieder abtasteten.

Die Leute neben ihr hatten ebenfalls bemerkt, wen der Schauspieler angaffte. Sie wandten sich Gret lachend zu. Einige stießen sich an und begannen, Witze zu reißen.

»Das geht aber entschieden zu weit«, ärgerte sich Gret lauthals, »sowas Unverschämtes!« Von Getuschel und Gekicher verfolgt verließ sie ihren Platz in der Mitte der Bühne und arbeitete sich zu Hans durch. Ihr war der Spaß am Theater gründlich verdorben.

»Na«, fragte Hans, als sie wieder bei ihm angekommen war, »hast du erfahren, was du wissen wolltest?«

»Ja«, gab Gret mürrisch zurück, »und ich weiß jetzt auch, warum Schauspieler einen so schlechten Ruf haben. Sie sind ausgemacht freche, ungehobelte Rüpel! Ich will nach Hause – ich hab' die Nase voll!«

3. KAPITEL

Es war Hans gelungen, Gret doch noch zu einem allerletzten Tanz zu überreden. Die Musiker des Vormittags waren wegen Trunkenheit abgelöst worden, und während Hans und Gret sich im Kreis vieler lustiger Menschen zu den schrägen, quäkenden Klängen zweier Dudelsäcke, einiger Krummhörner und Flöten auf dem Tanzboden gedreht hatten, war ihre gute Laune wiedergekehrt.

So kam es, daß sie und Hans doch erst bei Einbruch der Dunkelheit die Stadt wieder erreicht hatten – gerade noch rechtzeitig, bevor das Severinstor für die Nacht geschlossen wurde. Sie hatten sich beeilen müssen, nach Hause zu kommen; Gret wußte aus Erfahrung, wie unangenehm es sein konnte, wenn man in der sinkenden Dämmerung von einem der städtischen Nachtwächter aufgehalten und nach dem Woher und Wohin ausgefragt wurde. Außerdem waren da noch die Kettenwärter, die um diese Zeit die Sperrketten über die Straßen spannten; die hatten es gar nicht gern, wenn sie durch allzu späte Fußgänger in ihrer Arbeit aufgehalten und behindert wurden.

An der Ecke zur Streitzeuggasse verabschiedete sich Gret von Hans, der hier sein Haus und seine Werkstatt hatte. »Ich komme morgen vorbei«, sagte sie, »so gegen Mittag, wenn ich mit allem, was ich zu erledigen habe, fertig bin. Dann statten wir den Standbesitzern auf der Kirmes einen zweiten Besuch ab.«

Hans nickte nur. Es hatte keinen Zweck, ihr das unmögliche Vorhaben auszureden. Und irgendwie hatte sie ja recht – auch wenn er nie verstehen würde, warum ausgerechnet sie als Frau sich immer wieder auf so gefahrvolle Unternehmungen einlassen mußte.

»Sonst kümmert sich ja keiner drum«, fügte Gret abschließend hinzu, als habe sie seine Gedanken gelesen.

»Bis morgen, Gret» sagte er und war auf einmal mächtig stolz auf sie. »Gott befohlen!«

In Doctor Minutus' Studierzimmer brannte noch Licht. Gret sah es von der Straße aus. Sie blieb stehen und überlegte, ob sie sich bei ihm zurückmelden und ihn bei der Gelegenheit auch gleich für den Sonntag um Freizeit bitten sollte.

Eben wollte sie sich entscheiden, damit bis morgen zu warten, als die Haustür aufschwang und der Doctor auf die Straße trat. »Das dachte ich mir, Grundlin«, lallte er mit schwerer Zunge, »daß du wieder übertreibst und nicht heimfinden kannst!«

»Guten Abend, Doctor«, grüßte Gret und ließ in der Wortwahl Vorsicht walten. Alter Sünder, dachte sie, wieder mal mit den anderen würdigen Doctores im Brauhaus festgesoffen, was?

»Ich war im Brauhaus«, bestätigte der Doctor Grets Gedanken und sah sie dabei schwerlidrig an, »hab mir noch einen guten Trunk genehmigt, mit ein paar Herren vom Rat!«

»Ja, das merke ich«, sagte Gret, »dann wünsche ich Euch eine möglichst ruhige Nacht und vor allem morgen früh ein unbeschwertes Erwachen, Doctor!«

Sie knickste der Form halber und wollte zu ihrem Gadem, der um die Ecke lag. Aber der Doctor hielt sie am Ärmel fest. »Ich hatte gedacht, du könntest mir noch ein leichtes Nachtessen machen, Kindchen«, säuselte er, wohl wissend, daß er sich im Augenblick ihre Gunst verdienen mußte, »vielleicht ein paar Pfannkuchen oder einen Grießbrei mit Rosinen ... nichts, was dir viel Arbeit macht.«

Er rollte so bittend mit den Augen, daß Gret lachen mußte. »Na schön«, sagte sie milde.

In der Küche setzte sich der Doctor auf einen der Schemel, die an dem massiven Tisch unterm Fenster standen. Gret fachte die wenigen Holzkohlenstückchen, die noch auf dem gemauerten Herd glimmten, mit etwas Reisig und ein, zwei Scheiten zu einem lustigen Feuerchen an. Dann nahm sie Mehl, Eier und den Honigtopf aus dem Brotschrank und rührte schnell den Pfannkuchenteig an.

Während Sie unter dem großen, dachartigen Rauchfang an der Feuerstelle stand und den ersten Kuchen bewachte, der im heißen Schmalz in der eisernen Pfanne brutzelte, erzählte der Doctor bierselig lallend, um was sich im Brauhaus mit den Ratsherren das Gespräch des Abends gedreht hatte. »Du weißt doch noch, Kindchen«, brabbelte er, »daß sie vor vier Wochen den Straßenräuber, den Schwarzen Kuno, gefangen haben – nicht? Den mörderischen Schweinehund, der die ganze Umgebung unsicher gemacht hatte?«

»Ja, aber das war schon vor sechs Wochen«, sagte Gret, »seitdem sitzt er in der Hacht. Nach allem, was ich weiß, konnten sie ihm bisher nichts nachweisen.«

»Das hat sich geändert«, blubberte der Doctor, »es gibt jetzt Zeugen, und die haben gegen ihn ausgesagt. Noch ein paar Tage, dann sind die Untersuchungen abgeschlossen. Dann kann der Hurensohn abgeurteilt werden. Ist das nicht schön?«

Gret zog die Pfanne vom Feuer, nahm einen der flachen Steinzeugteller vom Rauchfangsims und ließ den fertigen Pfannkuchen daraufgleiten. »Vorsicht – heiß«, sagte sie und stellte ihrem Dienstherrn den Teller hin, »nicht die Finger verbrennen!«

»Hmmm«, seufzte Doctor Minutus genießerisch und blies den Pfannkuchen an, um ihn schneller abzukühlen. Es dauerte ihm jedesmal viel zu lange, bis er Grets Meisterwerk zusammenrollen, dick mit Honig beträufeln und verspeisen konnte.

»Welcher von den beiden Gewaltherren ist denn mit der Straßenräubergeschichte befaßt?« fragte Gret, teils aus Neugier, teils, um das Gespräch nicht einschlafen zu lassen.

»Herr Olligschläger«, sagte Doctor Minutus, »und er meint, wenn erst der Kopf der Bande weg ist, dann wird auch der Rest des Gesindels bald verschwinden.«

»Ach«, Gret horchte auf. »Es handelt sich gar nicht um einen einzelnen Raubmörder, sondern um eine ganze Bande? Das würde bedeuten, die anderen sind noch auf freiem Fuß?«

»Ja, schon.« Doctor Minutus hatte dem noch immer recht

heißen Pfannkuchen nicht länger widerstehen können. Mit spitzen Fingern hatte er sich ein Stück davon abgepflückt und steckte es vorsichtig in den Mund. »Der Anführer ist aber der wichtigste Mann«, fügte er mümmelnd hinzu, »ohne den Schwarzen Kuno sind die anderen ziemlich hilflos. Früher oder später werden sie auch noch gefaßt werden.«

»Wollen wir's hoffen«, meinte Gret zweifelnd.

»Mit dem Urteil gegen den Kuno ist auf jeden Fall in den nächsten Tagen zu rechnen«, mauschelte der Doctor, »und dann ab an den Galgen mit ihm oder auf's Rad. Herr Olligschläger meinte, es wird wohl eher das Rad werden. Unser Greve ist ein scharfer Hund. Muß er auch sein, wenn er heutzutage überhaupt noch was ausrichten will.«

Gret nickte. Der Greve als erzbischöflicher Oberrichter sprach das Urteil, wenn die beiden Turmherren, die Untersuchungsrichter vom Rat, ihre Aufgaben erledigt hatten; er hatte das letzte Wort. Nach ihm kam nur noch Meister Hans, der Henker.

Ja, der Greve war in Köln die letzte Instanz. Gret mußte auch später noch über seine wichtige Aufgabe und seine Macht nachdenken, nachdem sie den Doctor zum Schlafengehen überredet hatte und die Küche in Ordnung brachte. Und derjenige, der in diesem Jahr vom Rat zum Greven gewählt worden war, füllte seinen Posten mit Strenge, aber auch mit Gerechtigkeit aus. Er würde ganz sicher den Mord an dem Mädchen vom Blaubach nicht unter den Tisch fallen lassen, wenn er ihm erst bekannt war.

Dafür würde Gret sorgen. Das schwor sie sich, als sie sich endlich auf dem Strohsack in ihrem Häuschen zum Schlafen niederlegte.

Viel Ruhe hatte sie nicht gefunden, als sie früh am Morgen wieder aufwachte. Die ganze Nacht war sie im Traum vor einem teufelsähnlichen Wesen mit flammendroten Haaren auf der Flucht gewesen, und paradoxerweise hatte sie es gleichzeitig selbst verfolgt.

Jetzt, bei der Messe in Sankt Columba, konnte sie es kaum erwarten, daß der Gottesdienst endlich zu Ende ging. Die Zeit, bis sich nach dem Segen alle erhoben und dem Ausgang zustrebten, schien ihr wie eine Ewigkeit.

Gret hatte sich schon während des Frühstücks, das sie mit List und Tücke besonders lecker zubereitet hatte, beim Doctor für heute freigenommen – was er ihr ohnehin kaum hätte verweigern können. Denn er kannte aus leidvoller Erfahrung den Fraß, den Gret ihm widrigenfalls in den Tagen darauf vorgesetzt hätte. Doctor Minutus fürchtete ihren Unmut auch noch aus anderen Gründen und wußte genau, was er an ihr hatte.

Jetzt war Gret unter den Ersten, die die Kirche verließen. Sie ging schnurstracks die Straße an der Goldwaage hinunter zur Schildergasse, die in sonntäglicher Ruhe dalag. Kurz vor der Einmündung in den Neumarkt stand das Haus, zu dem Gret wollte: ein gepflegtes, schon älteres Gebäude mit zwei spitzen Giebeln und einem Seiteneingang neben der großen Haustür.

Gret klopfte an der kleineren Pforte. Ein Mädchen in weißer Haube öffnete.

»Kann ich mal kurz mit dem Meister sprechen?« fragte Gret.

»Mein Vater ist in der Werkstatt«, gab das Mädchen freundlich Auskunft, »er arbeitet. Dringender Auftrag. Um was geht es denn?«

»Ach, eigentlich möchte ich ihn nur um einen Gefallen bitten«, sagte Gret, »ich halte ihn bestimmt nicht lange auf.«

»Na ja«, meinte das Mädchen, »in einer halben Stunde müßte ich ihn ohnehin stören, da gibt's Mittagessen. Ich bring dich hin.«

Sie ging voran. Gret folgte ihr durch einen Korridor, an dessen Ende sich ein weitläufiger, heller und luftiger Raum auftat. Hier roch es angenehm nach Leinöl, Holz, Farben und Terpentin, und über allem schwebte der bitterliche, durchdringende Geruch von Ochsengalle.

Auf zwei nebeneinander an der Wand stehenden Tischen türmten sich unordentlich aufeinandergeschichtete Stapel von Zeichnungen und Wasserfarbenbildern. Jeder freie Fleck an der Wand darüber war bedeckt mit fertigen oder unvollendeten Entwürfen. In der Ecke angelehnt standen Kartonplatten mit Studien zu den verschiedensten Gemälden, und überall sah Gret pinselgefüllte Becher, Malstöcke, Stifte, angeriebene Farben.

Mitten in diesem schöpferischen Chaos stand, aufgebaut vor dem breiten, doppelflügeligen Fenster, eine mächtige Staffelei. Und vor dieser verharrte reglos, Palette und Pinsel in der Hand, der Herr der Malerwerkstatt. Er arbeitete offenbar an der Haupttafel eines dreiteiligen Altarbildes, dessen beide Seitenflügel – eine Verkündigung und eine Geburt Christi – bereits vollendet auf einer Stellage trockneten.

Gret grüßte. Der Meister blickte widerwillig auf. »Was gibt's? Ich hab' wenig Zeit.«

»Meister«, Gret mußte sich mit Gewalt von dem prachtvollen Gemälde losreißen, das da auf der Staffelei Gestalt annahm, »ich wollte Euch fragen, ob einer Eurer Lehrlinge sich eine Kleinigkeit verdienen darf. Ich hätte eine Zeichnung nötig – ganz einfach, Kohle auf einem Blatt Papier.«

»Da bist du heute ungünstig dran«, sagte der Maler und wandte seine Aufmerksamkeit wieder dem Bild zu, »all meine Lehrbuben und Gesellen sind heute in Rodenkirchen auf dem Tanz. Und auch sonst wären sie wohl am Sonntag kaum in der Werkstatt. Am Tag des Herrn arbeite nur ich – und auch nur an einem Werk, das der Anbetung dienen soll.«

»Schade«, sagte Gret, »nichts für ungut, Meister.« Enttäuscht drehte sie sich um und wollte sich schon mit einem Gruß verabschieden, als sie den kleinen Jungen bemerkte, der still auf einem Bänkchen am Fenster saß und mit einem Silberstift eifrig auf einem Papierfetzen herumschraffierte. Der Junge mochte acht oder neun Jahre alt sein; er hielt den braunen Schopf tief über sein Blatt gesenkt und war völlig in sein Tun vertieft.

Gret trat hinter ihn und schaute ihm über die Schulter. »Na, so fleißig?« sagte sie und lächelte hinter dem Rücken des Jungen. Aber dann verschlug es ihr den Atem. Auf dem Zeichenbrett des Kindes, wo sie eine ungeschickte Kritzelei erwartet hatte, lag die wunderschön gestaltete Zeichnung eines Stillebens, dem der kleine Künstler soeben mit schwungvollen, geübten Strichen den letzten Schliff gab.

»Aber das ist ja ... das ist ja ... unglaublich«, stotterte Gret, »das ist ja –«

»Mach mir den Jungen nicht hochmütig«, der Meister warf Gret einen halb belustigten, halb ernsten Blick zu. »Sonst hört er noch auf zu lernen und das wäre sehr schade.«

»Auf einen so begabten Sohn könnt Ihr aber stolz sein, Meister«, erwiderte Gret und betrachtete voller Bewunderung das Werk des Kindes.

»Sohn? Nein, Barthel ist nicht mein Sohn«, erklärte der

Meister mit einem leisen Bedauern in der Stimme, »er hält sich nur zu Besuch hier auf. Er ist der Sohn eines Zunftgenossen. Aber wenn er alt genug ist, nehme ich ihn liebend gern in die Lehre.«

Der Junge setzte den letzten Strich und hob den Kopf. »Fertig«, sagte er und atmete tief auf.

»Wirklich«, murmelte Gret, »sehr gut!«

»Findest du?« Der kleine Künstler hob ihr sein rundes Gesichtchen entgegen. Zwei ernste Augen schauten sie zweifelnd an. »Ich meine – ich gebe mir Mühe. Aber ich bin nie so recht zufrieden damit.«

»Das wäre auch schlimm«, sagte der Meister und lachte. »Ein guter Maler hört nie auf, zu lernen und sich weiterzubilden, mein Junge – merk dir das!«

»Ja, ich weiß«, bestätigte das Kind eifrig, »ich brauche noch viel mehr Übung.«

Gret kam eine Idee. »Sag mal«, fragte sie den Jungen, »hättest du nicht Lust, dir ein bißchen Geld zu verdienen? Die Lehrlinge könnten die Zeichnung, die ich brauche, bestimmt nicht besser machen als du.«

»Gern«, sagte der kleine Künstler mit verständiger Miene, »wenn's der Meister erlaubt. Aber Geld nehm' ich nicht. Ich bin ja noch nicht in der Zunft.«

Der Meister brach in ein belustigtes Kichern aus. »Richtig«, gab er mit gespieltem Ernst zurück, »soweit hast du es noch nicht gebracht. Betrachte die Arbeit für diese junge Frau als willkommene Möglichkeit, dazuzulernen.«

»Dann darf ich?« vergewisserte sich der Junge.

»Ja, geh nur mit. Und du –«, der Meister wandte sich an Gret, »du bringst mir das Kind heute noch wieder. Ich verlaß mich auf dich.«

»Das ist wohl selbstverständlich«, versprach Gret, »sobald

die Zeichnung fertig ist. Und er kriegt seine Entlohnung«, fügte sie lächelnd hinzu, »selbst wenn er noch nicht Mitglied der Gilde ist.«

Der Junge stopfte sich eilig ein paar Kohlestifte in die Tasche seiner weiten Leinenjacke. Dann klemmte er sein kleines Zeichenbrett unter den Arm und holte sich durch einen fragenden Blick beim Meister die Erlaubnis, ein paar Blätter Papier mitzunehmen.

»Was soll ich zeichnen?« fragte er erst, als er mit Gret bereits auf der Straße stand.

»Ich hatte mich schon gewundert, warum du das gar nicht wissen wolltest«, antwortete Gret. »Wir müssen zum Katharinengraben. Du sollst mir ein Bildnis anfertigen.«

»Oh, gut.« Das war alles, was der Junge dazu bemerkte.

Sie gingen schweigend eine ganze Strecke nebeneinander her. Endlich machte Gret den Versuch, mit dem Kind ein Gespräch anzuknüpfen. »Du redest wohl nicht gerne ... wie war doch gleich dein Name?«

»Bartholomäus Bruyn«, antwortete der Junge ruhig und hielt mit Gret Schritt, »aber alle sagen einfach Barthel zu mir.«

»Gefällt es dir in Köln, Barthel?«

»Sehr. Ich wünschte, ich könnte jetzt schon meine Lehre anfangen.«

Das klang, als sei es aus tiefstem Herzen gekommen.

»Na«, sagte Gret, »wenn du erst ein bißchen älter bist, wird es sicher werden.«

»Ich bin acht.«

Gret mußte über die altklugen Worte des Knirpses lachen. »Eben«, sagte sie, »da wirst du noch ein, zwei Jährchen warten müssen.«

»Leider«, murmelte Barthel, »aber üben kann ich ja bis dahin.«

Die Kapelle des Elendsfriedhofs war ein kleiner unscheinbarer Bau mit winzigen Fensterhöhlen. Sie paßte zu dem ungepflegten Gottesacker, an dessen Einfriedungsmauer sie stand.

»Willst du hier erst ein Grab besuchen?« fragte der Junge erstaunt, als Gret die Friedhofspforte öffnete und eintrat.

»Nein«, erklärte Gret, »in der Kapelle liegt ein totes Mädchen. Und das sollst du für mich zeichnen.«

»Aha.« Barthel zeigte keinerlei Überraschung. Das Motiv, das sie ihm genannt hatte, schreckte ihn offensichtlich nicht. Er folgte ihr einfach durch die offenstehende Kapellentür in das Dämmerlicht des bescheidenen Gebäudes.

Die unbekannte Tote war vor dem schlichten Altar aufgebahrt; sie lag auf einem ungehobelten Brett, und niemand hatte für Kerzen oder Blumenschmuck gesorgt. Aber wenigstens das Ewige Licht flimmerte rötlich in einer kleinen Messingampel; es warf einen sanften Schein auf die blassen Züge der Leiche.

Aus einer schmalen Seitentür betrat ein junger Priester den Kapellenraum. »Was sucht ihr hier?« fragte er Gret. »Seid ihr Verwandte dieses armen Mädchens?«

»Nein, Vater«, sagte Gret mit gedämpfter Stimme, »wir bitten um die Erlaubnis, ein Bildnis von der Toten zeichnen zu dürfen. Vielleicht finden sich mit Hilfe der Zeichnung ihre Angehörigen.«

Der Priester nickte. Er schien nicht recht verstanden zu haben, was Gret eigentlich wollte, aber er ließ sie gewähren und verschwand wieder aus der Kapelle.

Barthel hatte sich bereits mit Zeichenbrett, Papier und

Stiften vor der einfachen Bahre zurechtgesetzt. »Nur das Gesicht?« fragte er nüchtern.

»Ja, das Gesicht reicht völlig.« Gret stellte sich hinter den Jungen. »Darf ich zuschauen?«

»Sicher.«

Barthel ließ sich nicht stören. Vor Grets Augen entstand mit sicheren Strichen ein überaus ähnliches, plastisches Abbild des Mädchens; instinktiv schien der Junge die Kurven und Linien ihres reglosen Antlitzes richtig zu erfassen, und seine geschickten Hände übertrugen sie ohne Zögern und ohne Umwege auf das Papier. Gret hatte den Eindruck, als müsse Barthel nicht einmal dabei denken; das Bild floß einfach aus ihm heraus, und sein Zeichenstift hielt es lediglich fest. Als er den Stift aus der Hand legte, war Gret sprachlos vor Bewunderung. Sie staunte das kleine Meisterwerk an, das unverwechselbar ein exaktes Portrait der Toten war, und wußte kein Wort zu sagen.

»Ist es so recht?« fragte Barthel erwartungsvoll.

»Recht? Es ist ganz großartig!« Unfaßbar, wie dieser Knirps zeichnen konnte!

»Freut mich, daß es dir gefällt«, sagte Barthel, »ich könnte es natürlich noch genauer ausarbeiten – mehr Schatten und so …«

»Nein, nein – auf keinen Fall! Verändere es nicht, es ist einfach wunderbar!« Gret nahm dem Jungen das Blatt ab und angelte in der Rocktasche nach ihrem kleinen Geldbeutel. Ehe Barthel ablehnen konnte, preßte sie ihm zwei silberne Albus in die Hand. »Keine Widerrede«, befahl sie energisch, »nimm das Geld – du hast es mehr als verdient. Überleg doch mal, wieviel Papier du dafür kaufen kannst … vielleicht sogar deine ersten Farben!«

Das leuchtete Barthel ein. Aber er versicherte sich doch noch einmal. »Bist du wirklich zufrieden mit dem Bild?«

Gret nickte, während sie die Zeichnung sorgfältig zusammenrollte. »Ich bin sogar sehr stolz darauf, daß ich nun einen echten Bartholomäus Bruyn besitze«, meinte sie mit allem Ernst.

Barthel bemerkte es nicht. Der Junge hüpfte auf dem Heimweg neben ihr her, strahlte und schien im Geiste schon seine neuen Stifte, Pinsel und Papiere zu zählen.

Hans Stellmacher staunte, als Gret ihm das Bildnis zeigte und ihm erzählte, wie sie daran gekommen war. »Der Kleine ist hochbegabt«, murmelte Hans tief beeindruckt, »man wird sich seinen Namen merken müssen.«

»Glaub ich auch«, erwiderte Gret. »Das Blatt ist eigentlich viel zu schade, um es dauernd auf- und zuzurollen, bloß um es den Kirmesleuten zu zeigen. Ich hoffe nur, daß es nicht allzusehr verschmiert und zerknittert wird.«

»Gib es mir«, sagte Hans. Er steckte die schmale Rolle unter seine Jacke. »Da ist sie besser geschützt als in deiner Rocktasche.«

Sie legten den Weg nach Rodenkirchen schneller zurück als gestern. Das lag daran, daß sie diesmal nicht in Streit gerieten, sondern beide zielbewußt voranschritten. Hans hatte sich dazu entschlossen, Gret zu unterstützen. Er vermied es auch, den Beschützer herauszukehren. Ihm war klargeworden, daß er seine Bedenken für sich behalten mußte, wenn er nicht weitere Fehden mit Gret riskieren wollte.

Heute am Sonntag war das Gedränge auf dem Kirmesplatz noch viel dichter. Hans trottete an Grets Seite von Stand zu Stand und zeigte das Bild des ermordeten Mädchens, während Gret ihre Fragen stellte. Beim Betrachten der Zeichnung erinnerten sich einige der Standbesitzer sehr gut an die hübsche junge Frau im grünen Leinenkleid; aber wenn Gret nach ihren Begleitern fragte, waren die Antworten wenig hilfreich.

Das Mädchen war Samstagmorgen mit vielen verschiedenen Männern gesehen worden. Besonders der Mann in den dottergelben Hosen wurde mehrmals erwähnt. Einen Mann mit roten Haaren hatte dagegen niemand in der Nähe der jungen Frau bemerkt.

Enttäuscht über die Auskünfte trat Gret an den letzten Stand heran. Hier verkaufte eine ältliche, hagere, braungebrannte Frau allerlei Seidenbänder, Tüchlein und Haarschmuck aus Stoff oder Papier. Gret überflog die Auslagen auf dem primitiven Verkaufstisch und entdeckte sofort das kleine Bündel roter Papierblüten, das durch seine leuchtende Farbe in dem Durcheinander der anderen Waren besonders ins Auge fiel. Eine dieser Blumen hatte die Tote bei sich gehabt.

»Gute Frau«, stellte Gret ihre Frage, »habt Ihr dieses Mädchen gestern hier gesehen?«

Hans entrollte zum zehnten oder zwölften Mal die Zeichnung und hielt sie der Händlerin hin.

Die Frau studierte das Portrait eine ganze Weile. »Geschickter Zeichner, der das gemacht hat«, meinte sie dann, »aber ein Künstler ist er wohl nicht, was?«

»Wieso?« wollte Gret wissen.

»Na, er hat es nicht geschafft, dem Gesicht Leben zu verleihen. Es ist starr … da fehlt das Leuchten. Es sieht tot aus, wenn Ihr wißt, was ich meine. Aber sonst ist es ihr schon sehr ähnlich.«

»Ihr meint, Ihr könnt Euch an das Mädchen erinnern?« Gret lächelte über die Kritik an Barthels Bild, die ja eigentlich ein hohes Lob war.

»Ja, sicher«, sagte die Frau, »sie hat sich ein Blümchen für's Haar bei mir gekauft, und wir haben ein Schwätzchen gehalten.«

»War sie in Begleitung?«

»Zuerst nicht. Aber als sie wieder ging, hat sie sich einer Gruppe von jungen Leuten angeschlossen.«

Gret spitzte die Ohren. »Und was waren das für Leute? Wißt Ihr das auch noch?«

»Ich glaube, es waren Schiffer ... vier oder fünf Matrosen vom Hafen ...« Die Frau legte den Kopf schief und musterte Gret mit Mißtrauen. »Warum interessiert Euch das eigentlich so sehr? Wenn die Kleine was Unrechtes getan hat, dann will ich nichts damit zu tun haben. Ich bin ehrlich!«

»Keine Angst«, beruhigte Gret, »ich will wirklich nur herausfinden, mit wem sie gestern zusammen war – aus ganz persönlichen Gründen.«

»Ach so«, sagte die Frau und grinste, weil sie glaubte, verstanden zu haben. »Hat Euch wohl Euren Bräutigam ausgespannt – und jetzt seid Ihr mit Eurem Bruder auf der Suche nach dem Fremdgänger, was?«

Hans schnappte nach Luft. Er öffnete den Mund, um die Frau empört darüber aufzuklären, wie falsch ihre Annahme waren. Aber Gret trat ihm sachte auf den Fuß. Er schluckte seine wütenden Bemerkungen.

»Genau so ist es«, log Gret ungeniert, »war bei den Matrosen auch ein Mann mit roten Haaren – und mit dicken Holzschuhen?«

»Rote Haare? Dicke Holzschuhe?« Die Händlerin kicherte. »Euer Herzallerliebster ist also ein Feuerkopf! Nein, der war auf keinen Fall dabei. So ein Fuchs wäre mir bestimmt aufgefallen.« Sie tätschelte tröstend Grets Hand. »Vielleicht ist er dir ja doch treu geblieben, Mädel«, sagte sie und wurde vertraulich, »glaub' mir, die Kleine von gestern hatte nur ein paar Teerjacken bei sich. Dein Roter war nicht dabei.«

»Siehst du«, mischte sich Hans ein, »da hat dir einer einen Bären aufgebunden. Du machst dir was vor.«

Gret wußte genau, wie das gemeint war. Sie schoß Hans einen giftigen Blick entgegen. »Mag sein«, sagte sie spitz, »aber ehe ich die Sache auf sich beruhen lasse ...«

Sie entzog der Marktfrau ihre Hand. »Vielen Dank jedenfalls für Eure Auskünfte«, sagte sie zu ihr, »auch wenn sie mich nicht weitergebracht haben. Guten Verkauf noch.«

»Es wird sich alles aufklären«, sagte die Frau.

»O bestimmt«, meinte Gret mit einem weiteren bösen Blick auf Hans, »dafür sorge ich schon!«

Sie ließen die Stände hinter sich. Hans wollte etwas sagen, aber Gret ließ ihn erst gar nicht zu Worte kommen. »Ich weiß genau, was du jetzt denkst«, sagte sie trotzig, »aber so schnell gebe ich nicht auf. Und wenn ich den ganzen Hafen abklappere – ich kriege heraus, wo der rothaarige Mörder steckt«

Hans versuchte ruhig zu bleiben, auch wenn Gret ihm gerade ihr nächstes leichtsinniges Unterfangen angekündigt hatte. Als Frau allein am Hafen herumzustreifen, das war mehr als gefährlich. Er würde zusehen müssen, daß sie nicht allein war ...

»Gut«, lenkte er ein, »aber hier auf dem Platz werden wir keine neuen Erkenntnisse mehr gewinnen können. Was machen wir mit dem angebrochenen Nachmittag?«

»Weiß ich auch nicht«, gab Gret mürrisch zur Antwort. »Zum Tanzen habe ich jedenfalls keine Lust mehr.«

»Vielleicht sehen wir uns doch mal das Stück an, das die Schauspieltruppe zu bieten hat«, schlug Hans vor. »Es soll sehr lustig sein, und ich wünsche mir so, daß deine Laune sich wieder bessert!«

»Ach, Hans ...« Gret seufzte und sah ihn beschämt an. »Tut mir leid, daß ich so grantig zu dir war! Dabei hast du keine Mühe gescheut.«

»Und das werde ich auch in Zukunft nicht«, sagte er und seufzte ebenfalls. Dazu liebe ich dich viel zu sehr, dachte er den Satz zu Ende. Aber er wagte wieder einmal nicht, die Worte auszusprechen.

Das Stück war schon so gut wie vorüber, als sie sich vor der Bühne unter die Zuschauer mischten. Es war ihnen trotz des Gedränges gelungen, einen Platz ganz vorn zu finden, so daß sie wenigstens den Rest der Posse noch gut verfolgen konnten.

Im letzten Akt wurde der alte Geizkragen, der sich mit der jungen Frau verheiraten wollte, vollends zum Gespött des Volkes gemacht. Columbine nahm den buntscheckigen Luftikus zum Mann, den sie von Anfang an geliebt hatte, die anderen Verehrer wurden abgeschmettert und lächerlich gemacht, und der alte Geizhals mußte auch noch die Hochzeit bezahlen. Das Stück endete in einem brausenden Sturm von Gelächter und Applaus.

Als nun zuerst die männlichen Schauspieler alle zusammen an den Rand der Bühne traten und ihre Verbeugungen machten, stellte Gret verlegen und verärgert fest, daß sie schon wieder angestarrt wurde, und zwar diesmal von sämtlichen Männern der Truppe. Ein paar Wimpernschläge lang hielt sie den großäugigen Blicken der Kerle stand; dann zupfte sie Hans am Ärmel. »Komm, laß uns gehen«, zischte sie wütend, »diese fahrenden Komödianten haben überhaupt keine Manieren! Die gaffen mich an, als sei ich eine Mißgeburt!«

Mit Hilfe ihrer Ellbogen arbeitete sie sich zum linken

Ende der Bühne durch, wo die Schauspieler sie nicht mehr so genau im Blickfeld hatten. Während sie darauf wartete, daß Hans nachkam, erschien das einzige weibliche Mitglied der Truppe auf den Brettern und versank mit etwas eckiger Grazie vor dem Publikum in einem tiefen Knicks.

Das heiterte Gret wieder auf. Columbine hatte ihr von allen Personen des Stücks am besten gefallen. Sie hatte ihre Rolle frech, lustig und voller Charme gespielt. Gret fragte sich, ob die Darstellerin wohl auch als Mensch diese Eigenschaften besitzen mochte. Neugierig betrachtete sie die junge Frau, die sich da vorn unter jubelndem Applaus wieder und wieder verbeugte.

Columbine war klein und zierlich gebaut. Schöne, schlanke Taille, dachte Gret. Leider waren Gesicht und Haar unter der dicken weißen Schminke und dem turbanartigen Kopfputz nicht zu erkennen. Gewagterweise sah man andererseits Columbines Füße; denn das bunt gewürfelte Kleid reichte nicht einmal bis zu den Knöcheln. Sie trug weiße Strümpfe und schwarze Schuhe mit kleinen, glänzenden Schnallen.

Auf dem einen fehlte ja die Schnalle! Gret strengte die Augen an. Der linke Schuh war mit einem Senkel zugebunden. Und die Schnalle auf dem rechten glich genau der, die Gret am Blaubach gefunden hatte und in der Rocktasche bei sich trug!

Gret streckte die Hand nach Hans aus, der sich endlich zu ihr durchgedrängt hatte. »Hans«, flüsterte sie aufgeregt, »wenn die Schauspieler mit der Vorstellung fertig sind, ob man dann mal mit ihnen reden kann?«

»Wieso«, gab Hans verwundert zurück, »ich denke, du kannst sie nicht leiden! Das hast du vorhin selbst gesagt –«

»Stimmt ja auch«, unterbrach ihn Gret ungeduldig, »aber ich will wissen, woher die Columbine ihre Schuhe hat!«

Hans schüttelte nur den Kopf. Es war ihm unbegreiflich, warum Gret das wissen wollte. Aber er fragte nicht nach. Er hatte sich ja vorgenommen, keinen Streit mehr aufkommen zu lassen. »Die Leute wohnen in ihrem fahrenden Theater«, meinte er nachgiebig, »wir könnten hinter dem Wagen warten, bis sie sich umgezogen haben und wieder herauskommen.«

Das schien Gret ein vernünftiger Vorschlag. Vorn an der Bühne ging gerade ein dünner Schlaks, der den einen der verhinderten Liebhaber gespielt hatte, mit einem Messingteller unter den Zuschauern herum und sammelte Spenden ein. Das Eintrittsgeld war zwar schon zu Beginn des Stücks entrichtet worden, aber auch jetzt gaben die begeisterten Zuschauer noch einmal ein paar Münzen. Jedem hatte das Stück gefallen, und niemand wollte sich lumpen lassen.

Hans gab ein Fettmännchen, obwohl er ja mit Gret nur den letzten Akt gesehen hatte. Als er das Kleingeld in den blankgeputzten Teller fallen ließ, stellte er fest, daß auch dieser Komödiant Gret tatsächlich mit offenem Mund anstarrte. »Was glotzt du denn so, Junge«, fuhr er ihn wütend an, »hast du noch nie 'ne hübsche Frau gesehen?«

»Doch, doch«, stotterte der Schauspieler, »nur ...«

Gret wurde wütend. »Jetzt reicht's aber! Eine Unverschämtheit – sowas! Hör gefälligst auf, mich wie ein Idiot anzustieren. Sag mir lieber, wann eure Columbine mit dem Umkleiden fertig ist. Ich muß sie nämlich was fragen!«

»Ja ... ich weiß nicht ...« Das geschminkte Maskengesicht des Komödianten wirkte plötzlich erschrocken, obwohl die weiße Farbe sein Mienenspiel gut verdeckte. »Das bringt Unglück, wenn ich ihr das ausrichte.«

»Dann eben nicht!« Gret dreht dem rüpelhaften Kerl einfach den Rücken zu. Warte ich eben hinter dem Wagen, dachte sie. Irgendwann wird sie schon herauskommen.

Sie ließ den Schauspieler stehen, hakte sich bei Hans unter und schlenderte hinter das rollende Theater. »Abergläubischer Tropf«, meinte sie geringschätzig, während sie sich auf eine mittlere Wartezeit einstellte, »ich soll Unglück bringen? Seh ich etwa aus wie eine schwarze Katze?«

Hans lächelte. »Wirklich nicht«, sagte er sanft. Eher wie eine niedliche, muntere Maus, dachte er und lächelte noch breiter. Aber eine, die mit jeder Katze leicht fertig wird.

Sie mußten nicht lange warten. Schon nach ganz kurzer Zeit öffnete sich die kleine Tür auf der bühnenabgewandten Breitseite des bunten Schaustellerwagens. Columbine, jetzt ohne Turban und Schminke, aber noch immer in ihrem farbenfrohen Kostüm, kletterte rückwärts das schmale Treppchen herab, das den Abstieg von dem hochrädrigen Gefährt erleichtern sollte.

Gret schob das Kinn vor. Mit langen Schritten ging sie auf die Schauspielerin zu. »He, du da«, rief sie, »warte mal! Hast du einen Moment Zeit?«

Die Komödiantin stieg von der letzten Treppenstufe und drehte sich langsam zu Gret um. »Könnt' scho sei«, sagte sie freundlich und lächelte.

Gret blieb stocksteif stehen. Das Gesicht der Frau vor ihr war ihr bis in die kleinsten Einzelheiten bekannt und vertraut. Es war ihr eigenes.

4. KAPITEL

Gret hatte das unwirkliche Gefühl, in einen Spiegel zu schauen. Die Augen, die Nase, der Mund der Komödiantin unterschieden sich durch nichts von Grets Augen, Nase oder Mund. Und als sich jetzt der entgeisterte Ausdruck, den Grets Gesicht zeigen mußte, auch auf dem Spiegelbild-Gesicht der Schauspielerin ausbreitete – als sie genau wie Gret nach Luft schnappte und einen Schritt zurückprallte, da konnte Gret nicht anders: Sie brach in entnervtes Lachen aus. Einen Atemzug später stimmte die Komödiantin in Grets Gelächter ein. Sie war ebenso fassungslos.

Die Schauspielerin hatte sich als erste wieder in der Gewalt. »Und i hab's net glaube welle«, schnaufte sie, während sie sich über die Augen wischte, »i hab' g'meint, wie der Rossignol mich g'warnt hat, 's wär wieder nur einer von seine blöde Witz'!«

Sie trat näher an Gret heran. »Bischt – echt oder etwa doch e G'spenst?«

»Ein Gespenst? Was soll das heißen? Ich bin genauso echt wie du!« Auch Gret hatte ihre Fassungslosigkeit teilweise besiegt. »Du kannst mich ruhig anfassen – ich löse mich nicht in Luft auf!«

Die Schauspielerin streckte tatsächlich den Arm aus und berührte Gret an der Schulter. »I hätt mer's nie träume lasse, daß es zwei von mir gibt«, murmelte sie andächtig, »i mein' – noch eine, die akkurat so aussieht wie ich!«

»Ich auch nicht«, sagte Gret. Sie stellte fest, daß ihre Stimmen, abgesehen von der unterschiedlichen Dialektfärbung, den gleichen Klang hatten. »Offenbar gibt es doch Doppelgänger. Weißt du, ich hab diese Geschichten bis heute immer für Ammenmärchen gehalten!«

»Ja, gelt«, die Schauspielerin lächelte Grets Lächeln, »das blöde Märle vom Doppelgänger, der einem 's eigene Ableben ankündigt ... I glaub' jedenfalls net, daß i jetzt sterb', bloß weil du da bisch!« Sie kicherte wie Gret.

Gret fühlte sich wie in einem Traum. Sonderbarerweise hatte sich schon in den ersten Augenblicken eine bemerkenswerte Vertrautheit zwischen ihr und dieser wildfremden Frau eingestellt, die ihr so unglaublich ähnlich sah. Dennoch wußte Gret nicht recht, wie sie mit der Schauspielerin umgehen sollte. Ihre Verwirrung war unbeschreiblich. »Nett, dich kennenzulernen«, brachte sie heraus und schämte sich auf der Stelle für ihre steifen Worte. »Wirklich«, fügte sie stockend hinzu und verschlimmerte die Floskel noch, »sehr nett ...«

»I freu mi au … saumäßig …« Die Komödiantin wußte genausowenig, wie sie sich in dieser Situation verhalten sollte. Sie stand Gret nach den ersten, in der Überraschung locker gewechselten Worten ratlos gegenüber.

Hans rettete beide aus ihrer Verlegenheit. Er kam herüber, musterte die Schauspielerin voller Verwunderung und sah Gret an. »Wirklich erstaunlich, diese Ähnlichkeit«, sagte er, »wenn ich nicht genau wüßte, wer von euch Frauen wer ist – ich könnte euch glatt verwechseln!«

Gret und die Fremde warfen sich, als ob sie es abgesprochen hätten, einen augenzwinkernden Blick zu. Dann begannen sie gemeinsam zu lachen. Und dieses zweite Lachen schwemmte alle Hemmungen einfach weg.

»Saget«, schlug die Komödiantin vor, »wär's net e gute Idee, wenn wir alle zusammen darauf etwas trinken täten? So e Sach erlebt man doch net alle Tag', oder?«

»Du nimmst mir die Worte aus dem Mund«, stimmte Gret begeistert zu. Sie stellte plötzlich fest, daß sie sich mit der fremden Frau schon die ganze Zeit vertraulich geduzt hatte.

Ihre Doppelgängerin schien es bis jetzt überhaupt noch nicht gemerkt zu haben, denn sie redete munter weiter: »Ich hol' gleich den Rossignol – der wird Augen machen, daß du gar kein Geischt bist!«

Ihr Dialekt war schwächer geworden; sie schien sich wieder gefaßt zu haben. Auch das hatte sie offenbar mit Gret gemeinsam: Wenn sie aufgeregt war, zeigte sich das in ihrer Sprache.

»Der Rossignol«, fragte Gret, »ist das der Junge, der vorhin das Geld eingesammelt hat?«

Die Komödiantin schüttelte lachend den Kopf. »Nein, nein. Er isch mein Mann. Der Prinzipal. Ihm g'hört's Theater.«

Sie huschte davon, kletterte in den Wagen, kehrte Augenblicke später mit dem Mann zurück, der den alten Geizkragen gespielt hatte. Gret traute ihren Augen nicht: Der Schauspieler, der vorn auf der Bühne wie ein klappriges, gichtbrüchiges Männlein ausgesehen hatte, war in Wirklichkeit ein großer, gerade gewachsener, breitschultriger Kerl und hatte trotz seiner dunklen Haare und braunen Augen irgendwie Ähnlichkeit mit Hans Stellmacher. Gret wußte nicht genau, wodurch das bewirkt wurde; vielleicht waren es die Bewegungen, die Mimik oder die Art, wie Rossignol jetzt geschmeidigen Schrittes auf sie zukam.

Gret mußte unwillkürlich lächeln, als er jetzt, wie Hans es auch getan hätte, seiner Frau das Reden überließ: »Gelt, da siehst' es«, sagte die Komödiantin, »wir sollten einen Becher miteinander leeren – auf die ganze unwahrscheinliche G'schicht ... Sowas kommt nur einmal im Leben vor, wenn überhaupt!«

Der große Mann namens Rossignol nickte zurückhaltend, während er zuerst Gret, dann Hans die Hand bot. »Meine Frau hat völlig recht«, sagte er in sauberer Theatersprache und mit einer Stimme, die nicht mehr im mindesten an das Krächzen des alten Geizhalses erinnerte, »so etwas gibt es eigentlich gar nicht. Die Vorstellung war gut besucht – ich lade Euch natürlich ein!«

»Kommt nicht in Frage«, widersprach Hans, »die Einladung übernehme ich. Da gibt's kein Vertun!«

Gret und die Schauspielerin setzten gleichzeitig zu einem Vermittlungsversuch an. »Könntet ihr Männer nicht –«, sie brachen ab, sahen sich an und grinsten. »Du zuerst«, meinte Gret.

Sie einigten sich darauf, in der Nähe des Tanzbodens an einem der Schanktische zusammen ein Bier zu trinken; die

Männer sollten sich die Zeche teilen, bestimmten die Frauen.

Als sie sich am Tisch niedergelassen hatten und das schäumende, gut gekühlte Getränk vor ihnen stand, fanden die beiden Männer sogleich zu einem Gespräch, obwohl sie doch aus verschiedenen Welten stammten. Sie vertieften sich in eine Diskussion über das Auswuchten von Wagenrädern, und Hans machte dem Schauspieler Vorschläge zur Verbesserung seiner Bühnenmechanik.

Gret und ihre Doppelgängerin dagegen sahen sich ernsthaft an und fanden immer noch nicht aus dem traumartigen Zustand heraus, in dem sie sich befanden.

»Sag, wie heißt du eigentlich?« beendete die Schauspielerin schließlich das Schweigen, »ich bin Aline ...«

»Und ich Margarete Grundlin«, sagte Gret und bemühte sich auch, wieder in die Wirklichkeit zurückzufinden.

»Würdig, würdig«, bemerkte Aline, »du hast einen richtigen Nachnamen.«

»Aber nur durch Zufall«, erklärte Gret, »eine Klosterfrau hat ihn mir gegeben. Eigentlich ist es eine Spitzname – Gründling, wie die kleinen Fische, die immer alles untersuchen müssen, und die so schwer zu kriegen sind.«

Aline lachte. »Das ist lustig! Und es paßt zu dir ... zu uns.« Sie verstummte plötzlich. »Du standest auf einmal da und wolltest mit mir reden«, murmelte sie betreten, »und jetzt sitzen wir hier, weil eine Art Wunder passiert ist ... und wir kriegen beide nichts Rechtes heraus, Margarete ...«

»Gret, bitte – so nennen mich alle meine Freunde«, antwortete Gret leise. Sie riß sich zusammen und zwang sich, den Blick von Alines Gesicht abzuwenden. »Ich wollte dich eigentlich nur fragen, woher du deine Schuhe hast.«

»Meine Schuhe?« Aline machte runde Augen.

Gret kannte diesen Gesichtsausdruck von sich selbst. Sie staunte darüber und lächelte. »Die mit den Silberschnallen. Es ist ganz wichtig für mich.«

»Ja, gelt? Mir haben sie auch gleich gefallen. Aber ich kann dir nicht sagen, welcher Schuster sie gemacht hat. Ich hab sie gebraucht gekauft, von einem Altwarenhändler. Leider war die eine Schnalle nicht mehr dran. Da hab ich sie billiger bekommen.«

Aline hob den Fuß mit dem Schuh, dem der Schmuck fehlte.

Gret schaute ihrer Doppelgängerin in die Augen. »Aline«, sagte sie, »ich möchte mir nicht die gleichen Schuhe machen lassen – das ist es nicht.« Sie zog die fehlende Silberschnalle hervor und zeigte sie Aline. »Du ahnst ja nicht, wo ich die gefunden habe, und was es damit auf sich hat!«

»Lieb's Herrgöttle«, murmelte Aline betroffen, »sag doch, was isch mit die Schuh'?«

»Sie haben einer Toten gehört«, erklärte Gret. Ohne Zögern berichtete sie ihrer Doppelgängerin die ganze Geschichte. Bei Aline hatte sie instinktiv das Gefühl, daß sie ihr trauen konnte, und daß sie nichts mit dem Mord zu tun hatte.

Aline hörte zu, ohne Gret zu unterbrechen. Ihre Miene verriet intensive Aufmerksamkeit. Als Gret ihren Bericht beendet hatte, dachte die Schauspielerin einen Augenblick nach und sagte dann: »Wäre als nächstes der Händler zu fragen, von dem ich die Schuhe hab'.«

»Genau das war es, um was ich dich bitten wollte«, erwiderte Gret, »sag mir doch, wo ich den Händler finde!«

»I hoff', er isch no da«, brachte Aline aufgeregt hervor, »ich hoffe, er ist nicht schon weitergezogen! Das war so ein unruhiger Wandervogel.« Sie sprang vom Tisch auf. »Am besten wär's, wenn wir gleich nachschauten. Komm' halt!«

Hans wollte protestieren, als Gret sich anschickte, mit Aline wegzugehen. Aber Rossignol beruhigte ihn. »Die beiden werden sich bestimmt nicht verlaufen«, hörte Gret ihn sagen, »auf meine Frau ist Verlaß. Die bringt dir dein Mädchen wohlbehalten zurück.«

Die beiden Männer duzten sich also auch. Gret fand das erstaunlich, wenn sie bedachte, wie zurückhaltend Hans sonst gegenüber Fremden war. Aline kicherte. »Gelt, den hab i mir gut erzogen? Früher hat er ganz so geredet wie der Deinige.«

»Hans ist nicht der Meinige«, erwiderte Gret verlegen, »wir sind nur gute Freunde.«

»Aber, geh! Das merkt doch ein Blinder, daß du in ihn verliebt bist«, sagte Aline ernsthaft, »i hab's wenigstens sofort mit'kriegt.«

»Leider liebt er mich aber nicht«, erwiderte Gret im Brustton der Überzeugung, »er fühlt sich eher wie mein großer Bruder.«

Aline gab keine Antwort. Sie lächelte nur. Und Gret wunderte sich, warum sie der fremden jungen Frau jetzt auch noch ganz ohne Vorbehalte die Geheimnisse ihres Herzens anvertraut hatte.

»Gott sei's gedankt, wir erwischen ihn noch«, sagte Aline und steuerte mit schnellen Schritten auf einen alten Mann zu, der gerade dabei war, sich eine schwere Kiepe auf den krummen Rücken zu laden. »Grüß Gott, Sebastian«, rief sie ihm zu, »packst' jetzt schon ein?«

»Kein Geschäft mehr zu machen, Mädchen«, erklärte der Alte, »will sehen, daß ich heute noch über den Rhein komme!«

»Wir fahren erst morgen weiter«, plauderte Aline. Sie baute sich vor Gret auf und verdeckte sie, so daß der Alte sie nicht sehen konnte. »Bonn – dann Koblenz, Mainz. Anfang Oktober spielen wir in Frankfurt. Herbstmesse, weißt du. Darauf freu' ich mich schon ganz besonders!«

»Hmm« brummte der Alte. »So weit geh' ich nicht mehr. Bin inzwischen schlecht zu Fuß. Aber früher ...«

»Sebastian, was ich dich fragen wollte«, machte Aline einen Vorstoß auf ihr Ziel, »die Schuhe – weißt', die, wo i bei dir 'kauft hab'«, sie deutete auf ihre Füße, »sind die ausländische Ware?«

»Nein, wieso?« Sebastian machte ein dummes Gesicht. »Ich hab sie in Zahlung genommen – gegen ein Federmesser. War ein gutes Geschäft für beide Seiten.«

»So.« Aline legte den Finger an die Nase, wie Gret es manchmal tat, wenn sie nachdachte. »Könnte es sein, daß dein Tauschkunde ganz rote Haar' hatte? I mein', i hätt' geschtern so einen g'sehe. Und der hatte die Schuh' auf dem Rücken baumeln.«

»Mit roten Haaren? Da irrst du dich. Es war so'n kleiner, drahtiger Dunkelhaariger.« Sebastian sah Aline bedauernd an. »Wenn du wegen der fehlenden Schnalle nach dem Mann fragst – der hatte sie unterwegs verloren. Das hat er mir wenigstens gesagt.«

»Schade«, sagte Aline, »wirklich. Ein kleiner Dunkelhaariger, was? Von hier aus der Gegend?«

»Bestimmt«, kam die Antwort, »aber von der feinsten Sorte war der nicht. Er hatte 'ne große Narbe über dem linken Auge, und auch ganz zernarbte Hände – als ob er sich gern prügelt. Laß gut sein mit der verlorenen Schnalle. Vielleicht findest du ja an irgendeinem Kramstand eine, die ungefähr paßt!«

»Recht hast du, Sebastian«, sagte Aline, »lassen wir's dabei bewenden. Ich hätte den Kerl zwar gern gefragt, wo's genau diese Schnallen gibt, aber ich erkenne ihn bestimmt nicht. Narben haben schließlich viele Leute. Oder hatte er noch mehr besondere Merkmale?«

Der alte Sebastian überlegte kurz. »Also, er muß schon mal wegen Betrügereien verurteilt worden sein, weil er 'ne Kerbe in's Ohr eingeschnitten hatte. Du weißt, was ich meine. Such' lieber nicht nach dem, der taugt nichts. Sonst kriegst du vielleicht noch Ärger mit dem Schlitzohr. Und das will ich nicht.«

Aline nickte. »Dank dir, Sebastian. Gute Fahrt für dich – und gute Geschäfte!« Damit verabschiedete sie sich von dem alten Handelsmann, faßte Gret am Arm und zog sie zurück ins Gewühl des Kirmesplatzes.

Gret war enttäuscht darüber, daß sie wieder keine Hinweise auf den Rothaarigen erhalten hatte; gleichzeitig war sie beeindruckt, wie viel Aline über den Kerl in Erfahrung gebracht hatte, der dem alten Händler die Schuhe der Toten verkauft hatte. »Vom Mörder hat der Sebastian sie jedenfalls nicht bekommen«, sagte Aline jetzt, »es könnten demnach noch andere am Mord beteiligt sein.«

»Ja«, erwiderte Gret nachdenklich, »die Sache wird immer verwirrender. Anfangs sah alles so einfach aus! Ich dachte, ich müßte nur nach dem Mann mit den roten Haaren suchen und ihn dann vor Gericht bringen, aber jetzt ...«

»Ist es nicht oft so?« Aline schaute Gret mit dem gleichen nachdenklichen Ausdruck an. »Man nimmt sich eine ganz leichte Aufgabe vor und auf einmal wächst sie und wird so kompliziert, daß man glaubt, man kriegt die harte Nuß nie geknackt.«

»Du scheinst jedenfalls Übung darin zu haben – genau wie ich«, sagte Gret. »Ich wünschte –«

»Ich auch«, führte Aline den unausgesprochenen Gedanken zu Ende. »Ich hab große Lust, dir zu helfen. Und ich bin so neugierig, mehr über dich zu erfahren.«

»Könntet ihr nicht –«

»Genau das werd' ich durchsetzen. Wir geben noch ein Gastspiel in Köln, bevor wir weiterfahren. Auch wenn das gar nicht geplant war.« Aline schob energisch das Kinn vor. »Der Rossignol wird sich eben mal umstellen müssen.«

Gret klatschte in die Hände. »Auf dem Heumarkt treten ja immer wieder Gaukler auf«, sagte sie begeistert, »ihr könnt ein gutes Geschäft machen, wenn ihr trommeln laßt!«

»Gaukler sind wir nicht gerade«, grinste Aline, »aber es soll auch in Köln Leute geben, die der Kunst nicht abgeneigt sind. Zwei Vorstellungen pro Tag, eine Woche lang – das dürfte sich lohnen. Und dazwischen hätten wir jede Menge Zeit zum Reden – du und ich.«

»Meinst du, es wird gehen?«

»Alles geht, wenn ich es will«, sagte Aline und legte Gret impulsiv den Arm um die Schulter. »Ich glaube, auch darin sind wir uns sehr ähnlich.«

Es gelang ihr tatsächlich, Rossignol von ihrer Idee zu überzeugen. Rossignol schien sogar daran gewöhnt, daß Aline ein gewichtiges Wort bei seinen Entscheidungen mitredete. Als Hans ihn darauf ansprach, meinte er nur: »Ich wäre ja dämlich, wenn ich Alines klugen Kopf nicht mitdenken lassen würde!«

Er und Aline verabschiedeten sich schon bald, nachdem sie noch einen dicken Kirmesweck gegessen hatten. »Vorstellung«, sagte Grets Doppelgängerin, »in einer Stunde steh’ ich wieder auf der Bühne. So geht das. I seh’ di morge!«

»Glockengasse, Ecke Herzogstraße«, erinnerte Gret sie noch einmal, »und bitte vergiß es ja nicht!«

»Ei, wo werd’ ich? Es liegt mir ja viel zu viel dran!«

Aline und Rossignol schlenderten zurück zu ihrem buntbemalten Wagen. Hans, der ihnen genau wie Gret mit Bedauern nachschaute, murmelte: »Netter Kerl, dieser Rossignol. Könnte mich sofort mit ihm anfreunden, aber sie ziehen ja leider bald weiter. Wahrscheinlich wird man sich nie mehr wiedersehen.«

Gret hatte das auch gedacht. »Ich glaube, Aline könnte meine beste Freundin werden – mal ganz abgesehen davon, daß sie mir so ähnlich sieht.«

»Es verblüfft mich immer mehr«, meinte Hans, »was für verrückte Spielchen die Natur doch oft treibt!«

»Für Aline und mich hat Mutter Natur jedenfalls das gleiche Model genommen«, antwortete Gret, »fragt sich, wieso ...«

Auf dem Weg nach Hause war Gret nicht sehr gesprächig. Sie versuchte die seltsamen Geschehnisse dieses Tages zu verarbeiten.

Gott sei Dank war Doctor Minutus nicht zu Hause. So konnte Gret die Schweine und Hühner versorgen und dann in ihrem Häuschen verschwinden, ohne ihrem Brotherrn Rede und Antwort stehen zu müssen.

Sie ging früh zu Bett. Aber Ruhe fand sie nicht. Es drängte sie, alles, was sie bisher über den Mordfall herausbekommen hatte, zu ordnen und richtig miteinander zu verknüpfen. Aber so sehr sie sich auch konzentrierte, sie landete in

Gedanken über die silberne Schuhschnalle immer wieder bei ihrer Doppelgängerin.

Es kam ziemlich oft vor, daß Menschen einander im Aussehen ähnelten – etwa vom Gesichtsschnitt her, in der Haarfarbe oder dem Körperbau. Das war nicht so ungewöhnlich. Aber diese Aline war Gret in allem ganz gleich.

Gret tat in dieser Nacht etwas, was sie schon seit ihrer Kinderzeit nicht mehr getan hatte. Sie stellte sich die Fragen, auf die ihr bisher niemand eine Antwort hatte geben können: Woher komme ich? Wer waren meine Eltern?

Sie wußte nur, daß Mutter Imma aus dem Kloster Sankt Maria Magdalena sie an einem Wintertag als neugeborenen Säugling vor der Klosterpforte gefunden hatte – ein schwaches, winziges Kindchen, eingewickelt in ein altes Tuch, halb erfroren und verhungert – ein Findelkind wie viele andere. Warum Mutter Immaculata, die Apothekerin des Klosters, sich ausgerechnet um sie persönlich gekümmert hatte, wußte Gret nicht. Aber sie wußte eins: Ohne Mutter Imma hätte sie damals nicht überlebt.

Sie würde Aline nach ihrem Geburtstag und dem Ort ihrer Geburt fragen. Dann würde sich schon herausstellen, ob die unglaubliche Ähnlichkeit zwischen ihnen wirklich nur eine Laune der Natur war.

Schon kurz vor Sonnenaufgang war Gret wieder auf den Beinen. Sie fachte in Doctor Minutus' Küche das Feuer an, bereitete Frühstück für den Hausherrn, fütterte die Schweine, Hühner und Gänse und aß selbst etwas, nachdem der Doctor das Haus verlassen und sich auf den Weg zur Universität gemacht hatte.

Auch heute würde er keine Patienten besuchen – wie meistens in letzter Zeit. Er widmete sich mehr und mehr seinen gelehrten Studien und den Studenten, und das war gut so. Denn dadurch mußte Gret ihn nur noch selten begleiten und brauchte nicht so oft die handwerklichen Arbeiten seines Berufsstandes zu übernehmen, für die sich Doctor Minutus längst zu fein war.

Gegen Mittag hatte Gret den größten Teil der Hausarbeit erledigt. Blieb noch der Gemüsegarten: Hacken, Jäten und ein neues Beet für den Herbstsalat herrichten. Während sie mit der Hacke den Unkräutern zwischen den jungen Kohlköpfen zu Leibe rückte, überlegte sich Gret, was sie in der Mordsache am Nachmittag unternehmen würde. Noch immer hatte sie keine Ahnung, woher die Tote stammte, wer sie war, und warum man sie ermordet hatte. Es war lediglich herausgekommen, daß das Mädchen vom Blaubach eine der vielen Gelegenheitsdirnen gewesen war. Gret mußte mehr über die Frau wissen. Mit Hilfe der Portraitzeichnung, die der kleine Barthel angefertigt hatte, würde sie vielleicht am Hafen erfahren können, was ihr an Informationen noch fehlte.

Gerade, als Gret das Beet vom Unkraut gesäubert hatte und die Hacke in den kleinen Holzschuppen stellen wollte, der den Garten nach hinten begrenzte, klapperte die Gartenpforte. Gret hielt mitten in der Bewegung inne und drehte sich um. Ihre Doppelgängerin kam um die Hausecke und näherte sich über die Trittsteine zwischen den Beeten. »Grüß Gott«, sagte sie aufgeräumt, »hast' e bißle Zeit?«

»Grüß dich auch, Aline«, sagte Gret erfreut, »ich bin gerade fertig – du kommst genau richtig! Habt ihr auf dem Rathaus die Spielerlaubnis erhalten?«

»Aber ja! Ab morgen auf dem Heumarkt. Nur eins ist blöd: Wir dürfen die Vorstellungen nicht ausschreien lassen, und es darf auch keine Trommel gerührt werden. Da gibt's wahrscheinlich nur wenig Publikum.«

»Sorg dich nicht«, Gret tat Alines Befürchtungen mit einer lässigen Handbewegung ab. »Wozu kenne ich denn so viele Familien mit Kindern? Die Schusterin nebenan, die hat zum Beispiel vier. Die schicken wir einfach alle auf die Straße zum Werben. Das ist viel wirksamer als Trommeln.«

Aline lachte. »Du hast Ideen! Hört sich wunderbar an! Da wird der Rossignol sich freuen.« Sie wurde plötzlich ernst. »Weißt', i hab d'ganze Nacht net recht schlafen können ... wegen dir. Es ist gar zu sonderbar. I kann mer's einfach net erkläre!«

»Ich auch nicht.« Gret lehnte die Hacke an die Schuppenwand und lud Aline ein, sich mit ihr auf den Rasen unter den Apfelbaum zu setzen. »Ich wollte dich bitten, mir etwas von deiner Familie zu erzählen, von deinem Vater und deiner Mutter.«

»Familie«, sagte Aline nachdenklich, während sie sich niederließ und ihr etwas zu kurzes, hellblaues Barchent-Kleid über den Knien zurechtzupfte, »eine Familie hab ich schon lange nicht mehr. Mein Vater ist vor vielen Jahren vom Seil gestürzt; hat sich dabei das Genick gebrochen. Er war Artist, weißt du. Und an meine Mutter kann i mi gar nimmer erinnern – die isch g'storbe, wie i noch ganz klein war.«

Gret seufzte. »Trotzdem – du bist zu beneiden. Wenigstens weißt du, wer deine Eltern waren. Du hast sie sogar gekannt.« Sie heftete den Blick auf Aline, und die Gedanken der vergangenen Nacht drangen wieder auf sie ein. Sie forschte weiter: »Wo bist du denn geboren und wann? Ich selbst kenne nicht mal meinen Geburtstag. Ich weiß nur, daß es im Winter gewesen sein muß – kurz vor dem Christfest, vor fast einundzwanzig Jahren.«

Aline riß die Augen auf. »Du wirst auch einundzwanzig? Und auch im Winter – genau wie ich?«

»Ja! Aline – meinst du, es könnte sei, daß wir –«

»Ich weiß es nicht. Es wäre sehr unwahrscheinlich. Meine Eltern hatten nur ein Kind – mich.« Aline zeigte ihre Verwirrung und Aufregung so, wie Gret sie immer zeigte: Ihre Stimme war hell und scharf geworden; sie betonte die Worte überdeutlich. »Ich wüßte nicht, wie das zugegangen sein sollte! Soweit ich weiß, bin ich in Flandern geboren, in der Nähe von Antwerpen. Meine Eltern waren auf Fahrt, als ich zur Welt kam.«

»Aline«, Gret atmete tief durch, um sich zu beruhigen, »ich weiß, es kann nicht sein. Aber hast du dir nicht auch überlegt, wie es wäre, wenn wir –«

»Zwillinge wären?« vollendete die Doppelgängerin den Satz. »Ja, das hab ich. Aber wir werden es wohl nie genau wissen. Meine Eltern sind tot, und sonst gibt's ja niemanden, der es uns sagen könnte!« Sie griff impulsiv nach Grets Hand. »Du«, fuhr sie fort und schaute Gret in die Augen, »i weiß net, warum – aber i hab e ganz stark's G'fühl da drin«, sie deutete auf ihr Herz. »Und das sagt mir: Es is so – da gibt's nix!«

Gret konnte nicht antworten. Ihr eigenes Herz hämmerte auf einmal so stark, daß es ihr fast den Atem nahm. Sie drückte Alines Hand und nickte; von Anfang an hatte sie das gleiche unbegründete, aber sehr mächtige Gefühl verspürt. Es dauerte eine ganze Weile, bis sie sich wieder gefaßt hatte.

Aline und Gret beschlossen, den Nachmittag miteinander zu verbringen. »Der Rossignol und die anderen erledigen schon den Aufbau«, hatte Aline gesagt, »ich werde dabei kaum gebraucht. Der Rossignol sagt immer: Das ist Männersache! Und dann soll's mir auch recht sein!«

Gret hatte vorgeschlagen, zum Hafen zu gehen und nachzuforschen, wer das ermordete Mädchen gewesen war. Aber Aline wollte die Tote einmal sehen, und so besuchten sie zuerst den Elendsfriedhof, wo die Unbekannte bis zur Beerdigung aufgebahrt lag.

Auch heute war niemand außer dem Priester in der kleinen Kapelle. Als die beiden Frauen eintraten und sich der Bahre näherten, kam er eifrig auf sie zu.

»Es hat genützt, meine Tochter, daß du die Zeichnung hast anfertigen lassen«, sagte er und lächelte freundlich, »jemand hat sich gemeldet und wird für die Bestattung sorgen!«

»Ach«, antwortete Gret überrascht, »ein Angehöriger?«

»Ich glaube, der junge Mann hat sich als der Bruder der Toten vorgestellt, als ich ihn nach seinem Begehr fragte«, sagte der Priester, »obwohl er ihr nicht besonders ähnlich sah.« Sein Blick verharrte kurz auf Alines Gesicht. »Nicht annähernd so, wie du deiner Schwester ähnelst«, fügte er langsam hinzu.

»Wie sah er denn aus«, forschte Aline, »vielleicht kennen wir ihn!«

»Nun«, der Priester überlegte und runzelte die Stirn, während er angestrengt nachdachte, »er war recht groß und breitschultrig – und er hatte flammend rotes Haar. Wenn man's genau nimmt … Also, ich hätte ihn kaum für den Bruder der Toten gehalten, wenn er es mir nicht selbst gesagt hätte.«

»Ach«, wiederholte Gret. Ihr wurde plötzlich heiß. »Und der Mann hat sich hier eingestellt, weil er das Bild gesehen hat, sagtet Ihr?«

»Ich nehme es doch an«, meinte der Priester, »er hat mich

ja nach dir ausgefragt, meine Tochter, als ich auf dich zu sprechen kam. Er sagte, er habe seine Schwester auf dem Bild gleich wiedererkannt und wolle sich noch einmal bei dir bedanken. Aber ich wußte ja nicht, wo du wohnst, und so konnte ich ihm nicht weiterhelfen.«

Gret spürte, wie sie sich am ganzen Körper verkrampfte. »Habt Ihr mich dem Bruder wenigstens näher beschrieben, so daß er mich erkennen kann, wenn er mich sieht?«

»Ach, meine Tochter«, der Gottesmann schaute sie hilflos an, »Gott der Herr hat mich zwar mit guten Augen ausgestattet, aber manchmal ist mein Gedächtnis sehr schlecht. Wenigstens, was das Aussehen von Menschen betrifft. Ich habe dich bei deinem letzten Besuch ja nur ganz kurz gesehen«, er hob wie zur Entschuldigung die Hände, »und du hast so wenig Auffallendes an dir! Ich fürchte, meine Beschreibung deiner Person wird dem armen Bruder wenig hilfreich sein.«

Gott im Himmel sei Dank, dachte Gret und biß die Zähne zusammen. Aline schob sich einen Schritt vor. »Könnet Ihr uns dann sage, was jetzt mit derer Leich' g'schehe soll? I mein', was wird der Bruder jetzt damit mache?«

Dem Priester fiel Alines fremder Dialekt anscheinend nicht auf. Er wandte sich ihr zu und antwortete wie man es von ihm erwarten mußte: »Nun – der Bruder hat mir nicht gesagt, woher er kommt. Er wird wohl nicht aus der Stadt sein, denn er meinte, seine Schwester solle hier auf dem Elendsfriedhof begraben werden – baldmöglichst. Einen Totengräber wolle er selbst mitbringen – morgen abend, sagte er mir«

»Werdet Ihr den Segen sprechen, Pater?« fragte Aline.

»Sicher ... es ist ja sonst niemand hier. Außer ihrem Bruder wird dem armen Mädchen wahrscheinlich auch niemand die letzte Ehre erweisen. Es sei denn, ihr könntet –«

»Das wird nicht gehen«, sagte Gret schnell, »wir sind beide sehr beschäftigt und können uns morgen kaum freimachen. Aber wir hätten gern den Platz gesehen, wo die Tote liegen wird.«

Der Pater nickte. »Den kann ich euch natürlich zeigen. Vielleicht könntet ihr dann später hin und wieder das Grab besuchen.«

»Richtig«, bestätigte Aline diesen Gedanken, während sie unauffällig die Hand der Toten anhob und sie mit den Fingern untersuchte.

Gret bemerkte das. Sie sah den Priester eindringlich an, um ihn abzulenken. »Sagt dem Bruder nichts von uns«, bat sie ihn, »vielleicht können wir ja doch zur Beerdigung erscheinen, und dann möchten wir ihn überraschen.«

»Das wäre sehr schön«, sagte er Pater ehrlich erfreut.

Sie verließen die Kapelle durch die Seitenpforte. Der Gottesacker, auf dem die Ausländer – die ›Elenden‹ und Heimatlosen – begraben wurden, war ein baumbestandenes, von bröckelnden Mauern eingefriedetes Viereck. Die Gräber waren ohne erkennbare Ordnung angelegt; in kleineren oder größeren Gruppen lagen die Grabhügel im Sonnenlicht – manche noch frisch und hoch, andere schon flach und von hohem Gras überwachsen. Kreuze oder Grabsteine gab es keine; wer einen Namen gehabt hatte, verlor ihn hier. Er wurde zu einem der Namenlosen, die fern der Heimat in fremder Erde ruhten, und um deren Gräber sich niemand kümmerte.

Ein alter Weidenbaum, dessen lange, hängende Zweige eine Ecke des Friedhofes beschatteten, verstärkte noch das Gefühl der tiefen Melancholie, das Gret und Aline beim Anblick dieses Ortes befallen hatte. Die beiden Frauen ließen sich die Stelle zeigen, wo gleich neben der Mauer die Ermordete ihre letzte Ruhestätte finden sollte, und verabschiedeten sich dann von dem Priester. Erst als sie wieder vor der Pforte auf dem Weg standen, ließ Aline Grets Hand los.

»Es hat mich ganz traurig gemacht«, sagte sie leise, »weil ich irgendwann auch einmal auf einem solchen Friedhof begraben werde. Ich hab ja auch keine richtige Heimat.«

»Aber noch bist du am Leben«, sagte Gret mit einem Kloß in der Kehle, »außerdem kann sich vieles ändern. Ich selbst hab' zum Beispiel bis jetzt noch kein Bürgerrecht in Köln, weil ich meine Herkunft nicht nachweisen kann. Aber ich versichere dir, ich werde mich drum bemühen. Und ich bekomme das Bürgerrecht. Früher oder später!«

»Hmm«, sagte Aline und wurde wieder munter, »dir trau ich alles zu!«

5. KAPITEL

Am Hafen herrschte der übliche, laute Betrieb eines Werktages. Gret und Aline hatten sich mutig in das Durcheinander gemischt; sie arbeiteten sich zwischen Kisten und Fässern mit Produkten aller Art von einem Anlegeplatz zum andern und versuchten mit den Bootsleuten und Matrosen, den Handlangern und den Mühlenstößern, die die Tretkräne bedienten, ins Gespräch zu kommen. Es waren rauhe Kerle, die schwere Arbeit verrichteten. Und nicht jeder aus ihren Reihen konnte ganz ohne Furcht den Ordnungshütern entgegentreten, die der Rat der Stadt hier zum Dienst eingesetzt hatte.

Die Kais, wo die Lastschiffe be- und entladen wurden, waren eine reine Männerdomäne. Keine anständige Frau wagte sich unbegleitet in diesen Wald der Masten und Spieren. An seinem Rand flanierten lediglich die hartgesottensten Huren der Stadt – die grell geschminkten käuflichen Weiber aus der Nächelsgasse und den übel beleumdeten Nebenstraßen des Hafenviertels. So mutig Gret und Aline auch auftraten, sie hatten mit ihren Fragen nach dem unbekannten Mädchen kein Glück. Von den meisten Bootsleuten ernteten sie nur anzügliche Bemerkungen oder lüsterne Blicke. Keiner der groben Burschen gab eine Auskunft, die sie weitergebracht hätte.

Schließlich mußten sie sich eingestehen, daß es keinen Zweck hatte, hier weiterzuforschen. Gret ärgerte sich. Und Aline sprach den Gedanken aus, der auch in Gret gereift war: »Wir müssen auf's Rathaus, den Mord melden. Ich bin sicher, der Gewaltherr, der zuständig ist, wird sich der Sache annehmen. Beweise gibt es ja genug. Und morgen kann der Mörder gefaßt werden, wenn er auf dem Elendsfriedhof erscheint. Gretle, i seh net, wie wir noch mehr herausfinden können. 's isch ja au gar net mehr nötig.«

»Natürlich hast du recht«, gab Gret verbissen zurück, »aber ich bin trotzdem dafür, noch die Leute von der Fähre zu befragen. Vielleicht ist einem von denen die Frau bekannt. Ich will einfach wissen, wer sie ist – nur der Ordnung halber. Und die Sache mit den Schuhen, die wäre ebenfalls noch zu klären.«

»Wozu?«

»Aber siehst du das denn nicht? Der Kerl, der dem alten Trödler die Schuhe verkauft hat, war vielleicht ein Komplize!«

»Vielleicht auch nur ein Leichenfledderer.«

»Das glaub' ich nicht. Mein Gefühl sagt mir, daß mehr dahinter steckt.« Gret ballte die Fäuste. »Es ist zum Auswachsen! Wir wissen nur, wie die Frau zu Tode gekommen ist.

Aber warum wurde sie ermordet? Wo fand die Tat statt? Warum schleppte man sie anschließend in einem Sack zum Blaubach und legte sie da ab? All diese Fragen sind noch offen, Aline! Ich kann das nicht auf sich beruhen lassen – ich muß einfach mehr Licht in dieses Dunkel bringen!«

»Ich sehe, was du meinst«, erwiderte Aline, »wichtig erscheint mir vor allem die Frage, warum man sie umgebracht hat. Sobald wir die beantworten können, löst sich der Rest des Rätsels von allein. Meinst du nicht?«

»Ja«, sagte Gret einsilbig.

Die Anlegestelle der Fähre lag nur wenige Schritte vom Frachthafen entfernt. Gret und Aline ließen das Gewirr der sanft auf- und abschwankenden Masten, der rotbraunen Segel und flatternden Wimpel hinter sich zurück und gingen zielstrebig zu dem Landungssteg hinüber, wo inmitten von Körben und Kisten einige Passagiere darauf warteten, nach Deutz übergesetzt zu werden.

Das breite, flache Fährboot näherte sich, von kraftvollen Ruderschlägen getrieben, bereits dem Kölner Ufer. Nach kurzer Zeit stellten die Fährknechte die Ruder auf, und das Boot glitt mit leisem Knirschen auf den Kies an der Landungsbrücke. Die Leute, die von Deutz herübergekommen waren, luden ihr Gepäck aus; danach stiegen die neuen Passagiere ein, und ihre Warenkörbe wurden an Bord verstaut.

Gret und Aline näherten sich einem jungen Mann von der Bootsbesatzung, der sich eben einen dicken Ballen Wolle auf die Schultern heben wollte, um ihn auf die Fähre zu bringen. »Habt Ihr diese Frau schon einmal gesehen?« fragte Gret und hielt ihm die Zeichnung hin.

Der Fährmann ließ den Wollballen wieder zu Boden sinken. Er warf einen Blick auf das Papier. »Hm«, murmelte er, »kann sein ... kann durchaus sein. He, Jochen –«, er winkte einen seiner Bootskameraden heran, »sieh mal! Ist das nicht die Kleine, die wir vorgestern übergesetzt haben?«

Jochen kam mit langen Schritten herübergestelzt. Auch er schaute sich das Bild genau an. »Ja, ja«, sagte er nach kurzem Überlegen, »das ist sie. Obwohl der Maler sie irgendwie nicht richtig getroffen hat. Die sah so lebendig aus – ein ganz lustiges Vögelchen!«

Gret rollte die Zeichnung wieder sorgfältig zusammen. »Seid Ihr sicher?« hakte sie noch einmal nach. »Kein Irrtum möglich?«

»Bestimmt nicht«, meinte Jochen. »Wir haben die ganze Zeit mit ihr Witze erzählt und hatten viel Spaß zusammen.«

»Wißt Ihr, woher das Mädchen kam?« Aline mischte sich jetzt ein. »War sie vielleicht aus Köln und wollte wieder nach Hause?«

Der erste der beiden Fährknechte kratzte sich den Bart. »Ich meine, sie war aus Dellbrück.«

»Falsch, Matthes«, fiel Jochen ein, »weißt du denn nicht mehr? Die hat doch die komischen Geschichten von Ritter Isenburg erzählt!«

»Ach ja, stimmt! Wir haben Tränen gelacht.« Matthes schmunzelte. »Hätte nie gedacht, daß aus Holweide so nette Mädchen kommen! Die Kleine war auf dem Weg nach Köln. Wollte da 'ne Verwandte besuchen, glaub' ich.«

»Hmm. Seit Ihr etwa die Verwandtschaft?« wollte Jochen wissen. »Wieso fragt ihr nach dem Mädchen?«

»Wir kennen sie gut«, wich Aline aus, »und wollten wissen, ob sie schon übergesetzt hat.«

»Ja, hat sie«, bestätigte Jochen noch einmal. »War's das jetzt? Wir müssen nämlich gleich wieder ablegen!«

»Nur noch eins«, sagte Gret, »Ihr wißt nicht zufällig, ob sie einen Begleiter bei sich hatte – einen Mann mit roten Haaren?«

Die beiden Fährknechte schüttelten einhellig die Köpfe. »Nein«, sagte Mattes, »bestimmt nicht. Wenn die einen bei sich gehabt hätte, dann wär' die Überfahrt wohl kaum so lustig geworden – oder, Jochen?«

Die beiden machten sich wieder an ihre Arbeit. Matthes brachte den Ballen an Bord, während Jochen den Passagieren beim Einsteigen behilflich war. Danach wurden die Leinen losgeworfen, und die Fähre glitt auf den Rhein hinaus – Richtung Deutz, das mit seinen wenigen, bescheidenen Häusern und Türmen am anderen Ufer im Sonnenschein lag.

»Immerhin«, meinte Aline, »nun wissen wir, daß sie aus diesem Dorf kam«, sie schnippte mit den Fingern. »Wie hieß es doch gleich?«

»Holweide«, sagte Gret nachdenklich, »und ich glaube, ich kenne jemanden von da. Mir fällt im Augenblick nur nicht ein, wer es ist.«

»Laß dir Zeit«, Aline hatte sich bereits vom Anlegeplatz abgewandt und steuerte das Rheingassentor an, um in die Stadt zurückzukehren, »die Erinnerung kommt meist ganz von selbst, wenn man nicht mit Gewalt danach sucht.«

»Recht hast du«, sagte Gret. »Wir machen erst mal unsere Anzeige bei Gericht. Danach sehen wir weiter.«

Der Amtsdiener am Rathausportal ließ die beiden Frauen nicht ohne weiteres eintreten. »Da könnte ja jeder kommen«, knurrte er und fletschte die Zähne wie ein wütender Zerberus.

Gret und Aline mußten sich gleichzeitig das Lachen verbeißen. »Wir haben dem Turmherrn eine wichtige Meldung zu machen«, sagte Gret, die ihre Lachmuskeln als erste wieder unter Kontrolle hatte, »es geht um Mord!«

»Aha!« Der Zerberus war jetzt doch beeindruckt. »Also, das ist was anderes! Allerdings, der Herr Olligschläger, der für sowas zuständig ist, der ist noch mit dem Straßenraub beschäftigt. Aber der andere Turmherr, Herr van Aldenhoven, der vertritt ihn heute im Amt. Treppe rauf, und dann –«

»Danke, ich kenne mich aus«, sagte Gret und war schon mit Aline im Gebäude. »Der Kerl da am Portal, der sieht genauso wüst aus wie der Platzjabbeck oben am Rathausturm«, erklärte sie Aline grinsend, »die Steinfratze, die einen immer so böse anstarrt. Aber er ist auch genauso harmlos. Alles nur Theater!«

Aline lachte: »Platzjabbeck – komischer Name! Das wäre der richtige Spitzname für den Portalwächter!«

Herr van Aldenhoven, ein Mann in den Fünfzigern, graumeliert, schwarz gekleidet und von langer, hagerer Statur, hielt sich tatsächlich in seiner kleinen Amtsstube auf. Er saß an einem mächtigen, von Papieren übersäten Tisch und war offenbar mit dem Sichten von Akten beschäftigt. Als die beiden Frauen eintraten, blickte er unwillig auf. »Was gibt's denn schon wieder? Kann denn hier keiner in Ruhe arbeiten?«

»Wir möchten einen Mord melden«, begann Gret und legte ihren ganzen Schneid in die Stimme, um den würdigen Ratsherrn zur Aufmerksamkeit zu zwingen. »Eine Frau ist umgebracht worden, und der Mörder könnte morgen gefaßt werden.«

Herr van Aldenhoven zog überrascht die Augenbrauen hoch und legte das Papier hin, das er gerade in der Hand gehalten hatte. »So? Dann hätte ich gern genauere Angaben!«

Gret berichtete. Als sie fertig war, schwieg der Gewaltherr einen Augenblick, während er Gret interessiert betrachtete. »Hmm«, räusperte er sich endlich, stand auf und trat näher an sie heran, »du … ich meine … Ihr kommt mir irgendwie bekannt vor. Kann es sein, daß Ihr schon einmal als Informantin bei Gericht aufgetreten seid?«

»Ja, allerdings, Herr van Aldenhoven.« Gret mußte ihre Ungeduld beherrschen. »Aber nicht darüber sollten wir reden, sondern bei der Sache bleiben.« Diese Amtspersonen waren doch alle gleich langsam! »Werdet Ihr ein paar Gerichtsdiener zum Elendsfriedhof schicken? Es ist sehr wahrscheinlich, daß der Mörder wirklich kommen wird. Er hat rotes Haar, und mit Sicherheit auf der rechten Gesichtshälfte zwei tiefe Schrammen, die noch nicht verheilt sein dürften. Daran ist er auf jeden Fall zu erkennen!«

»Schon gut«, sagte Herr van Aldenhoven mit leicht irritiertem Unterton. »Wir kümmern uns darum. Auch wenn mir Eure Geschichte reichlich phantasievoll vorkommt – wie war doch der Name?«

»Gret Grundlin, Magd bei Doctor Minutus«, sagte Gret steif, »und ich neige nicht zum Spinnen von Garn, gleich welcher Art. Guten Tag, Herr van Aldenhoven!«

Damit reckte sie die Schultern, gab Aline mit den Augen einen Wink, ihr zu folgen, und verließ hocherhobenen Hauptes die Amtsstube. Das verblüffte »Danke für die Hinweise« von Herrn Aldenhoven überhörte sie geflissentlich.

Draußen auf dem Korridor stieß Aline einen bewundernden Schnaufer aus. »Püh«, sagte sie, »wie du mit dem umgesprungen bist – alle Achtung! Das hätte ich mich nicht getraut, obwohl ich auch nicht feige bin!«

»Die einzige Art, mit diesen aufgeblasenen Herrschaften vom Rat umzugehen«, meinte Gret ruhig, »pack sie fest an, sonst spuren sie nicht!«

Sie passierten den Amtsdiener, der das Portal bewachte, und den sie ›Platzjabbeck‹ getauft hatten. »Was jetzt?« fragte Aline, als sie wieder auf der Straße standen.

»Mir ist inzwischen eingefallen, wen ich aus Holweide kenne«, gab Gret langsam zurück, »aber es wird nicht leicht sein, diese Person zu finden.«

»Warum? Ist sie oft auf Reisen?«

»Nicht direkt. Sie ist in der Stadt unterwegs. Mal hier, mal da.« Gret fuhr sich mit dem Finger über den Nasenrücken. »Wir könnten zuerst nachsehen, ob sie bei Sankt Aposteln steht. Du mußt nicht mit, falls dir die Sache peinlich ist.«

Aline sah Gret verständnislos an. »Vielleicht erklärst du mir mal, warum es mir peinlich sein sollte, mit dir eine Frau aufzusuchen, die du kennst?«

»Weil sie einen schlechten Ruf hat.«

Aline lachte belustigt. »Als ob mich das stören könnte! Wir Fahrenden haben ja auch einen schlechten Ruf, besonders die Schauspieler! Unehrliche Berufe – genau wie Schornsteinfeger, Müller und Bader. Aber der schlechte Ruf ist nicht immer gerechtfertigt, das weißt du ja.«

»Bell aus dem ›Bock‹ ist eine Hure.«

»Ach so.« Alines Gesicht wurde ernst. »Das ist was anderes. Aber wenn du dir nicht zu schade bist, mit ihr zu reden, dann –«

»Sie hat mir einmal das Leben gerettet«, unterbrach Gret und schaute gedankenverloren zu Boden, während sie sich erinnerte. »Es ist noch gar nicht so lange her.«

»Gehen wir«, sagte Aline.

Der Neumarkt war um diese Nachmittagszeit sehr belebt. Die Hausfrauen kauften frische Lebensmittel für den nächsten Tag ein; überall an den Bauernständen handelten Mägde in ihren adretten weißen Leinenhauben oder ehrbare Bürgerinnen im bescheidenen Putz um Eier, Butter, Milch und das Gemüse, das sie nicht im eigenen Garten ziehen konnten.

Gret und Aline schlängelten sich zwischen den Körben, Kisten und Tischen hindurch zum anderen Ende des Marktes. Dort stand, abgegrenzt durch die Mauerbögen der alten Stadtbefestigung, die Kirche Sankt Aposteln. Auf dem Platz vor dem Portal hatten mehrere Dirnen ihr Revier; Gret wußte, daß auch Bell gelegentlich hier auf Kundenfang ging.

Sie sah sich um. Bell war nirgends zu entdecken. Nur zwei Kolleginnen ihres Gewerbes standen, die Hüften aufreizend vorgestreckt, bei der Mauer und warteten auf Freier.

Gret, die widerwillige Aline im Schlepptau, steuerte geradewegs auf eine der beiden Huren zu. »Hast du Bell gesehen?« fragte sie forsch.

Das grell geschminkte, mit ihrem roten Rock als Dirne ausgewiesene Mädchen gaffte blöde. »Wat – kommst du jetzt doppelt? Ich muß mer et Saufen abjewöhnen!«

»Keine dummen Sprüche«, sagte Gret unwirsch, »wo ist Bell?«

Die Hure klimperte mit ihren kohlschwarz gefärbten Wimpern. »Wenn ich dat schon hör'– wo ist Bell!« Sie übertrieb Grets saubere Aussprache. »Wo soll se schon sein, hä? Dat Bell hät sich affjesetz'– in et Stammlokal, ›Bock‹ in dr Schmierstraß'. Hier is et Jeschäft zu flau!«

»Danke.« Das war alles, was Gret zur Antwort gab. Sie

drehte sich um und verließ den Platz, Aline getreulich an ihrer Seite. Die spöttische Bemerkung »Un du bis doch scharf op Frauen!«, die die Dirne ihr nachrief, beachtete sie nicht.

»Die Schmierstraße – liegt die weit von hier?« fragte Aline im Gehen.

Gret schien nicht zugehört zu haben. »Verflixt«, murmelte sie vor sich hin, »ich muß unbedingt mit Bell sprechen! Und jetzt ist sie ausgerechnet in der Schmierstraße? Na, egal – was sein muß, muß sein.«

»Die Straße hat wohl auch einen schlechten Ruf?«

Aline hatte es genau getroffen. »Allerdings«, sagte Gret, »das ist eine Gegend, wo anständige Mädchen nicht unbegleitet herumlaufen sollten. Aber was soll's – wir waren ja heute schon am Hafen. Da kommt es auf die Schmierstraße auch nicht mehr an. Ich hoffe nur, daß wir nicht gesehen werden.«

»So schlimm? Lieb's Herrgöttle!« Aline machte ein pfiffiges Gesicht. Ihre Augen funkelten vor Abenteuerlust. »Das kann ja spannend werden! Wenn das der Rossignol wüßte ...«

»Und erst der Hans«, sagte Gret betreten, »oder gar Doctor Minutus! Der würde mir glatt den Kopf abreißen!«

»Dann darf es halt keiner von den Männern erfahren«, Aline drückte Gret begeistert die Hand, »i verrat' di net, und du verratst mi au net. Abg'macht?«

»Keine Frage.« Gret erwiderte den Händedruck. Und auf einmal war da wieder das seltsame Gefühl der inneren Einheit, das sie immer enger mit der Komödiantin verband.

Die Sonne stand jetzt schon tief im Westen. Als Gret mit Aline auf der berüchtigten Straße angekommen war, bereiteten sich die Besitzer der vielen billigen Amüsierlokale auf das abendliche Geschäft vor. Schlagläden wurden aufgestoßen; die Schönen der Nacht, die die helle Sonne scheuten und bis jetzt geschlafen hatten, erwachten zu neuem Leben. Überall tauchten die geschminkten Gesichter der hier arbeitenden Tänzerinnen und Animiermädchen aus dem Dunkel ihrer trostlosen Behausungen auf. Die Straße belebte sich schon mit Kunden aller Art: Ehrenwerte Bürger, die einmal fern von Weib und Kind ein paar wilde Stunden verleben wollten, lichtscheues Gesindel und Fremde ohne Geld, die hier billig untergekommen waren.

Gret zog unwillkürlich den Kopf ein. Sie hatte die Schmierstraße bis jetzt nur am sicheren Vormittag betreten. Aline dagegen schien der Anblick der schattenhaften Gestalten, die jetzt aus ihren Winkeln kamen, nicht sonderlich zu beeindrucken. Sie stapfte an Grets Seite furchtlos die unratübersäte Straße entlang und ließ sich nicht angst machen.

Auch das Haus ›Zum Bock‹, eine heruntergekommene Absteige mit schadhaftem Dach und vielen verschachtelt angebauten Elendsunterkünften, wurde gerade für den Abend geöffnet. Der Wirt zündete mit einem Kienspan die Tranlampe an, die als einzige Beleuchtung an drei dünnen Kettchen von der rußschwarzen Balkendecke herabbaumelte. Auf Grets Frage, ob Bell im Hause sei, antwortete der schmierige Kerl nur mit einem Knurren und deutete mit dem Daumen in die dunkle hintere Ecke seines Lokals.

»Ich kann Bell nicht sehen«, sagte Gret.

Der Wirt warf ihr einen mürrischen Blick zu und brüllte: »Franz!«

Aus dem Schatten hinterm Tresen tauchte ein schlaksiger, verhungert aussehender und von Pickeln übersäter

Halbwüchsiger auf. In vorsichtig geduckter Haltung näherte er sich dem Wirt, als befürchte er, sich eine Ohrfeige einzufangen. »Ja?« fragte er ängstlich.

»Hol die Schlampe runter«, fuhr der Wirt den Jungen an, »aber hopp, hopp!«

Lautlos huschte der Schankbursche die Treppe zum Obergeschoß hinauf, wo Bell nach Grets Erinnerung manchmal ihre Freier empfing. Bald darauf war der Junge wieder da, Bell im Gefolge.

Als sie Gret sah, wurde ihr Gesicht fast so rot wie ihr geschminkter Mund. »Na, dat is aber wat«, knarrte ihre wohlbekannte Reibeisenstimme, »dat is aber 'ne Freud ...« Sie hielt verlegen inne und wußte nicht mehr weiter.

»Ich freue mich auch«, sagte Gret und versuchte die Rührung zu verbergen, die in ihrer Stimme mitschwang. »Aber ich bin aus einem ganz besonderen Grund hier, Bell. Ich muß mit dir reden. Ganz dringend und ungestört!«

Erst jetzt bemerkte Bell Aline, die neben Gret stand und sie aufmerksam betrachtete. »Und die da«, raspelte sie, »is die ... Mein Jott, die sieht ja jenauso aus wie du!« Sie hob die Hände und preßte sie auf ihre rotgefärbten Lippen. »Nä, sowat! Ne Doppeljänger!«

»Aline ist eingeweiht«, erklärte Gret nüchtern und ging nicht auf die erstaunte Bemerkung der Hure ein, »sie darf alles mithören.«

Es dauerte einen Augenblick, bis Bell sich von ihrer Überraschung erholt hatte. Dann sagte sie mit einem boshaften Seitenblick auf den Wirt: »Ich werf' mer 'ne Mantel über. Dann suchen mer uns 'n anständijes Lokal. Hier die Spelunke, die is nit dat Richtije für jute Leute!« Sie rannte die Stiege hinauf und kam Augenblicke später im Mantel wieder herunter.

Zusammen gingen sie ein paar Häuser weiter zu einer kleinen Bierstube, die sauber und einladend aussah – auch wenn das Publikum hier nicht viel besser war als im ›Bock‹.

Sie setzten sich an einen freien Tisch, und eine junge Magd brachte unaufgefordert drei Krüge schäumendes Bier. »Hausjebraut«, sagte Bell und hob Gret und Aline ihren Krug zum Anstoßen entgegen, »dat ist dat Beste, wat die Schmierstraß' zu bieten hat.«

Sie tranken einander zu. »Und wat wolltest du jetzt mit mir bereden?« fragte Bell und wischte sich den Bierschaum vom Mund.

Gret zog die eingerollte Zeichnung aus der Rocktasche, glättete sie und hielt sie Bell hin. Dann stellte sie die Frage, die sie nun schon so viele Male ohne Ergebnis ausgesprochen hatte: »Kann es sein, daß du diese Frau schon mal irgendwo gesehen hast?«

Bell schaute das Bild an. Langsam wurden ihre Augen groß, und ihre schmalgezupften Augenbrauen hoben sich. Ihre tiefroten Lippen bildeten ein stummes Oh, dann lächelte sie sanft.

»Bell«, sagte Gret. »ich dachte, du könntest sie vielleicht kennen, weil sie aus Holweide stammt. Genau wie du ...«

»Schönes Bild«, murmelte Bell voller Bewunderung, »jenau jetroffen. Dat is se – alles, wat recht is! Nur 'n bißchen steif und starr im Ausdruck.«

»Bell, du kennst dieses Mädchen also wirklich?« Gret rückte näher an die Hure heran. »Dann sag mir doch, wer das ist! Weißt du vielleicht sogar, wie sie heißt?«

»Klara«, kam es fast ohne Knarren aus Bells Mund. »Dat is mein Klärchen, et Kind von 'ner Nachbarin.« Sie räusperte sich gerührt. »Ich hätt' nie jedaach, dat ich ming Klärche noch ens widdersehe künnt.«

»Die Tochter einer Nachbarin?« Gret wunderte sich.

»Ich hab dat Kind jetzt seit vier Jahren nit mehr jesehen«, sagte Bell leise, »weißte, Jriet – et Klärche, dat hab ich jroßjezogen. Dat war ja erst vier, wie dem seine Mutter jestorben is.« Sie riß den Blick von der Zeichnung los und sah Gret an. »Wie kommst du an dat Bild – und wat is mit dem Klärchen?«

Gret wußte nicht, was sie antworten sollte. Mit allem hatte sie gerechnet, nur nicht damit, daß Bell ausgerechnet zu diesem Mädchen in einer so engen Beziehung stand. Wie sollte sie Bell jetzt schonend beibringen, daß das Nachbarskind, das sie großgezogen hatte und offenbar sehr liebte, Opfer eines Mordes geworden war?

»Wat is denn nun?« fragte Bell nach.

Gret wich dem erwartungsvollen Blick der Dirne aus. »Bell«, sagte sie tonlos, »es hat keinen Zweck, dir was vorzumachen. Dein Klärchen ist umgebracht worden, und ich suche den Mörder.«

Die hellblauen, schwarz umrandeten Augen der Hure starrten Gret einen Moment lang verständnislos an. Dann füllten sie sich langsam mit Tränen und flossen über. Schwarze Kohlestreifen zogen über Bells Wangen. »Nä«, flüsterte Bell, »dat jlaub ich nit! Et Klärchen – dat is ja im Heumond erst sechzehn jeworden!«

Gret legte ihr die Hand auf den Unterarm. »Doch«, sagte sie, »es tut mir schrecklich leid, Bell! Ich konnte ja nicht ahnen, daß du –«

»Wer hat dat jetan?« unterbrach Bell. Ihre Stimme, die immer wie eine eingerostete Türangel klang, hatte jetzt auf einmal eine schneidende Schärfe. »Weißt du, wie der Kerl aussah? Hast du überhaupt schon 'nen Hinweis? Du bist schlau – sag mir, wat du bis jetz rausjefunden hast!«

Etwas in Bells Augen machte Gret Angst; ihr Ausdruck war so wild, so verzweifelt. »Soll ich dir nicht lieber sagen, wo Klara jetzt ist, und auf welchem Friedhof sie morgen beerdigt werden soll?« fragte sie. Das unbestimmte Gefühl der Angst verstärkte sich mit jedem Augenblick, den Bell sie so anstarrte.

»Dat weiß ich doch«, sagte Bell, und ihre Stimme hatte noch immer diesen harten Ton, »irjendwo eingescharrt wird se – wie alle, die nit zu Hause sterben.« Sie schluckte, beherrschte sich aber sofort wieder. »Ich will wissen, wat du über den Schweinehund raus hast, der mein Klärchen ...« Plötzlich stürzte ein Strom von Tränen über ihre Wangen. »Bitte, Jriet – laß mich helfen, den Saukerl zu fangen!«

»Aber er ist ja schon so gut wie im Turm«, mischte Aline sich ein, »wir haben den Mord gemeldet, und die Büttel verhaften den Täter morgen, wenn er zum Friedhof kommt!«

Das hatte Gret in ihrer Bestürzung ganz vergessen. »Ja, ja«, sagte sie zu Bell, »du kannst ziemlich sicher sein, daß er auf jeden Fall am Galgen endet. Klara wird gerächt, da mach dir keine Sorgen!«

»Aber wer hat et denn jetan?« beharrte Bell. »Wie sieht der Mörder aus? Die Klocken müssen schließlich wissen, wen se verhaften sollen – also weißt du et auch, Jriet! Und wat is, wenn der Hund nit zum Friedhof kommt? Dann müßte doch weiterjesucht werden!«

Gret gab Bells drängenden Fragen nach. Sie erzählte alles, was sie über den Mord und über den Täter wußte, während Bell schweigend und mit versteinertem Gesicht zuhörte. Als sie mit ihrem Bericht fertig war, stand Bell abrupt auf. »Et is schon spät«, sagte sie mit ausdrucksloser Stimme, »ich muß jetzt an mein Jeschäft.«

Sie warf dem Wirt das Geld für das Bier hin. »Ihr wart einjeladen. Nimm et mir nit übel, Jriet – et war schön, dich mal wiederzusehen, aber jetz hält et mich hier nit mehr. Morjen auf dem Elendsfriedhof, da sehen mer uns ja wieder!«

Sie verließ mit rauschenden Röcken das Lokal, ohne sich noch einmal umzusehen. Gret wußte nicht warum, aber das Angstgefühl war plötzlich wieder da, und noch viel stärker als am Anfang. »Hoffentlich haben wir nichts falsch gemacht, als wir sie eingeweiht haben«, murmelte sie betreten, »mir ist ganz mulmig zumute.«

»Was sollte denn jetzt noch schiefgehen«, versuchte Aline sie zu beruhigen. Aber auch ihre Miene zeigte, daß ihr nicht recht wohl in ihrer Haut war.

Sie tranken aus und gingen auf dem schnellsten Weg zurück in die Glockengasse. Dort warteten vor der Tür mit besorgten Gesichtern Hans Stellmacher und Rossignol; daneben stand Doctor Minutus und schaute äußerst indigniert drein.

»Grundlin«, schnaubte der Doctor wie ein gereizter Bulle, »was ist das wieder für ein neuer Unsinn, den du da angefangen hast? Die Schweine schreien vor Hunger und mir geht es auch nicht besser! Also, wenn das noch einmal –«

»Ich wußte gar nicht«, fiel Gret ihm einfach in die Rede, »daß Ihr Euch so gehenlassen könnt, Doctor! Vor Hunger zu schreien, das ziemt sich aber nicht für einen Mann Eures Standes!«

Bei Hans und Rossignol hob sich schlagartig die Stimmung. Die beiden verbissen sich krampfhaft das Lachen. Doctor Minutus stieß ein kehliges Brummen aus und setzte zu einer verwirrten Erwiderung an: »Aber ich bin es doch nicht, der schreit, Grundlin ... Warum mußt du mich immer mißverstehen! Es kann wohl kaum sein, daß du mich mit einem Schwein verwechselst. Ich sehe ja schließlich ganz und gar nicht so aus. Und deshalb –«

Hans Stellmacher und Rossignol konnten sich kaum noch halten und schnauften leise. Aline versteckte ihren lachenden Mund hinter den Händen. Gret sagte mit todernstem Gesicht: »Lieber Doctor, ich werde sofort Abhilfe schaffen – egal, wer hier vor Hunger geschrien hat.«

Doctor Minutus, vollständig aus dem Konzept gebracht, hob hilflos die Hände. »Es geht gar nicht um das Essen«, sprudelte er aufgebracht heraus, »ja, wenn es nur das wäre! Aber hier fehlt die ordnende Hand, die sich um eine gute Strohschütte kümmert und das Ausmisten besorgt! Bedenke doch, Grundlin –«

»Also, Euer Bett habe ich gemacht«, erwiderte Gret. Ihre Lippen zuckten vor verhaltener Belustigung über den eigenen Ulk, den sie mit ihrem Dienstherrn trieb. Sie hatte große Mühe, ihre ernste Miene zu wahren. »Aber an die Papiere«, fuhr sie fort, »und an die restliche Unordnung in Eurem Studierzimmer, da trau ich mich einfach nicht ran. Das Ausmisten, das müßt Ihr schon selbst besorgen!«

Jetzt gab es bei Hans und Rossignol kein Halten mehr. Sie prusteten los und wandten die Köpfe ab. Aline, hochrot vor Vergnügen, faßte Rossignol am Arm und zog ihn die Straße hinunter. »Wir verabschieden uns«, sagte sie mit vom Lachen erstickter Stimme, »ich melde mich morgen bei dir, Gret!«

Rossignol würgte ein »Gott befohlen« hervor, während Hans »Guten Abend« krächzte und in die andere Richtung davonstiefelte.

6. KAPITEL

Am heutigen Vormittag wollte Gret so viel von ihrer täglichen Arbeit erledigen, als irgend möglich. Doctor Minutus hatte sich nach dem Frühstück in sein Allerheiligstes zurückgezogen und schmollte dort über seinen Büchern. Denn Gret hatte ihm mitgeteilt, daß sie auch an diesem Nachmittag wieder auszugehen gedenke.

Er hatte ihr daraufhin gedroht, sie ohne weiteres Federlesen aus dem Dienst zu entlassen. Aber schon als er die Worte aussprach, war ihm bei dem Gedanken, ohne Gret auskommen zu müssen, angst und bange geworden. Er hatte also hastig seine Drohung zurückgenommen, brütete nun nebenan über eine Abhandlung, die er zum Thema ›Schließung der öffentlichen Badehäuser‹ verfassen sollte, und kam vor Ärger mit seiner Arbeit nicht weiter.

Gret konnte sich genau vorstellen, was er jetzt dachte: Herrgott, was kümmerten ihn denn die Seuchengefahren, denen die Leute besonders in den anrüchigeren Etablissements ausgesetzt waren, wenn er durch seine unbedachten Äußerungen vielleicht seine Haushälterin so verärgert hatte, daß sie selbst kündigte und ihm alles vor die Füße schmiß? Nicht auszudenken!

Gret hatte recht. Als die Glocke elf schlug, hielt es den Doctor nicht mehr in seiner Klause. Milde und demütig kam er in den Garten, wo Gret gerade die Möhren vom Unkraut befreite, und entschuldigte sich in aller Form: »Ich biete dir drei Albus mehr im Jahr, wenn du mir meine üble Laune verzeihst, Kindchen«, krönte er seinen Auftritt, »was sollte ich wohl ohne dich anfangen?«

Gret schmunzelte und tat so, als wisse sie gar nicht, wovon er sprach. Sie erzählte ihm, was sie auf dem abgeernteten Erbsenbeet anzupflanzen gedenke, und an welchen Metzger man demnächst die gemästeten Schweine abgeben sollte, um den höchsten Gewinn zu erzielen. »Die Muttersau muß bald zum Eber«, fügte sie hinzu, »das besorgt der Hans anfang der nächsten Woche für mich. Die Rosa ist wirklich das beste Zuchtschwein, das wir je hatten. Jedesmal bringt sie zehn oder zwölf Ferkel – und alle immer putzmunter und gesund. Sowas macht sich bezahlt.«

»Das war aber doch gar nicht das Thema«, meldete der Doctor sich endlich zu Wort, »ich wollte vielmehr von dir wissen, ob du bleibst, oder ob du, nachdem ich –«

»Doctor«, fiel Gret ihm ins Wort, »hättet Ihr denn überhaupt einen Ersatz für mich, falls Ihr mir kündigt?«

»Nein, nein! Um des lieben Himmels willen, Kindchen – ich hab keinen Ersatz!« Der Doctor machte so entsetzte Augen, daß es Gret schwerfiel, ernst zu bleiben.

»Na, seht Ihr«, meinte sie und zwang sich, nicht zu lachen, »dann habe ich doch keine andere Wahl, als im Dienst zu bleiben, oder?«

»Wie?« Der Doctor schüttelte verwirrt den Kopf. Plötzlich strahlte er auf. »Ja, das ist wahr«, murmelte er, »so habe ich es überhaupt noch nicht gesehen! Du kannst ja gar nicht weg!«

Er drehte sich um und ging zum Haus zurück. »Sie kann ja gar nicht weg«, brabbelte er vor sich hin, »ich hab ja keinen Ersatz ...«

Der liebe alte Trottel, dachte Gret, während sie ihm lächelnd nachschaute, er wird immer weltfremder und damit komischerweise auch pompöser, je mehr akademische Ehren sie über ihn ausschütten! Eines Tages wird er wie ein kleines Kind sein – den Kopf angefüllt mit Buchweisheiten, aber nicht mehr in der Lage, sich die Schuhe zuzubinden!

Sie wollte eben die Hacke wegstellen, als Aline den Garten betrat. »Grüß Gott, Gret – ich wollte schnell bei dir hereinschauen«, rief sie fröhlich, »bevor ich zur ersten Vorstellung auf die Bühne muß!«

»Guten Tag, Aline«, gab Gret den Gruß zurück. Dann preßte sie erschrocken die Hand auf den Mund. »Ich hab ganz vergessen, die Kinder zum Werben loszuschicken«, sagte sie, »die sollten doch Reklame machen!«

»Schon erledigt«, meinte Aline und grinste. »Alle Buben und Mädchen aus dieser Gasse sind unterwegs! Die haben gar nicht gemerkt, daß ich es war, der sie losgeschickt hat. Nur einer – der kleine dünne Bengel von der Schustersfrau – der sagte: Was sprichst du denn so ausländisch, Gret – und warum hast du so komische bunte Klamotten an?«

Gret lächelte erleichtert. Sie wollte gerade antworten, da kam ein schlaksiger, von Pickeln bedeckter halbwüchsiger

Junge angerannt – der Schankbursche aus dem ›Bock‹ in der Schmierstraße. »Gret Grundlin«, keuchte er atemlos, »ich soll dich sofort zu Bell holen!«

»Wo ist sie? Was ist passiert?« Grets Verstand arbeitete nüchtern und klar, wie immer, wenn es darauf ankam. »Hat sie dich selbst geschickt?«

»Ja – hat sie. Es ist was Schreckliches geschehen.« Der Junge schien völlig aufgelöst. »Wir müssen uns beeilen, damit die Zeit noch langt!«

»Zeit, wozu?«

»Sie ist verletzt ... sie blutet!«

»Wo sie ist, will ich wissen!«

»Hinter dem ›Bock‹ auf dem Hof ...« japste der Junge, »ich bin so schnell gerannt, wie ich konnte!«

»Dann renn jetzt zurück, aber hurtig«, befahl Gret knapp. »Besorg Tücher und warmes Wasser und halte alles bereit, wenn ich ankomme – verstanden? Ich beeile mich, aber du bist hoffentlich schneller als ich! Los, los, los – nimm die Beine in die Hand, Junge!«

Der Schankbursche hastete wieder davon. Gret warf die Hacke einfach auf den Boden. »Kommst du mit, Aline?« fragte sie.

»Kann i ja net! I muß ja gleich auf die Bretter!« Aline warf Gret einen bedauernden Blick zu. »Und vorher muß ich Maske machen! Erzählt du mir nachher, was gewesen ist?«

»Versteht sich!« Gret war schon fast auf der Straße. »Ich komm zum Heumarkt!«

So wie diesmal hatte sich Gret sich noch nie beeilt; es machte ihr nichts aus, daß der feuchte Straßendreck ihr Schuhe und Rocksaum beschmutzte. Nicht nur der Gedanke, daß Bell Hilfe brauchte, drängte sie vorwärts; sie spürte, daß auch aus anderen Gründen Eile geboten war.

Bell lag zusammengekrümmt, das Gesicht nach unten, auf der nackten Erde neben einem zerfallenen Schuppen, der an das Haus ›Zum Bock‹ angrenzte. Der Junge stand hilflos neben ihr, ein zerrissenes Leintuch über dem Arm und einen Eimer Wasser an der Hand. Als er Gret kommen sah, seufzte er erleichtert auf; gleichzeitig liefen Tränen über sein schmuddeliges Gesicht. »Ich glaub', wir sind zu spät dran«, murmelte er, »die rührt sich nicht mehr!«

Gret ließ sich neben Bell auf die Knie nieder. Ganz schwach bewegte sich die Verletzte, versuchte den Kopf zu heben, sank wieder in sich zusammen.

»Bell«, sagte Gret, »kannst du sprechen?«

Die schwache Bewegung wiederholte sich. Sie war nur ein mattes Zittern. Bells Hand kam hoch und umfaßte Grets Finger. Bell drehte den Kopf ein wenig, ihre Lippen versuchten Worte zu formen.

Aber Gret verstand die mühsam gehauchten Laute nicht. »Psst«, murmelte sie »nicht reden!« Dann winkte sie dem Jungen. »Komm, hilf mir! Wir müssen sie auf den Rücken legen, damit ich sehen kann, was ihr fehlt!«

Vorsichtig versuchten sie, Bell anzuheben und umzudrehen. Aber die Verletzte stieß ein schmerzerfülltes Stöhnen aus und machte eine müde, abwehrende Handbewegung. Jetzt kamen Worte aus ihrem Mund, die Gret mit Mühe verstehen konnte; Bell rang sie sich mit den letzten Kräften ab: »Jriet ... im Hörnchen ... in der Walenjass' ...«

Sie umklammerte Grets Hand, während sie versuchte, ihren Blick auf Grets Gesicht zu konzentrieren. »Sechs Mann ... und noch zehn im Busch, Jriet! Walenjass' ... heut' abend ... im Hörnchen!«

Gret legte Bell die freie Hand an die Wange. »Still, Mädchen – es strengt dich zu sehr an! Ich muß erst deine Wunden versorgen. Laß mich nachsehen, was mit dir ist, ja?«

Bell brachte ein mattes Kopfschütteln zustande. »Alles … zu spät«, hauchte sie, »du … paß auf dich auf!« Sie wandte Gret mit großer Mühe das kreideweiße Gesicht zu. »Laß mir … 'ne Mess' lesen … vielleicht komm ich … ja doch noch in … den Himmel …«

»Blödsinn«, Gret preßte Bells Hand, »du bist bald wieder in Ordnung. Paß auf, wir kriegen das schon hin!«

»Versprich mir …« Bells Stimme war kaum noch zu hören, aber sie erwiderte den Händedruck.

»Versprochen«, sagte Gret.

»Jut …« Bell tat einen tiefen, mühevollen Atemzug. Plötzlich verloren ihre Augen den Glanz, und ihre Finger entglitten Grets Hand. Langsam sank ihr Kopf auf die feuchte Erde zurück. Das Leben hatte sie verlassen.

Gret wurde die Kehle eng. Diese herzensgute Frau war ihr von Anfang an sympathisch gewesen – trotz ihres Gewerbes. Sybilla aus Holweide, ein Bauernmädchen, das aus Not auf der Straße gelandet war, hatte vielleicht mehr Anstand besessen als so manche ehrbare Bürgerin.

Gret mußte sich sehr beherrschen, um ihrer Trauer nicht freien Lauf zu lassen. O ja, Bell sollte ihren letzten Wunsch erfüllt bekommen – auch wenn es schwierig werden würde, das zu arrangieren. Kein Priester würde freiwillig eine Messe für eine Straßendirne zelebrieren. Aber vielleicht konnte es doch möglich gemacht werden, wenn niemand erfuhr, womit Bell ihren Lebensunterhalt verdient hatte … Gret würde schon etwas einfallen.

Sacht rollte sie die Tote auf den Rücken. Erst jetzt sah sie, woran Bell gestorben war. Ihr Mieder wies unterhalb der linken Brust zwei kleine, unauffällige Schlitze auf; der Stoff ihres Kleides und die Erde, auf der sie gelegen hatte, waren blutdurchtränkt. Bell war erstochen worden. Und die Dolchstöße hatten sie nicht gleich getötet, sondern sie langsam verbluten lassen.

»Geh ins Haus«, sagte sie zu dem Jungen, der schreckensbleich dastand und nicht wußte, was er jetzt tun sollte. »Hol den Wirt. Er möchte sich darum kümmern, daß Bell eine Totenbahre bekommt und anständig gekleidet wird!«

Der Junge nickte und verschwand um die Hausecke. Gret drückte Bell die Augen zu und betrachtete einen Moment lang das Gesicht der Toten. Bell hatte nicht viel Glück im Leben gehabt – genau wie Klara war sie am Ende einem Mörder in die Hände gefallen.

Gret rief sich ihre letzten Worte wieder ins Gedächtnis. Im Hörnchen ... in der Walengasse ... War Bell dort überfallen worden? Nein, das konnte nicht sein. Die Walengasse lag im Hafenviertel, fast am anderen Ende der Stadt. Bell hätte es mit ihrer schweren Verletzung niemals zurück in die Schmierstraße schaffen können.

Was hatte Bell ihr dann sagen wollen? Sechs Mann und noch zehn im Busch. Das ergab überhaupt keinen Sinn! Das Hörnchen in der Walengasse ... nicht gestern, sondern heute abend ...

»Bell«, murmelte Gret, »wenn ich nur wüßte, was du damit gemeint hast! Herrgott, du bist einfach viel zu früh gestorben! In jeder Hinsicht.«

Ihr Blick wanderte von dem friedlichen, entspannten Antlitz der Toten ziellos über die glattgetrampelte Erde des Hinterhofs. Plötzlich entdeckte sie, wo Bell gelegen hatte, Linien im feuchten Lehm. Es sah so aus, als habe Bell, kurz bevor Gret bei ihr eingetroffen war, mit den Fingern etwas aufzuzeichnen versucht – vielleicht eine Nachricht für Gret, falls sie nicht mehr rechtzeitig kam ...

Zwei Strichmännchen konnte Gret erkennen, eines davon durchkreuzt. Auf das andere zeigte ein Pfeil. Am Ende des Pfeils waren sechs Kreise durcheinander gezeichnet, und etwas abseits entdeckte Gret noch ein Strichmännchen, das mit einem Gitter übermalt war. Ein zweiter Pfeil zeigte von diesem auf die sechs Kreise.

Sechs Mann. Vielleicht sollten die sechs Kreise diese Männer andeuten. Aber die Pfeile und die drei Strichmännchen – eines davon durchkreuzt und eines hinter Gittern? Gret schüttelte den Kopf. »Bell, ich versteh's nicht! Ich hab einfach keine Ahnung, was das bedeuten soll!«

Konnte es sein, daß Bell auf eigene Faust nach dem Mörder von Klara gesucht hatte, und daß sie erfolgreich gewesen war? Immerhin hatte sich Bell ja in einem Milieu bewegt, wo es von Verbrechern nur so wimmelte. Konnte es sein, daß der Mörder Klaras auch sie umgebracht hatte? Bell war in den zwielichtigen Lokalen der Stadt zu Hause gewesen wie alle Huren. War es nicht durchaus möglich, daß sie den Mörder nach Grets Beschreibung wiedererkannt hatte – irgendwo, in irgendeiner Gaunerkneipe? Hatte sie ihn am Ende vielleicht schon vorher gekannt?

Viele Fragen, auf die Gret keine Antwort wußte. Und nun auch noch die geheimnisvolle Zeichnung, eingekratzt in die nasse, lehmige Erde.

Gret preßte die Lippen zusammen. »Ich hoffe nur, daß die Klocken den Kerl heute abend verhaften«, murmelte sie, »dann kriegt er seine wohlverdiente Strafe, und das ist ja wohl das wichtigste. Mir soll es am Ende egal sein, ob ich den Rest des Rätsels noch auflösen kann oder nicht.«

Der Wirt kam um die Ecke – hemdsärmelig, ungewaschen und mit einem bärbeißigen Gesicht – so, wie Gret ihn kennengelernt hatte. Ihm folgte geduckt und furchtsam der Schankjunge.

»Wat soll ich«, schnauzte der Wirt, »die Hur' beerdijen lassen? Du bis wohl raderdoll, Mädchen! Die Schlampe soll der Abdecker holen und sie beim Galgen einscharren – dat ist der richtije Platz für die! So 'ne Sauerei, dat die sich ausjerechnet hier bei mir abstechen lassen muß, hinter meinem Lokal! Ich hab immer 'n sauberes Haus jehabt – un jetzt ...? Dat Drecksmensch verscheucht mer nachträglich noch de janze Kundschaff!«

Er schien sehr wütend zu sein. Aber Gret war jetzt noch wütender. »Halt' die Luft an, du widerlicher alter Bock«, fauchte sie den Wirt an und verfiel plötzlich in Bells derbe Sprache, »bis heute hat sie dir die Kunden in deine erbärmliche Spelunke gelockt – sonst wärst du längst pleite! Du siehst jetzt zu, daß sie eingekleidet wird – und wehe, wenn du nicht in zwei Stunden damit fertig bist! Was glaubst du, was die anderen Mädchen von der Zunft mit deinem Saftladen machen, wenn sich deine Freundlichkeit rumsprechen sollte!«

Der Wirt riß den Mund auf. Diese Worte hatte er von der adretten kleinen Frau nicht erwartet. Grets Predigt hatte ihm die Sprache verschlagen.

»Wie gesagt, in zwei Stunden lasse ich sie abholen«, sagte Gret und nutzte die Wirkung ihrer Worte. »Bis dahin hast du alles tadellos erledigt, verstanden? Und sorg' auch dafür, daß nicht alle Welt hier zusammenläuft – in deinem eigenen Interesse!«

»Aber –« Der Wirt hatte den ersten Schreck überwunden und wollte einen Einwand vorbringen.

»Kein Aber«, schnitt Gret ihm die Rede ab, »fang an, sonst kriegst du es nicht hin. Zwei Stunden sind schneller um, als du denkst!«

Sie erhob sich vom Boden, drehte sich um und ging. Wirt und Schankjunge standen unschlüssig da und starrten ihr hilflos nach.

Es ging auf den Mittag zu. Als Gret zu Hause ankam, war Jost, der trinkfeste Fuhrmann, der im vorderen Gadem wohnte, gerade dabei, sein Pferd anzuschirren. Wie immer hatte er bis jetzt gebraucht, um seinen Brummschädel von gestern abend zu bekämpfen. Er schien übler Laune zu sein; sein verkniffenes Gesicht verriet, daß der Kater noch nicht restlos überwunden war.

»Na«, sagte Gret, »hat's wenigstens Spaß gemacht?«

Jost wandte sich ihr mit verquollener Leidensmiene zu. »Mach dich nur lustig über mich – eines Tages geht es dir auch mal dreckig und dann bin ich am Lachen!«

»Paß mal auf, Jost«, sagte Gret tröstend, »ich hab drinnen 'n Pülverchen – wenn du das einnimmst, fühlst du dich bald wieder so fidel wie'n Tanzschuh! Ich bring' dir was davon, ja?«

Jost nickte und verzog gleichzeitig schmerzlich das Gesicht.

»Der Doctor hat das Mittel auch oft nötig«, erklärte Gret. Sie lief ins Haus, um es schnell zu holen. Mutter Imma hatte es in ihrer Klosterapotheke eigens für den Doctor hergestellt; es wurde aus Weidenrinde destilliert. Da das Pulver sich nicht auflösen ließ und sehr bitter schmeckte, war ein großer Becher Wasser nötig, um es hinunterzuspülen.

Jost war regelrecht gerührt, als Gret es ihm anbot. Dankbar leckte er die bitteren weißen Krümel auf, die Gret ihm in die Pranke gestreut hatte, und nahm den Becher Wasser entgegen. »Bist'n nettes Mädchen, Jriet«, krächzte er, den bitteren Weidenrindengeschmack immer noch im Mund, »eines Tages tu' ich dir auch mal wat Jutes an.«

»Wo mußt du denn jetzt hin?« erkundigte sich Gret.

»Ich hab' 'ne Fuhre Bauholz vom Hafen in die Fleischmengerjass zu bringen. Später muß ich dann noch zwei Fuhren nach Sankt Revilien machen, da werden neue Dollhäuschen jebaut. Damit die armen Jecken besser unterjebracht sind. Jestiftet von den Rinks.«

Sankt Revilien, das war das Armenhospiz, wo die Geisteskranken gepflegt wurden. Sie hausten in kleinen, abschließbaren Verschlägen, so daß sie nicht störten und keinen Schaden anrichten konnten. Aber ihre ›Tollhäuschen‹ waren alt und baufällig; sie hatten eine Renovierung nötig. Die Zustände im Hospiz waren fürchterlich; kleinen Kindern, die trotzten und mit Gebrüll ihren Willen durchsetzen wollten, wurde immer gedroht: Hör auf zu toben, sonst kommst du nach Sankt Revilien! Nun hatte also endlich eine reiche Familie ein Einsehen gehabt und erbarmte sich der armen Irren und ihres vernachlässigten Hauses.

Sankt Revilien lag in unmittelbarer Nähe der Schmierstraße. »Hör mal, Jost«, sagte Gret in einer plötzlichen Eingebung, »du könntest dich schon heute erkenntlich zeigen! Wenn du die erste Fuhre in Sankt Revilien abgeladen hast, mußt du doch wieder zum Hafen zurück – nicht?«

»Ja, klar.«

»Da könntest du doch leicht vorher am Katharinengraben vorbeifahren, oder?«

»Könnt' ich. Aber wat soll ich denn in der fiesen Jejend?« Jost verstand nicht, worauf Gret hinauswollte.

»Paß mal auf, Jost.« Gret baute sich vor ihm auf und sah ihm befehlend in die Augen. Diesem Blick – das wußte sie – konnten nur wenige Männer widerstehen. »Von Sankt Revilien fährst du in die Schmierstraße. Haus ›Zum Bock‹. Da holst du eine Leiche ab und bringst sie zum Elendsfriedhof. Die Frau soll nämlich da beerdigt werden.«

Jost riß die Augen auf. Er begriff nichts von dem, was Gret ihm eben erklärt hatte. »Ne Leiche? 'ne Leiche soll ich transportieren? Nä, dat mach' ich nit. Hab' ich noch nie jemacht.«

»Dann tust du es jetzt eben zum ersten Mal – mir zuliebe!« Grets Blick wurde weich und sanft. Sie warf auch noch ihre Verführungskünste in die Waagschale. »Es soll dein Schaden nicht sein, Jost!«

»Ich weiß nit«, Jost wurde bereits in seiner Entscheidung schwankend, »wenn die Tote nun krank war – wat dann?«

»Keine Sorge, sie ist erstochen worden. Das ist nicht ansteckend. Bitte, Jost«, Grets Blick wurde intensiv, »tu's für mich!«

»Na jut. Aber nur dat eine Mal.«

Gret lächelte. »Ich hab ja auch nur eine Leiche zu fahren. Du brauchst nicht zu befürchten, daß ich sowas noch mal von dir verlange. Danke, Jost!«

»Vielleicht krieg' ich ja demnächst noch mal so'n Pülverchen von dir.« Er grinste. »Nur noch eine Frage: Is die Leich' Verwandtschaft von dir – oder weswejen kümmerst du dich drum, dat die unter die Erde kommt?«

»Die Arme hat niemanden«, erklärte Gret, »ich tu nur meine Christenpflicht.«

Jost nickte zögernd. Er fühlte sich jetzt auch angesprochen. »Jaja, so wat is Pflicht«, murmelte er, »versteht sich. Ich fahr' die Frau. Verlaß dich ruhig auf mich, Jriet.«

Er tat die letzten Handgriffe am Geschirr seines Pferdes, schwang sich auf den Bock des Kastenwagens und klatschte mit den Zügeln. Das Pferd zog an. »Mein Kopp is auch schon fast wieder klar«, sagte Jost und fuhr davon, den massigen Unterkiefer entschlossen vorgeschoben. Gret wußte: Bell würde sicher auf dem Elendsfriedhof ankommen.

Während Gret den Rest der Hausarbeit in Angriff nahm, gingen ihr unaufhörlich Bells letzte Worte im Kopf herum. Was mochte sie bloß damit gemeint haben? Was war mit den sechs Mann und dem ›Hörnchen‹ in der Walengasse?

Die Walengasse war eine der verrufensten Straßen der Stadt – voller Stromer, Landstreicher und anderem zwielichtigem Gesindel. Ein richtiges Rattennest. Bei dem ›Hörnchen‹ handelte es sich wahrscheinlich um eine Kneipe: Sechs Männer, die sich dort treffen wollten, heute abend ... ob Bell das hatte sagen wollen?

Gret, die gerade Doctor Minutus' Studierzimmer säuberte, lehnte den Besen an die Wand neben die Tür und trat an das Schreibpult des Doctors. Ein Stück zerknülltes Papier lag daneben auf dem Boden. Gret hob es auf, glättete es und stellte fest, daß der Doctor es nur weggeworfen hatte, weil es leicht verschmutzt war. Sie nahm die Schreibfeder, tauchte den noch spitzen Gänsekiel ins Tintenfaß und zeichnete aus dem Gedächtnis auf das Papier, was Bell mit dem Finger in den feuchten Lehm eingekratzt hatte: Sechs Kreise, zwei Strichmännchen – einen davon durchkreuzt. Darunter noch ein Strichmännchen hinter einem Gittermuster. Und dann die beiden Pfeile, deren Sinn überhaupt nicht zu erkennen war – der eine von den sechs Kreisen zu dem undurchkreuzten Strichmännchen, der andere von dem Strichmännchen hinter Gittern zu den Kreisen.

Gret betrachtete die mysteriöse Zeichnung eine ganze Weile. Schließlich faltete sie das Blatt Papier und steckte es in die Tasche ihres grauen Leinenrockes. »Tut mir leid«, murmelte sie voller Ärger auf sich selbst, »ich kann und kann mir einfach keinen Reim darauf machen, zum Kuckuck! Daran ändern auch die zehn im Busch nichts, was immer das für zehn in welchem Busch sein mögen!«

Vielleicht fiel Aline etwas zu der Zeichnung ein. Gret brachte ihre Arbeit zuende. Sie würde die Ereignisse, sobald es möglich war, mit ihrer Doppelgängerin besprechen. Vier Augen sahen mehr als zwei – besonders, wenn sie von gleicher Schärfe waren.

Das Stück war eben aus, und die Zuschauer hatten sich schon zum Teil verlaufen, als Gret vor dem Theater am Heumarkt ankam. Rossignol, noch in Maske und langer falscher Nase, grinste sie breit an – wenigstens schien es Gret so, weil sein Mund durch die rote Schminke bis auf die Wangen reichte. »Aline ist beim Umkleiden«, sagte er brummig, und jetzt konnte Gret sein Grinsen als künstlich und gemalt erkennen. »Daß ihr Frauen wieder allein in der Stadt herumlaufen wollt, paßt mir überhaupt nicht!«

»Warum?« Gret war betroffen. »Wir achten ja aufeinander!«

»Aline ist ganz verändert, seit du ihr über den Weg gelaufen bist«, murrte Rossignol, »sie hatte heute bei der Vorstellung zwei Hänger – kam tatsächlich mit dem Text nicht zurecht. Das ist ihr bis jetzt noch nie passiert! Aline ist nicht bei der Sache, und du bist der Grund dafür!«

»Aber –«

»Ich kenne Aline seit acht Jahren«, unterbrach Rossignol, »sie hatte sich immer gut in der Gewalt. Aber seit vorgestern benimmt sie sich so anders. Ich weiß nicht mehr, was in ihr vorgeht! Und das macht mich besorgt.«

Er schaute Gret an. Sie vermutete, daß er unter der dicken weißen Schminke seiner Maske die Stirn runzelte. »Du entfremdest sie mir«, fügte er rauh hinzu.

Das fand Gret komisch. Sie mußte lächeln. »Genausogut könnte Hans Stellmacher behaupten, Aline entfremde mich ihm«, sagte sie belustigt, »aber sei unbesorgt – da ist nichts Wahres dran! Aline und ich, wir möchten uns nur besser kennenlernen. Dazu brauchen wir eben etwas Zeit für uns allein.«

Das stimmte nur teilweise. Gret biß sich auf die Lippen, sobald die Worte heraus waren. Rossignol konnte ja nichts von dieser merkwürdigen Vertrautheit ahnen, die zwischen Aline und ihr bestand. Aline spürte sie auch, das wußte Gret. Aber offenbar hatte Aline ihrem Mann nichts davon erzählt – genausowenig, wie Gret das Gefühl Hans gegenüber erwähnt hatte. Natürlich hatten sich Gret und ihre Doppelgängerin verändert; Gret wußte nur noch nicht genau, in welche Richtung diese Veränderung ging.

Rossignol wollte ihrer letzten Bemerkung widersprechen. Er reckte sich und öffnete den rot gemalten Mund. Aber ehe er loswerden konnte, was er sagen wollte, schob sich von der Seite her ein alter Mann in grellgrüner Jacke und blaßblauer Hose durch die letzten Zuschauergruppen an Gret und ihn heran. »Aline«, sagte er, »eben noch auf der Bühne – und jetzt schon abgeschminkt und umgekleidet? Das nenne ich schnell!«

Gret erkannte den Bärenführer wieder, der mit der Schauspielertruppe reiste und das Publikum in den Pausen zwischen den Akten unterhielt. Sie lächelte den Alten an: »Ich bin nicht Aline«, erklärte sie ihm, »ich sehe ihr nur sehr ähnlich. Aline ist noch im Wagen.«

Der Bärenführer stieß ein verwirrtes Lachen aus. »Du willst mich auf den Arm nehmen, Aline«, sagte er dann.

»Nein, wirklich nicht«, wiederholte Gret, »ich heiße Margarete Grundlin und bin aus Köln. Aline und ich sind uns zufällig auf der Maternus-Kirmes in Rodenkirchen begegnet.«

Der alte Mann schwieg. Seine Augen nahmen auf einmal einen abwesenden Ausdruck an, als sei er in Gedanken weit fort. Schließlich fixierte er den Blick wieder auf Gret; er schien jede Linie, jede Kurve ihres Gesichts genau zu studieren. »Es kann nicht wahr sein«, murmelte er so leise, daß Gret ihn kaum verstehen konnte, »das wäre ein Wunder … ein wahrhaftiges Wunder!«

»Also, ich finde es eher wunderlich«, Rossignol schüttelte den Kopf. »Ein Scherz der Natur. Sowas passiert hin und wieder. Wie kommst du darauf, daß es ein Wunder sein könnte?«

Der Bärenführer gab keine Antwort. Er wandte sich ab und ging langsam zu dem eisernen Käfig hinüber, der neben dem Theaterwagen stand, und in den sein Bär eingesperrt war. Im Weggehen warf er Gret noch einen Blick zu, der tiefe innere Erregung verriet. Etwas hatte den alten Mann berührt. Was es war, konnte Gret sich nicht im Entferntesten vorstellen.

»Was hat er denn?« fragte sie betroffen.

»Keine Ahnung«, gab Rossignol zurück, »er ist über sechzig und wird langsam sonderbar. Davon abgesehen hatte er schon immer seine Launen und Marotten, solange ich ihn kenne. Ein alter Eigenbrötler, der zuviel Zeit zum Nachdenken hat.«

Aline kletterte aus dem Wagen und lief auf Gret zu. »Da bin ich«, rief sie fröhlich, »wartest du schon lange?«

»Nein, ich bin eben erst gekommen«, sagte Gret und riß sich von dem Anblick des Bärenführers los.

Aline umarmte sie impulsiv und drückte ihr einen Kuß auf beide Wangen. »Dann haben wir jetzt drei Stunden Zeit«, sagte sie, »unsere nächste Vorstellung ist um fünf. Erst eine halbe Stunde vorher muß ich wieder hier sein und Maske machen!«

»Wunderbar! Gehen wir ein bißchen spazieren?«

»Genau das wollte ich vorschlagen!«

»Wohin?« Rossignols Frage drückte Mißtrauen aus. »Doch nicht etwa wieder zum Hafen?«

»Aber nein!« Gret und Aline lachten ihn gleichzeitig an. »Sei unbesorgt – wir bleiben in Gegenden, die ganz ungefährlich sind«, sagte Gret mit einer Spur von schlechtem Gewissen, denn der Elendsfriedhof, zu dem sie wollten, war mit seiner Umgebung schon ein wenig anrüchig.

»Na gut«, meinte Rossignol widerstrebend, »aber sei pünktlich zurück, Aline. Du weißt ja selbst – die Vorstellung darf nie platzen. Die muß vor allem anderen Vorrang haben.«

»Recht so, Schätzle«, erwiderte Aline und schenkte ihm ein strahlendes Lächeln, »weißt' noch, daß i dir das früher immer hab sage müsse? Wenn du beim Wein kei End' hast finde könne?«

Er antwortete mit einem Brummen und einem unwirschen Blick. »Also gut, ihr Weiber. Ich verlaß mich auf euch, hört ihr?«

Gret und Aline nickten, hakten sich ein und marschierten lächelnd davon. Gret bemerkte im Weggehen den ungläubigen Blick des Bärenführers, der wie angewurzelt vor dem Käfig stand und ihnen fassungslos nachstarrte. Das Staunen dieses Mannes unterschied sich von der Verwunderung aller anderen, die ihre Ähnlichkeit erstaunlich fanden. Der Bärenführer war nicht verblüfft – er zeigte tiefe Bestürzung.

7. KAPITEL

Auf dem Weg zum Katharinengraben erzählte Gret ihrer Doppelgängerin alles, was sich am Vormittag zugetragen hatte. Aline ging Bells Tod nicht sonderlich nahe; dennoch war sie erschrocken über die Umstände ihres Todes.

In der geheimnisvollen Botschaft, die Bell hinterlassen hatte, konnte sie ebenfalls keinen Sinn erkennen. »Ich muß es mir erst mal durch den Kopf gehen lassen«, sagte sie nachdenklich.

Die beiden Frauen überquerten die Brücke am Mühlenbach, um auf dem schnellsten Wege zum Elendsfriedhof zu gelangen. Dabei umgingen sie die dicht mit Elendsquartieren bebaute Spielmannsgasse und deren schmutzige Nebenstraßen. Gret und Aline waren sich einig, nicht unnötig diese verschriene Gegend der Stadt zu betreten; denn jeder einigermaßen gutgekleidete Bürger lief dort Gefahr, überfallen und ausgeraubt zu werden.

Am Rand des alten Wallgrabens, der jetzt innerhalb der Stadtgrenzen lag, standen noch die Ruinen der Befestigungstürme und Wehrmauern aus alter Zeit. Hier wie im Norden, am Alten Graben, wo die überflüssig gewordene alte Stadtmauer ebenfalls noch vorhanden war, hatten sich in den Nischen, Bögen und baufälligen Türmen die Ärmsten der Armen eingenistet. Sie hausten in notdürftig zusammengenagelten Bretterbuden, in windschiefen Hütten aus morschen Balken und Bohlen, in Löchern voller Schmutz und Ungeziefer. Gret konnte sich wie immer eines Schauders nicht erwehren, während sie dicht neben der ebenfalls angewiderten Aline versuchte, so schnell wie möglich an diesen Behausungen vorbeizukommen.

Der Katharinengraben besaß wie der Alte Graben seinen schlechten Ruf nicht zu Unrecht. Denn natürlich boten die unübersichtlich ineinander verschachtelten Bauten dieses Stadtteils Schutz und Unterschlupf für unehrliches Volk aller Art. Büttel und Häscher hatten hier kaum die Möglichkeit, Verbrechen aufzuklären oder Gauner dingfest zu machen. Gret hatte einmal einen Gerichtsherrn sagen hören: »Am Alten Jraben, am Kathrinenjraben un im Rhingveedel – da sieht sojar uns Herrjott nit alles.« Eine ketzerische Ansicht, wie Mutter Imma meinte – aber es mußte etwas Wahres dran sein.

Der Elendsfriedhof lag im freien Feld, ganz nah am Rhein. Früher einmal war er außerhalb der Mauer gewesen, inzwischen aber gehörte er zum Stadtgebiet. Wie erwartet lag er verlassen, als Gret und Aline dort anlangten.

Der Priester, der die bescheidene Kapelle zu betreuen

hatte, schien heute ziemlich aufgeregt zu sein. Als er die beiden Frauen kommen sah, lief er ihnen mit flatternder Kutte entgegen. »Seit ihr es etwa gewesen, die in diesem stillen Gotteshaus für all die neue Unruhe gesorgt haben«, fragte er und gestikulierte heftig mit den Händen in der Luft herum, »ich weiß kaum noch, wo mir der Kopf steht!«

»Was für eine Unruhe?« Gret war neugierig zu erfahren, was er meinte.

Der Priester seufzte tief auf. »Da ist diese Tote«, sagte er, »sie wurde mir einfach ohne Ankündigung in die Kapelle gelegt!« Er deutete auf eine schlichte Bahre, die am Altar stand. »Man hat mir nicht einmal gesagt, wer diese Frau ist, woher sie kommt und so weiter! Ich konnte nur noch sehen, wie das Fuhrwerk, auf dem sie gebracht wurde, im Galopp wieder davonfuhr!«

»Ach«, sagte Gret und warf einen Blick auf die Bahre. Jost hatte Bell also schon nach hier überführt. Auf den war wirklich Verlaß ...

»Es ist einfach nicht zu fassen«, stieß der Priester hervor, »wie konnte der Fuhrmann die Leiche einfach hier abladen! Alles muß doch seine Ordnung haben.«

»Hat es auch, Vater«, sagte Gret gelassen. »Ihr sollt gleich die Erklärung bekommen. Aber vorher eine Frage: Wo ist die andere Tote, die heute abend bestattet werden soll?«

»Die andere?« Der Priester richtete seinen aufgeregten verwirrten Blick auf Gret. »Aber die ist ja schon begraben ... heute mittag kam der Bruder des Mädchens und hat mich dazu gebracht, in aller Eile die Aussegnung vorzunehmen. Ganz früh am Morgen hatte er schon einen jungen Freund geschickt, um die Grube zu schaufeln, und so ging es recht schnell. Ich muß sagen«, er preßte die Handflächen zusammen, »es kam mir alles sehr überhastet vor. Warum nur hatte der Bruder nicht einmal Zeit für ein Gebet am Grab seiner Schwester?«

Gret riß die Augen auf. »Was sagt Ihr da? Wann war das Begräbnis – heute mittag? Und in aller Eile?« Sie war so erschrocken, daß sie den Priester am Ärmel seiner braunen Kutte packte. »Was war das für ein Mann, der das Grab ausgehoben hat?«

Der Blick des Priesters irrte von Gret zu Aline, die ihn ebenso aufgeregt anstarrte. »Ja, wißt ihr«, stotterte er unsicher, »ich habe ihn nicht recht beachtet. Es war so ein junger, dunkelhaariger Mensch – viel kleiner als der Bruder und auch schlechter gekleidet. Er trug ein sehr zerschlissenes Hemd, das ist mir aufgefallen, und an den Füßen Holzschuhe mit zersplitterten Sohlen ...«

Gret hielt den Atem an. Dann stieß sie die Luft hörbar aus den Lungen. »Kann es sein, daß dieser Mann eine Narbe über dem linken Auge hatte«, forschte sie nach, »und viele Narben an den Händen?«

»Eine Narbe?« Der Priester ließ sich Zeit mit der Antwort. »Nicht, daß ich wüßte. Ich sagte ja schon, ich habe ihn nicht so genau betrachtet. Aber jetzt, wo du es erwähnst, meine Tochter ... er hatte einen sonderbaren Ausdruck im Gesicht – irgendwie runzlig und verkniffen, obwohl er noch jung war. Wieso wollt ihr das alles wissen?«

»Vater«, lenkte Gret ihn ab, »die Tote, die Euch am Nachmittag gebracht worden ist, war eine enge Freundin des jungen Mädchens, das so hastig begraben wurde.« Sie ließ seinen Ärmel wieder fahren. »Wir wollen, daß auch sie hier zur ewigen Ruhe gebettet wird. Einen Totengräber dafür müßt Ihr bestellen, aber das Geld geben wir euch zu treuen Händen.«

Der Priester hatte offensichtlich Mühe, Grets Worte zu

begreifen. »Müßte dann nicht der Bruder auch für die Bestattung dieser Toten sorgen? Ich meine – ihr seid ja nicht einmal Verwandte, wenn ich euch recht verstanden habe.«

»Er wird vom Tod dieser Frau noch nichts erfahren haben«, bemühte sich Aline schnell um eine plausible Erklärung, »aber wenn Ihr uns sagt, wo er sich aufhält, dann könnten wir ihm die traurige Nachricht überbringen.«

»Wo er wohnt?« stotterte der Priester. »Aber das weiß ich nicht, meine Tochter! Er hat es mir nicht gesagt.«

»Nun, dann zahlen wir eben für die Bestattung – als gute Christen. Ihr werdet der Ärmsten Gottes Segen und ein christliches Begräbnis nicht verweigern, Vater.« Gret nahm ihre Geldbörse vom Gürtel und angelte drei Weißpfennige heraus. »Hier sind zwei Albus für das Grab und einer für Kerze und Messe. Wird das genügen?«

Der Priester nickte zuerst, dann schüttelte er den Kopf. Gret hatte wie bei ihrem ersten Besuch in der Kapelle den Eindruck, als sei er zeitweilig geistesabwesend. Seine Aufmerksamkeit schien in solchen Augenblicken nachzulassen und einer leichten geistigen Verwirrung zu weichen. Er schien auch jetzt nicht mehr wahrzunehmen, was um ihn herum vorging.

»Eine Totenmesse und ein Grab im Garten der Vergessenen«, murmelte er und nahm gedankenverloren das Geld an. »Ja, das ist unser aller Los, meine Töchter. Geht hin in Frieden – Pater Michael wird alles richten für die Schwester und die Vertraute der Schwester des Bruders … unter der großen Weide.« Er wandte Gret und Aline den Rücken zu, ging zur Bahre und kniete nieder. »Ich verstehe, o Herr«, flüsterte er wie zu sich selbst.

»Danke, Vater«, sagte Gret. Der Priester hob nicht einmal den Kopf. Er hatte sich, ohne es anzukündigen, tief ins Gebet versenkt und die Augen geschlossen.

»Komm«, flüsterte Aline, »ich glaube, er hört uns nicht mehr zu. Laß uns gehen. Wenn er wieder zu sich kommt, wird er sicher für das Begräbnis sorgen – komischer Heiliger, der er ist!«

»Nein«, sagte Gret leise, »ich möchte noch mit einem Gebet von Bell Abschied nehmen. Sie hat es verdient, daß ihr jemand die letzte Ehre erweist, weil sie ein ganz besonderer Mensch war.«

»Schon recht«, sagte Aline langsam, »bet i halt auch für sie. I mein, sie kann's brauchen, bei ihrem Gewerb' ...«

Der Wirt und der Schankjunge hatten getan, was Gret von ihnen verlangt hatte. Bells Haar war säuberlich gekämmt und geordnet. Die kupfrigen Locken umrahmten ihr blasses Antlitz im matten Dämmerlicht der Kapelle mit einem Glanz, der ihren totenstrengen Zügen fast wieder etwas Lebendiges gab. Bell trug das bäuerliche blaue Leinenkleid und das weiße Schultertuch – die Gewandung, in der sie vor Jahren aus ihrem Dorf auf der rechten Rheinseite nach Köln gekommen war. Beim Anblick des einfachen Kleides erinnerte sich Gret an die Lebensgeschichte, die ihr die Hure einmal erzählt hatte.

Während sie neben Aline an der Bahre gegenüber dem Priester niederkniete, war es ihr, als höre sie Bells Worte von damals: »Wie et auch kömmt, der Mensch muß leben!« Sie würde für Bells ewiges Leben beten – nun, da ihr irdisches zu Ende war. Sie würde alles tun, was einem Christenmenschen möglich war, damit Bell die ewige Verdammnis erspart blieb. Und während sie das erste Ave Maria murmelte, stieg ein tröstlicher Gedanke in ihr auf. Mutter Imma hatte einmal gesagt, daß Gott sich über einen einzigen reuigen Sünder mehr freute, als über tausend Gerechte. Ganz bestimmt würde Gott Bells gute Taten höher bewerten als ihre Sünden, wenn am Jüngsten Tag die Herzen gewogen wurden.

Vier Ave und drei Paternoster, dann verließen Gret und Aline die Kapelle. Erst als sie an der Brücke über den Mühlenbach angekommen waren, fanden sie wieder Worte.

»Es war sehr wichtig, daß wir mit dem Priester gesprochen haben«, sagte Aline.

»Ja«, pflichtete Gret ihr bei, »wir können jetzt davon ausgehen, daß der Kerl, der dem Trödler die Schuhe verkauft hat, auch die Leiche im Sack zum Bach transportiert haben muß. Ich habe ja die Spuren seiner beschädigten Holzpantinen im Schlamm gefunden.«

»Wir wissen außerdem mit Sicherheit, daß er und der Mörder mit den roten Haaren Komplizen waren«, vervollständigte Aline.

Gret nickte gedankenverloren. »Nur das Rätsel, das Bell uns hinterlassen hat – das kann ich immer noch nicht lösen.«

»Mir ist an der sonderbaren Zeichnung zweierlei aufgefallen«, sagte Aline, »das durchkreuzte Männle bedeutet in der Sprache der Gaunerzinken einen Toten. Und das Männle hinter Gittern heißt: Einer sitzt im Gefängnis. Aber auf was die Kreise und die Pfeile hindeuten sollen, das kann i mir beim beschte Wille net vorstelle ... i kann net mal rate.«

»Hmm.«

Die Glocke von Sankt Maria im Kapitol schlug drei.

»Schade«, sagte Aline, »die Zeit ist sehr schnell vergangen. Jetzt hab ich nur noch anderthalb Stunden, bis ich wieder auftreten muß.«

Gret riß sich von ihren Überlegungen los. »Es reicht noch

für einen kleinen Besuch«, meinte sie und faßte Aline bei der Hand. Hinter der Brücke bog sie nach links ab. »Du mußt unbedingt meine liebe Mutter Imma kennenlernen – du weißt ja, die Klosterfrau, die mich erzogen hat! Die trifft der Schlag, wenn sie sieht, daß es uns doppelt gibt!«

Aline kicherte. »Na, so häßlich sind wir ja wohl nicht, daß sie gleich umfallen wird«, sagte sie und zog eine naserunzelnde Grimasse, »oder?«

Sie gingen am Bach entlang bis zu der Stelle, wo eine weitere kleine Brücke zur anderen Seite hinüberführte. Hier, bei den Färbereien, strömte aus vielen Abflußrohren tiefblaues, von der Waidpflanzenfarbe gesättigtes Abwasser in den Bach, was diesem Teil den Namen gegeben hatte: Blaubach. Das Zisterzienserinnen-Kloster Maria Magdalena lag in den Feldern am anderen Ufer.

Gret betätigte den dicken eisernen Klopfring an der Pforte. Die Schwester Pförtnerin, die das vergitterte Fensterchen in der Tür öffnete und herausspähte, machte ohne Umstände auf, als sie das bekannte Gesicht sah. Dann fiel ihr Blick auf Aline, und ihre Augen wurden ganz groß. »Ja – das ist aber wirklich ... nein, was sagt man ... Heilige Mutter Maria, wie kommt denn ...«

»Wir möchten Mutter Immaculata besuchen«, sagte Gret und lächelte die Pförtnerin an, die um Worte rang. »Ich darf doch?« Damit schob sie die zögernde Aline hinein und kam selbst nach. »Danke, Schwester Benedikte, bemüh dich nicht. Ich weiß ja, wo ich Mutter Imma finde.«

Sie knickste vor der hölzernen Statue der heiligen Maria Magdalena, die im Vorraum stand, und deren Farben vom Altar schon recht verblaßt waren, machte ihr Kreuz und nahm Aline bei der Hand. Dann ging sie einfach durch die

Tür zum Seitenflügel, in dem die Apotheke lag. »Gott und alle Heiligen«, hörte sie die Schwester Pförtnerin hinter sich sagen, »bin ich denn völlig ...? Ich weiß nicht, was ich dazu ...« Der Rest war nicht mehr zu verstehen.

Gret lächelte, während sie Aline zielstrebig durch den Korridor führte. »Sei doch nicht so bange«, sagte sie mit einem Augenzwinkern, »es geht nicht in die Klausur, und du wirst auch nicht hierbehalten. Mutter Imma ist die liebste, beste und klügste Frau von ganz Köln – du wirst schon sehen! Für mich ist es noch heute jedesmal ein Abenteuer, bei ihr zu sein. Sie weiß so viel und kann spannend erzählen!«

Alines Gesicht verlor langsam den bedenklichen Ausdruck. »Ja, wenn du so gut über sie denkst, da werd' ich wohl auch nicht anders können, als sie mögen«, sagte sie und machte etwas längere Schritte.

Die Tür zur Halle der Wunder, wie Gret das Laboratorium ihrer Ziehmutter getauft hatte, stand einen kleinen Spalt offen. Aus diesem Spalt quollen dünne, streng riechende Nebelschwaden hervor. »Puh«, sagte Aline und rümpfte die Nase, »das riecht ja hier wie in einer Hexenküche!«

Gret lächelte wissend. »Kampfer«, sagte sie. »Bin mal gespannt, was sie diesmal daraus macht.«

Sie öffnete die massive Tür weit genug, damit Aline und sie eintreten konnten, und rief mit heller Stimme ihre Begrüßung in den Dunst hinein: »Mutter Immaculata, jemand ist gekommen, Euch zu besuchen!«

Aus dem Nebel klang ein leises Lachen. Es hörte sich sehr jung an, wie von einem Mädchen. »Und ich weiß auch, wer dieser Jemand ist«, sagte eine heitere, energische Stimme, »das freut mich von Herzen, daß du heute kommst, mein Kind! Du wirst viel zu staunen und zu lernen haben!«

»Ich kann mich auf keinen Tag besinnen, an dem ich in diesem Raum nicht gestaunt oder gelernt hätte«, sagte Gret und zog Aline an der Hand in die wallenden Schwaden hinein. Mit der Sicherheit einer Traumwandlerin fand sie den Weg zwischen Fässern, Gestellen und allerlei geheimnisvollen Gerätschaften hindurch zur Feuerstelle, auf der ein Flämmchen durch den Dunst schimmerte. Davor, nur schemenhaft zu erkennen, stand wasserdampfumwogt eine kleine, weiß gekleidete Frauengestalt und rührte in einem Kessel, aus dem die Dünste emporstiegen.

»Bin sofort fertig«, sagte Mutter Immaculata, »nur noch einmal aufwallen soll das Ganze.« Sie beugte sich tiefer über den Herd, stocherte im Feuer, daß es kurz aufloderte, und rührte den Topf um. Dann zog sie ihn mit einem weichen Schwung von der Flamme. »So«, sagte sie, »das dürfte genügen. Nun kann es abkühlen, bevor ich es filtriere.«

Gret und Aline hatten sich ihr bis auf drei Schritte genähert. »Mutter«, sagte Gret, »diesmal habe ich jemanden mitgebracht – einen Überraschungsgast.«

»Ach?« Mutter Immaculata drehte sich um. »Wer ist es denn?«

Dann sah sie Aline. Der Blick ihrer hellgrauen Augen glitt verwundert zwischen Grets und Alines Gesicht hin und her. »Das ist allerdings überraschend«, sagte sie nach einem Moment des Staunens mit ihrer klaren, nüchtern klingenden Stimme, »ich hatte bisher gedacht, die Geschichten von Doppelgängern seien bloßer Aberglaube.«

»Das ist Aline«, erklärte Gret, »ich habe sie vor zwei Tagen erst kennengelernt. Ist die Ähnlichkeit zwischen uns nicht verwunderlich? Dazu kommt noch, daß wir uns auf Anhieb gut verstanden haben, Aline und ich.«

»Ich muß sagen, diese Tatsache bringt mich etwas aus der

Fassung«, sagte Mutter Imma. Sie fuhr sich mit der schmalen Hand flüchtig über die Stirn. »Eine solche Ähnlichkeit zwischen zwei Menschen habe ich nämlich bisher ausschließlich bei Zwillingspaaren gefunden.« Sie deutete auf einige Fässer neben dem dicken Pfeiler, der das Kreuzrippengewölbe trug. »Nehmt Platz. Ich selbst muß mich auf jeden Fall setzen, wenn ihr gestattet. Ich habe auf einmal ganz weiche Knie!«

Gret lachte auf. »Die hatte ich auch, als ich Aline zum ersten Mal sah, und ich glaube, ihr ging es nicht anders!« Sie setzte sich ungeniert auf das Faß neben Mutter Immaculata und zog Aline an ihrer Seite. »Es war einfach unglaublich. Ich dachte, ich schaue in einen Spiegel!«

Aline löste sich aus ihrer Verlegenheit. »'s war geradezu grauslich«, bestätigte sie Grets Worte, »i hab g'meint, 's isch e Traum, und i müßt glei aufwache. Dabei bin i niemals spinnert g'wese. I neig' net dazu, mir was einz'bilde!«

»Genau wie ich«, sagte Gret, »ich hab meine fünf Sinne auch immer gut beisammen gehabt. Aber vorgestern – da war ich mir einen Augenblick lang nicht sicher.«

Mutter Imma hatte aufmerksam zugehört. »Du bist jedenfalls nicht aus dieser Gegend, mein Kind«, sagte sie zu Aline, »du mußt aus dem Land am Oberrhein stammen, das verrät deine Sprache.«

»Ganz recht«, antwortete Aline und lächelte die alte Nonne zaghaft an, »mei Ähnle – die, wo mich aufgezogen hat – die war vom Schwarzwald. Genau wie der Jörgle mit sei'm Bäre.«

»Ein Bär?« Mutter Imma zog erstaunt die dünnen Augenbrauen hoch, »ist dieser Jörgle ein Bärenjäger?«

»Nein, er läßt ihn tanzen. Für Geld – auf der Kirmes.«

»Aline ist nämlich Schauspielerin«, fügte Gret bedeutungsvoll hinzu, »aber eine Künstlerin – keine von denen, die sich nur in der Welt herumtreiben wie das andere fahrende Volk.«

»Ja, es gibt da große Unterschiede«, murmelte die alte Apothekerin. Sie legte den Kopf schief und beäugte Aline. Auf einmal wirkte sie wie ein alter Vogel; ihr ohnehin von tausend Fältchen zerknittertes, hageres Gesicht wurde noch scharfkantiger. »So gehörst du also einer Truppe an?«

»Einer berühmten sogar«, sagte Aline nicht ohne Stolz, »wir haben schon vor Fürsten unsere Stücke zum besten gegeben.«

»Aber was hat der Jörgle mit seinem Tanzbären dabei zu suchen«, fragte Mutter Imma, »ist er dein Mann?«

Jetzt mußte Aline laut lachen. »Lieb's Herrgöttle, nein! Der Jörgle macht in den Pausen seine Kunststücke, und außerdem isch er bald siebzig! Mein Mann, der heißt Rossignol. Aus dem Elsaß oder aus Welschland – er weiß es selber nicht genau.«

»So.« Die alte Klosterfrau ließ Aline keinen Moment aus den Augen. Nur gelegentlich streifte ihr Blick Gret. Sie schien Grets Gesicht mit dem der Schauspielerin zu vergleichen, und ihre Stirn legte sich in immer tiefere, grüblerische Falten, je mehr sie von Aline erfuhr.

»Wir beiden sind schon fast Freundinnen geworden«, mischte Gret sich ein, »nur schade, daß Aline bald weiterreisen muß! Wenn sie länger bleiben könnte, dann wären wir sicher in kürzester Zeit unzertrennlich. Ich wollte, daß sie dich kennenlernt, Mutter, ehe sie wieder fort muß.«

»Ja«, murmelte Mutter Immaculata. Sie schloß kurz die Augen und senkte den Kopf. Dann hob sie Gret und Aline das Gesicht wieder zu. »Ich freue mich sehr über die neue Bekanntschaft. Die Überraschung ist dir gelungen, Margarete!«

Sie stand von dem Faß auf. »Vor vier Wochen habe ich Holunderwein angesetzt. Will sehen, ob ich ihn meiner doppelten Margarete oder der doppelten Aline schon anbieten kann. Möglicherweise schäumt er noch ein bißchen, aber man wird ihn bestimmt trinken können. Mögt ihr probieren, meine Kinder?«

»O ja!« Gret erhob sich ebenfalls und warf Aline einen vielsagenden Blick zu. »Mutter Immas Medizinalweine sind wahre Köstlichkeiten – abgesehen davon, daß sie auch noch Tote lebendig machen!«

Die alte Klosterfrau kicherte über das Kompliment wie ein junges Mädchen. »So schlimm ist es nun auch wieder nicht«, lächelte sie, »ich bemühe mich immer, die Gärung früh genug abzubrechen, damit der Wein nicht zu stark wird!«

Sie verschwand hinter einer Stellage, auf der Tiegel und Behälter aller Größen und Formen standen, während Gret von einem der vielen Regale drei kleine Mörser herunterholte. Sie stellte die metallenen Gefäße auf den Rand des Herdes und legte ein Sieb und eine Schüssel bereit.

Mutter Imma kam mit einer großen, bauchigen Tonflasche zurück. Gemeinsam mit Gret hievte sie sie hoch, nachdem Kork und Gärrohr entfernt waren, und dann wurde mit vereinten Kräften etwas von dem dunkelroten Inhalt durch das Sieb in die Schüssel abgegossen. »Scheint mir fertig zu sein«, murmelte Mutter Imma und schnupperte, »auch gut gelungen. Aber das wollen wir erst prüfen.«

Gret füllte mit einer Kelle die drei Mörser. Dann bot sie der Apothekerin das erste der zweckentfremdeten Gefäße an, reichte Aline das zweite und nahm sich selbst das letzte. »Auf was wollen wir diese Medizin nehmen?« fragte sie. »Ich trinke auf alle, die ich liebe!«

»Das ist immer das beste«, sagte Mutter Imma, »ich pflichte dir bei, mein Kind.«

»Ich auch, Gretle«, fiel Aline ein, »es gibt nicht viele, die ich mag. Aber du und ... und Mutter Immaculata ...«, sie schaute die alte Apothekerin schüchtern an, »ihr gehört jetzt dazu.»

Sie probierten den Holunderwein. Seine herbe Süße und das starke Aroma begeisterten Aline. Das war an ihrem träumerischen Gesichtsausdruck zu erkennen. Aber nach dem ersten großen Schluck stellte sie den Mörser hastig auf den Herdrand zurück. »Au weh«, sagte sie, »i muß ja heut noch spiele – da darf i net trunke sei! Schad, wie es is ... !«

Gret lachte. »Das hatte ich völlig vergessen«, entschuldigte sie Aline bei Mutter Imma, »in einer Stunde ist es schon soweit!«

»Wenigstens hat sie einen ganz, ganz kleinen Begrüßungstrunk bekommen. Der wird sie nicht umwerfen«, sagte die Apothekerin. »Hocken wir noch ein wenig beieinander und erzählen uns was.«

»Sag, Mutter«, Gret setzte sich wieder auf ihr Faß, während auch Aline und die alte Nonne sich niederließen, »du hast doch Kampferholz gekocht, als wir kamen – hab ich recht? Was willst du daraus machen?«

»Eine Salbe gegen schmerzende Gelenke – sobald ich den Sud destilliert habe. Aber ich wollte eigentlich nicht über meine Arbeit mit euch sprechen.« Mutter Immaculata wandte ihre klaren grauen Augen wieder Aline zu. »Viel lieber würde ich mehr von dir erfahren, Kind. Etwas aus deinem Leben vielleicht.«

»Da gibts nicht viel zu erzählen«, antwortete Aline zögernd, »ich reise halt so durch die Lande mit meinen Leuten.«

»Wie groß ist denn deine Truppe?«

»Wir sind sieben, alle zusammen«, Aline war aus ihrer weichen dialektgefärbten Aussprache wieder in das Deutsch verfallen, das sie auf der Bühne sprach. Gret wunderten diese Wechsel nicht mehr; sie hatte sich bereits daran gewöhnt. »Der Rossignol ist der Prinzipal«, fuhr Aline fort, »und dann sind da noch Albert und Jean, William und das Hänsle. Der älteste ist der Jörgle – aber der gehört nicht zu den Schauspielern, das wißt Ihr ja schon.«

Mutter Imma nickte. »Er stammt aus dem Schwarzwald, wie deine Großmutter, die dich aufgezogen hat – wenn ich dich richtig verstanden habe. Kennst du den Jörgle auch schon so lange?«

»Oh ja, solange ich denken kann.« Aline lächelte bei dem Gedanken an den alten Bärenführer. »Der Jörgle, der war immer da. Und ich hoffe, er lebt noch lange.«

»Du hast ihn wohl sehr lieb? Ist er dein Vater?« forschte Mutter Imma. Gret wunderte sich über den intensiven, durchdringenden Blick, mit dem die Nonne Aline beobachtete.

»Ja und nein«, antwortete Aline, »Ja, ich hab ihn von Herzen lieb – und nein, er ist nicht mein Vater. Der hat sich bei einem Sturz vom Seil das Genick gebrochen, als ich sechs war. Er hat kaum je ein Wort mit mir gewechselt, weil er immer einen Sohn wollte und keine Tochter.«

»Er war Seiltänzer?« In Mutter Immas Augen zuckte etwas auf – ein Schatten, der ihren hellen Blick für einen winzigen Moment verdunkelte. »Hat er etwa auch Kunststücke vorgeführt, waghalsige Sprünge vielleicht oder schwierige Gleichgewichtsübungen?«

»Ja. Er war Artist. Er war überaus gelenkig und hat auch die Leute zum Lachen gebracht. Aber mich machte er immer nur traurig.« Aline brach ihre Rede ab. Sie räusperte sich. »Das ist lange vorbei. Gott hab ihn selig«, flüsterte sie abschließend.

»Und deine Mutter?« Die alte Apothekerin ließ nicht lokker. Ihre Stimme war ebenfalls sehr leise geworden. Gret, die bis jetzt still und aufmerksam zugehört hatte, entdeckte ein Beben darin. Das erschreckte sie; denn Mutter Imma war, solange sie denken konnte, noch niemals anders als beherzt, gefaßt und nüchtern gewesen.

»Meine Mutter«, Aline neigte den Kopf, als versuche sie sich auf etwas zu besinnen, das in weiter Ferne lag, »meine Mutter habe ich überhaupt nie gekannt. Sie ist gestorben, als ich erst ein paar Tage alt war. Der Jörgle sagt, sie sei sehr hübsch gewesen – mit prächtigem blondem Haar. Und sie war keine Artistin. Sie konnte kein einziges Kunststück. Trotzdem muß meine Mutter ein guter Mensch gewesen sein – immer lustig, immer gut aufgelegt –, obwohl sie viele Sorgen hatte ...«

Mutter Imma schwieg. Sie nahm einen tiefen Schluck aus ihrem Trinkgefäß und senkte den Kopf. Wieder zog der merkwürdige Schatten über ihr Gesicht, und diesmal war er fast ein Ausdruck des Schmerzes.

Gret konnte sich das nicht erklären. Sie spürte nur, daß sie das Gespräch in eine andere Richtung lenken mußte. Denn etwas daran schien Mutter Imma zu quälen. »Stell dir vor, Mutter«, warf sie ein, »Aline und ich sind sogar zur gleichen Zeit geboren: kurz vor Weihnachten und beide vor fast einundzwanzig Jahren. Ist das nicht ulkig?«

Die alte Nonne richtete sich auf und heftete den Blick auf Aline. Ihre Augen waren groß und sehr dunkel geworden. Sie sagte nichts, starrte die beiden jungen Frauen nur stumm an – erst die eine, dann die andere.

Gret bemühte sich krampfhaft, die Unterhaltung wieder in Gang zu bringen. »Die Astrologen sagen ja immer, daß Menschen, die am gleichen Tag und zur gleichen Stunde geboren sind, sich auch im Wesen gleichen. Vielleicht ist das bei Aline und mir der Fall – was meinst du, liebe Mutter? Vielleicht sind wir uns deshalb auch äußerlich so ähnlich ...«

»Woher kam denn deine Mutter?» Die Stimme der Apothekerin klang tonlos bei dieser Frage an Aline – ganz rauh und ohne die herzhafte Fröhlichkeit, die Gret an ihr kannte.

»I weiß net«, stotterte Aline, erschrocken über die unerwartete Veränderung im Verhalten der alten Frau, »Der Jörgle sagte, sie war ein paar Jahre bei uns – wie schönes Wetter. Und dann ist sie wieder fort g'wese ... genau so plötzlich, und ohne Spuren zu hinterlassen.«

Auf der Feuerstelle fiel ein halb verkohltes Scheit in sich zusammen; es knisterte, und ein Schwarm Funken stiebte in die Luft. Fast augenblicklich schoß aus dem eisernen Tiegel, der auf der gemauerten Herdeinfassung gestanden hatte, eine lange Stichflamme zur Decke; es krachte furchterregend, während beizender Qualm in einer grauweißen Wolke aufwallte.

»Herr im Himmel«, rief Gret und sprang auf, während Aline sich instinktiv duckte, »da ist was explodiert! Was war denn bloß in dem Eisentiegel?«

Mutter Immaculata war ebenfalls zusammengezuckt. Sie erhob sich, schüttelte den Kopf, als sei sie eben aus einem schweren Traum in die Wirklichkeit zurückgekehrt. »Schwefelsalpeter und etwas zerstoßene Holzkohle«, sagte sie und wischte sich über die Augen, »ich hatte vor, eine Salbe gegen eitrige Hautausschläge daraus zu rühren. Ich weiß gar nicht, wie das passieren konnte ...«

»Donner und Blitz!« Gret begann schallend zu lachen. Sie legte der alten Apothekerin den Arm um die knochigen Schultern. »Weißt du was, Mutter? Du hast soeben in aller Unschuld das Schießpulver noch einmal erfunden! Die Zutaten für deine Salbe sind nämlich auch in dem Zeug enthalten, womit Hakenbüchsen geladen werden!«

»Hakenbüchsen?« Mutter Imma hatte Tränen in den Augen; ob von dem stinkenden Pulverdampf oder aus anderen Gründen, das konnte Gret nicht erkennen. »Mit solchen Dingen habe ich mich nie befaßt. Ich wollte immer Leben retten – nicht es auslöschen.«

Sie umarmte Gret mit plötzlicher Heftigkeit. »Mein liebes Kind – dieser Knall war, glaube ich, der Schlußpunkt unter unser heutiges Beisammensein.« Sie preßte ihr Gesicht einen Augenblick lang an Grets Schulter. »Ich bin in keiner guten Stimmung«, fuhr sie leise fort, »bitte verlaßt mich jetzt, du und deine neue Freundin. Ich brauche Zeit für mich allein. Vielleicht mögt ihr noch einmal wiederkommen, wenn ich besser aufgelegt bin?«

»Aber, Mutter –«, wollte Gret widersprechen.

»Kein Aber.« Die Apothekerin umarmte auch Aline und schob sie dann schnell wieder von sich. »Nun rasch hinaus, und Gott befohlen. Wenn er es will, sehen wir uns bald wieder.«

Ihre Stimme hatte den gewohnten Klang – die freundliche Autorität, der man nicht widersprach. Aber ihre Augen waren noch dunkel und von einem stillen Schmerz erfüllt. »Mutter«, sagte Gret, »kann ich nichts für dich tun?«

»Nichts, Kind. Laß mir nur die Zeit, um die ich dich bitte. Gönne einer alten Frau ein wenig Ruhe!«

Mutter Imma hatte versucht zu scherzen. Aber es war ihr nicht gelungen, Gret zu überzeugen. Gret setzte zu einer weiteren Frage an. Doch diesmal legte ihr die Nonne den Finger auf den Mund. »Still jetzt«, sagte sie streng, »ihr werdet mich für heute allein lassen – alle beide! Ich erwarte euch in ein paar Tagen; bis dahin schütze euch Gott. Jetzt fort mit euch – ich habe viel zu arbeiten. Und viel nachzudenken ...«

Gret kannte ihre Ziehmutter zu gut, um nicht zu wissen, daß alle Überredungsversuche im Augenblick zwecklos waren. Sie nahm Mutter Imma noch einmal fest in die Arme und wartete, bis sich auch Aline mit einem wortlosen Händedruck von ihr verabschiedet hatte. Dann verließ sie mit ihrer Doppelgängerin still und gehorsam, wenn auch ohne zu begreifen, das Laboratorium.

»Es muß etwas gewesen sein, das ich gesagt habe«, meinte Aline bekümmert, als sie auf dem Rückweg zum Heumarkt waren. »Aber was kann sie denn so aufgeregt haben? Ich hab doch nur ihre Fragen beantwortet und von meinen Leuten erzählt!«

»Ich weiß auch nicht, warum sie auf einmal so ... so anders geworden ist«, antwortete Gret und versuchte erst gar nicht, ihre Betroffenheit vor Aline zu verbergen. »So hab ich sie noch nie erlebt, so unbeherrscht. Das war ein Gesicht, das ich an ihr nicht kannte.«

»Ich hatte das Gefühl, als sei sie sehr an meiner Mutter interessiert gewesen«, sagte Aline nachdenklich, »sie war enttäuscht, weil ich so wenig von ihr zu berichten wußte.«

»Ich glaube, da hast du genau ins Schwarze getroffen«, sagte Gret und nickte, »mir kommt es auch so vor.«

»Ich weiß zwar beim besten Willen nicht, warum sie ausgerechnet über meine Mutter mehr erfahren wollte, aber ich könnte ja den Jörgle ausfragen. Der hat sie noch gekannt ...« Aline strahlte Gret erleichtert an. »Deine Mutter Imma ist so eine liebe Frau. Beim nächsten Besuch will ich ihr mehr erzählen, wenn ihr das Freude macht!«

»Vielleicht sollten wir uns gemeinsam anhören, was der Bärenführer noch für Erinnerungen an deine Mutter zusammenbringt«, sagte Gret, »irgendwie bin ich jetzt genauso gespannt wie Mutter Imma, weiteres über deine Vergangenheit zu erfahren. Mich wundert, daß du selbst dich nicht allzu gut darin auskennst.«

Aline blieb auf dem Weg stehen und schaute Gret voll in die Augen. »S isch scho möglich, daß sogar i noch Dinge erfahr, die i net g'wußt hab – oder net hab wisse solle«, murmelte sie, »i hab e ganz wunderlich's G'fühl bei derer Sach.«

»Also ist es beschlossen«, sagte Gret, »wir setzen uns mit dem Jörgle zusammen und fragen ihn. Wir wollen alles wissen, was er weiß.«

Aline nickte zustimmend.

8. KAPITEL

Neben dem Wagen der Schauspieler stand Rossignol, schon in Maske und Kostüm, und mit Hans Stellmacher in ein angeregtes Gespräch verwickelt.

»Was machst du denn hier?« fragte Gret verwundert, während Aline ihrem Mann zulächelte und dann zum Bärenkäfig ging, wo Jörgle einer Gruppe von kleinen Kindern etwas über sein Tier erzählte.

Hans schaute Gret an und runzelte die Stirn. »Ich wollte dich zu Hause aufsuchen«, sagte er mit einem vorwurfsvollen Unterton in der Stimme, »und da sagt mir doch der Jost: ›Ich hab' dem Jriet seine Leiche zum Elendsfriedhof jefahren.‹ Der blöde Hund! Mir sowas von einer Auskunft zu geben! Ich also wie der Teufel zum Katharinengraben. Und da hol ich dann mit Mühe aus dem Trottel von einem Priester raus, daß nicht du die Leiche warst, sondern irgend 'ne andere Frau. Und daß du mit Aline dagewesen wärst – auf dem Friedhof, meine ich. Und da bin ich dann –«

»Gleich zu Rossignol gerannt«, setzte Gret grinsend den langen Satz fort, »und der hat dir auch nichts Genaues sagen können, was?«

Hans blies die Backen auf. »Also den Jost, den könnte ich mit Genuß erwürgen, weil er mir so 'nen Wahnsinnsschrecken eingejagt hat.« Er ballte die Fäuste. »Deine Leiche – Herrgottnochmal! Dabei war's 'ne ganz andere!«

Gret rollten die Lachtränen übers Gesicht. »Hänschen, den Jost darfst du doch nicht wörtlich nehmen!« Sie knuffte ihn spielerisch in die Seite. »Ich hätte nie gedacht, daß du so leichtgläubig bist!«

»Über dich ärgere ich mich noch mal zu Tode«, knurrte Hans halb verlegen, halb ärgerlich darüber, daß Gret seine Besorgnis wieder einmal nicht ernst nahm. »Dich darf man wirklich keinen Moment aus den Augen lassen, du ... du Weibsbild!«

»Ach«, Grets Heiterkeit wich der gereizten Stimmung, die sie immer überkam, wenn Hans den großen Bruder herauskehrte. »Du wolltest wohl wieder mal den Wachhund spielen, was? Oder warum hast du mich sonst besucht?«

»Moment, du verstehst mich ganz falsch«, versuchte Hans die Situation zu retten, »ich wollte dich eigentlich bitten, mir eine Jacke und eine Hose zu waschen, wenn du so lieb sein wolltest. Zwischen der Wäsche vom Doctor würden die Sachen doch gar nicht auffallen ...«

»Ach, das war's! Du kommst auch immer nur, wenn du was von mir willst! Männer!«

Gret war im Begriff, sich in einen ihrer Wutanfälle hineinzusteigern, die sie nachher jedesmal bereute. Plötzlich stand Aline an ihrer Seite. »Der Jörgle sagt, es geht, wann immer du willst«, meinte sie und legte Gret besänftigend die Hand auf den Arm. »Also auf später dann – bis nach der Vorstellung, ja?«

»Wie?« fragte Gret abgelenkt, »was meinst du? Ach so, ja. Gut.«

»Außerdem sollte man sich nicht dauernd streiten, wenn man sich mag«, fügte Aline sanft hinzu und zwinkerte Rossignol an, der eben seinen geschminkten Mund zu einem tadelnden Wort an seine Frau geöffnet hatte.

Rossignol schluckte seine Bemerkung. Gret nickte. »Für diesmal verzeihe ich dir, Hans«, sagte sie.

»Wofür?« grollte er, »dafür, daß du mich zu Tode geängstigt hast?«

»Aber das war doch der Jost!«

»Ist ja auch egal! Gret – ich will einfach nicht, daß dir was passiert!« Er ballte schon wieder die Fäuste wie zur Abwehr eines unsichtbaren Gegners.

»Ich auch nicht, denk mal!« Gret nickte Aline und Rossignol zu und machte sich auf den Heimweg. Sie winkte Hans. »Jetzt komm – die Leute haben zu tun!«

Hans begleitete Gret zurück nach Hause. An der Ecke zur Streitzeuggasse verabschiedete er sich von ihr. »Ich hab das Kleiderbündel bei der Schuhmachersfrau gelassen«, sagte er verlegen, »kümmere dich nicht drum, ich hol es morgen selbst wieder ab.«

»Aber ich dachte, du willst die Sachen gewaschen haben«, erwiderte Gret, »wahrscheinlich sind auch wieder Risse zu flicken – so vorsichtig, wie du immer mit deiner Kleidung umgehst. Entscheide dich! Soll ich mich nun deiner Drecksklamotten annehmen oder nicht?«

Hans schluckte. »Du hast doch gesagt, ich käme nur zu dir, wenn ich was von dir wollte, Gret! Ich will aber gar nichts von dir – auf keinen Fall! Du sollst nichts Falsches von mir denken …«

»Oh, keine Angst!« In Grets Kehle war plötzlich ein dikker Kloß. Sie kniff die Lippen zusammen. »Jetzt weiß ich ja Bescheid. Dann hol die Sachen eben morgen bei der Schusterin ab … Und bei mir brauchst du dich überhaupt nicht zu zeigen – nie mehr, verstehst du?«

Ihre Stimme hatte ganz rauh geklungen. Hans schluckte noch einmal. Dann holte er tief Luft. »Was hab ich denn jetzt schon wieder falsch gemacht? Gret, wirklich! Ich wollte doch nur –«

»Du willst nichts von mir, und ich will nichts von dir!« Gret schrie ihn regelrecht an. »Und so soll es auch bleiben, verstanden? Du gehst jetzt da lang, und ich geh hier lang«, sie deutete mit dem Finger Richtung Glockengasse, »ich frage mich nur, warum du dich überhaupt mit mir abgegeben hast, und warum ich blöde Kuh nicht gemerkt habe, was du für einer bist!«

Damit wirbelte sie auf dem Absatz herum und stapfte wütend die Gasse hinunter. »Laß dich bloß nie wieder blicken!«

Hans war entsetzt. Einen Augenblick lang starrte er ihr sprachlos nach. Dann wurde auch er wütend. »Darauf kannst du Gift nehmen«, schrie er ihr nach, »und ich nehme dich beim Wort! Das, was du eben von dir selbst gesagt hast, das ist goldrichtig! Wenn's dich tröstet, du blöde Kuh: Ich bin ein Hornochse gewesen – jawohl, ein Hornochse! Mit dir ist man angeschmiert!«

Gret drehte sich nicht um. Sie marschierte mit gesträubten Stacheln weiter, obwohl ihr bereits die Tränen in den

Augen standen. Aber das konnte Hans nicht sehen. Ihm blieb nichts anderes übrig, als sie ziehen zu lassen. Ihr jetzt nachzulaufen und sie einfach in die Arme zu nehmen, wozu es ihn drängte – das duldete sein verletzter Stolz nicht.

Als Gret in ihrem Gadem angekommen war, warf sie sich auf ihren Strohsack und ließ ihren Tränen und ihrem Zorn auf sich selbst freien Lauf. Hans' Liebe, die sie sich so sehnlich wünschte, würde sie nie besitzen, das schien ihr ganz klar. Und jetzt hatte sie auch noch seine Freundschaft verscherzt – mutwillig und nur, weil sie in seiner Gegenwart immer so gereizt war!

Sie schluchzte laut auf. Was sie zu ihm gesagt hatte, das war nicht wieder gutzumachen. Und seine Antwort darauf versperrte den Weg zur Versöhnung vollständig. Die blöde Kuh, die konnte Gret nicht auf sich sitzen lassen. Dafür würde er sich entschuldigen müssen, und das tat er nie …

Es war aus. Grets Tränen durchweichten den Bezug des Strohsacks. Wie sollte das Leben jetzt wohl weitergehen – ohne den Mann ihrer Träume, der zwar nie ihr gehören würde, mit dem sie aber bisher wenigstens befreundet gewesen war?

Gret tat sich auf einmal furchtbar leid. Gleichzeitig stieg die wohlbekannte Selbstverachtung wieder in ihr auf. »Selber schuld«, wisperte sie mit verkniffenem Mund, »jetzt hast du's erreicht, du törichte alte Jungfer! Wenn du es schon nicht schaffst, dir deinen Auserwählten an Land zu ziehen, dann hättest du dir wenigstens seine Freundschaft erhalten können! Aber du kannst ja den Hals nicht voll genug kriegen …«

Es klopfte an die Brettertür. »Grundlin, bist du da?« bollerte Doctor Minutus.

Gret sprang von ihrem Strohsack auf und wischte sich hastig das Gesicht ab. »Ja, Doctor – ich wollte gerade rüberkommen und das Essen machen!«

Ihre Stimme hatte sich belegt angehört. »Du tust recht daran, wenn du jetzt verlegen bist«, sagte der Doctor draußen, »so pflichtvergessen, wie du dich aufführst. Also hopp, hopp! Seit einer Stunde warte ich darauf, daß du dich endlich in die Küche begibst!«

Gret klatschte sich etwas Wasser aus ihrem Waschgeschirr auf die geröteten Augen. »Bin gleich da«, rief sie betont munter, »gedulden müßt Ihr Euch nun nicht mehr!«

Die Mißstimmung des vernachlässigten Hausherrn besserte sich, sobald der duftende Abendbrei mit Äpfeln auf dem Tisch stand. Während er die leckere Speise in sich hineinschaufelte, erzählte er genießerisch schmatzend mit vollem Mund das Neueste vom Tage.

»Herrn Olligschlägers Tochter Katharina heiratet. Die Verlobung soll schon in ein paar Tagen sein. Stell dir vor, Grundlin – der Glückspilz von einem Vater! Alle drei Mädchen hat er jetzt gut unter die Haube gebracht – die jüngste, die Katharina, fast ohne Mitgift! Das macht dem Olligschläger keiner nach!«

»Es soll ja Männer geben, die nicht nur auf das Geld schielen, wenn sie sich eine Braut suchen«, sagte Gret spitz. »Ich nehme an, die kleine Olligschläger hat noch ein paar andere Qualitäten.«

»O ja«, mümmelte der Doctor, »ich würde sie nicht von der Bettkante schubsen – und ich kenne auch keinen, der das tun würde.«

»Na, seht Ihr.« Gret preßte die Lippen zusammen. »Dann noch die Beziehungen von ihrem alten Herrn … wenn das keine Mitgift ist! Da läßt sich doch Gewinn draus schlagen!«

»Nein, überhaupt nicht!« Der Doctor wunderte sich über Grets abfällige Bemerkung. »Es wird keine geschäftliche Verbindung. Der junge Gotthart Kannengießer wirbt ja schon seit Jahren ohne die Erlaubnis seines Vaters um die Katharina! Und jetzt hat er endlich durchgesetzt, daß er sie doch heiraten darf – auch ohne Mitgift. Die kleine Olligschläger sollte eigentlich ins Kloster. Aber die beiden jungen Leute wollten durchbrennen. Um das Schlimmste zu verhüten, läßt der alte Kannengießer seinem Sohn jetzt notgedrungen freie Hand ...« Er schob sich einen neuen Löffel Brei in den Mund. »Christliche Ehe ... ist immer noch besser.«

»Wie man's nimmt.«

»Ich wußte gar nicht, daß du so wenig von der Liebe hältst, Grundlin«, fügte der Doctor mit undeutlicher Stimme hinzu.

Gret stieß ein verächtliches Knurren aus. »Von etwas, das es gar nicht gibt, kann man auch nichts halten«, sagte sie und fing an, die Küche aufzuräumen. »Liebe – pah!«

Der Doctor wechselte das Thema. Er spürte trotz seiner angeborenen Dickfelligkeit, daß Gret heute abend nicht in der allerbesten Stimmung war. »Übrigens«, sagte er, »wo wir gerade bei den Olligschlägers sind: Der Straßenräuber, der in der Hacht sitzt, will noch immer nicht zugeben, daß er der Anführer einer ganzen Bande von Wegelagerern ist. Auch sonst erzählt er dem Gericht nur Märchen und läßt sie alle in die Irre laufen. Die Klocken suchen sich zum Doctor, wie man so sagt ...«

Er lachte meckernd über sein Scherzchen. »Der Herr Olligschläger weiß bald nicht mehr, was er noch mit dem Kerl anstellen soll. Dem Greven kann er den hartgesottenen Galgenschwengel auch nicht übergeben, weil die Untersuchungen ja noch lange nicht abgeschlossen sind. Übel, was?«

»Hmm«, brummte Gret. Sie hatte den Kochkessel ausgespült und setzte ihn jetzt mit einem kleinen Knall auf dem gemauerten Herdrand ab. »Ist denn schon raus, wie viele Mitglieder schätzungsweise in der Meute sind?«

»Herr Olligschläger hatte anfangs was von sechs Mann gesagt, aber anscheinend kommen nach und nach immer mehr zusammen. Eine genaue Zahl hat das Gericht nicht.« Der Doctor hob den Kopf und sah Gret überrascht an. »Ich frage mich, wieso man dich eigentlich mit Geschichten von Verbrechern immer so schön aufheitern kann, Grundlin! Du bist schon sonderbar ...«

»Braucht Ihr mich heute abend noch?« fragte Gret und brach abrupt das Gespräch ab.

»Nein, eigentlich nicht. Gegessen ist ja – und jetzt geh ich zurück zu meinen Büchern.« Er schaute verdutzt drein. Er hatte Mühe, Grets schnellen Stimmungswechsel zu verarbeiten.

»Dann versorge ich gleich noch das Vieh«, knurrte Gret, während sie seinen leeren Teller in die Abwaschschüssel gleiten ließ, »und Ihr könnt Euch meinetwegen sofort wieder an Eure Arbeit machen.«

Doctor Minutus wußte, daß Gret ab sofort nur noch einsilbig antworten würde. Wenn sie nicht wollte, dann wollte sie eben nicht. Also tat er, was seine Hausmagd ihm vorgeschlagen hatte. Er zog sich gesättigt, wenn auch ein wenig unzufrieden in sein Studierzimmer zurück. Aus einem Grund, den er nicht kannte, war Gret wieder einmal nicht erpicht auf Gesellschaft. Sollte sie doch ihren Frieden haben; morgen würde sie schon wieder umgänglicher sein.

Gret fütterte die Schweine und Hühner und sah nach dem Gemüsegarten. Beim Absammeln der Raupen von den jungen Kohlpflanzen mußte sie über die Bemerkungen nachdenken, die der Doctor über den gefangenen Straßenräuber gemacht hatte. Einer sitzt hinter Gittern, sechs Mann sind noch frei. Und zehn im Busch …

Gret richtete sich auf. Bells Zeichnung hatte, wenn Alines Deutung stimmte, genau diesen Inhalt gehabt. Stand Bells Mörder vielleicht mit der Bande des gefangenen Straßenräubers in Verbindung, und hatte er möglicherweise auch Klara ermordet?

Das durchgekreuzte Strichmännchen bedeutete einen Toten. War Klara vielleicht diese Tote? Aber was war dann mit dem zweiten, nicht durchkreuzten Strichmännchen gemeint? Konnte es sein, daß noch jemand in Lebensgefahr war?

Fragen über Fragen. Gret wischte sich die Stirn. Hans und ihr persönlicher Kummer rückten plötzlich in den Hintergrund. Sie mußte herausfinden, ob die Erklärung der Zeichnung, die ihr gerade eingefallen war, richtig war.

Hastig erledigte sie die letzten Gartenarbeiten. Sie würde Aline aufsuchen – sobald die Glocke sieben schlug. Vielleicht wußte sie weiter.

Gret umrundete das Haus und klopfte bei der Schusterin. Die hatte Hans' Kleiderbündel schon in der Hand, als sie öffnete. »Du wolltest bestimmt das hier abholen«, sagte sie. »Der Stellmacher war hier und meinte, du würdest es, nett wie du bist, sicher für ihn in Ordnung bringen.« Sie lächelte. »Weißt du, was, Gret? Du und der Hans – das wäre genau das richtige. Ihr wärt ein schönes –«

»Trin, keine langen Reden – ich muß mich beeilen«, fiel Gret ihr ins Wort. »Danke für's Aufbewahren. War nett von dir.«

Sie schnappte das Bündel. »Guten Abend noch«, verabschiedete sie sich und huschte um die Ecke zu ihrem Häuschen.

Im Dämmerlicht der Stube, die von dem einzigen kleinen Fensterchen kaum erhellt wurde, grübelte sie, während sie Hans' Kleidung auf ihrem Strohsack ausbreitete, weiter über ihre ungeklärten Fragen nach. Wie zum Kuckuck sollte sie bloß feststellen, ob sie mit ihren Vermutungen richtig lag? Bell hatte ja keine weiteren Hinweise mehr geben können. Oder doch?

Siedendheiß fielen Gret auf einmal die Worte ein, die ihr am wenigsten gesagt hatten: Heute abend, Jriet – im Hörnchen – in der Walenjass …

Heute abend. Irgend etwas Wichtiges fand heute abend in der Walengasse statt, in einer der gefährlichsten Gassen der Stadt. Und das ›Hörnchen‹ konnte nur ein Wirtshaus sein, da war Gret plötzlich ganz sicher. Wahrscheinlich war es eine der schmutzigen Absteigen, in denen der Bodensatz der Kölner Unterwelt zusammenkam.

Gret atmete heftig aus. Es klang wie ein rauher Seufzer. In der Walengasse durfte sich eine anständige Frau nicht sehen lassen – nicht bei Tageslicht und erst recht nicht nach Einbruch der Dunkelheit. Wie um aller Heiligen willen sollte sie also erfahren, was im ›Hörnchen‹ vor sich ging?

Mißmutig warf Gret Hans' schlauchenge, dunkelgrüne Hose, die sie gerade in der Hand gehalten hatte, auf ihre Truhe. »Als Frau hat man einfach nicht die Möglichkeiten, die ein Mann –«

Abrupt hielt sie inne. Eine Hose war vorhanden. Viel zu lang zwar, aber wenn man sie ein paarmal umkrempelte … Mit fliegender Hast zerrte Gret die anderen Kleidungsstücke auseinander. Ein blaues wollenes Hemd, dessen linker Ärmel einen Riß hatte. Und eine braune, schon recht fadenscheinige Gugel.

»Das ist es«, murmelte Gret vor sich hin, »mehr brauch' ich nicht, um mich zu verkleiden!«

Es läutete sieben. Gret zählte die Glockenschläge. Einen Augenblick stand sie ganz still. Dann löste sie die Taillenbänder und stieg aus Rock und Unterrock. »Tut mir leid, Aline«, führte sie ihr Selbstgespräch fort, »ich kann nicht kommen. Das andere ist einfach wichtiger. Wir sehen uns ja morgen.«

Hans Stellmachers Hemd war zwar zerrissen und viel zu groß, aber dafür sauber. Gret zog es um den Hals zusammen und krempelte die Ärmel mehrmals um. Die Hose hatte Schmutzflecken an den Knien. Sie war so lang und weit, daß Gret leise lachen mußte.

»Reizendes Kerlchen«, kicherte sie, während sie an sich hinunterblickte, »du siehst vielleicht zünftig aus! Fragt sich nur, von welcher Zunft du bist – Hafenratte oder Beutelschneider ...«

Gret schnürte das Gürtelband ganz eng um ihre schmale Taille und sicherte die üppige Weite des Hosenbundes mit einem doppelten Knoten. Die Hosenbeine mußten viermal breit umgekrempelt werden. Die fadenscheinige Gugel aus noppiger brauner Wolle vervollständigte das Bild eines jugendlichen Herumtreibers. Die Kapuze lag eng am Kopf an und umrahmte Grets Gesicht recht unvorteilhaft. Aber ihr langes Haar war vollständig verdeckt und konnte zudem noch unauffällig in dem langen Zipfel der Gugel untergebracht werden. Der angenähte Schulterkragen reichte Gret bis über die Ellbogen; darunter war ihr Busen nicht einmal mehr zu ahnen.

Sie trat vor den Spiegel und mußte noch einmal grinsen. »Herrgott, was für ein Anblick!« Ein zartes Gesicht mit riesigen, glänzenden Augen schaute sie da an – sehr weiblich, wenn auch etwas fremd ohne Haube und Haare.

Dem mußte abgeholfen werden. Asche aus der Feuerstelle sorgte für ein paar Schmutzspuren auf den allzu sauberen, rosigen Wangen. Nun sah das Gesicht im Spiegel schon besser aus. Gret zog den Mund breit, bleckte die Zähne und versuchte, finster dreinzuschauen. »So ist's gut. Es sollte mich wundern, wenn mich jetzt noch einer erkennt!«

Zufrieden bückte sie sich, zog ihre Schuhe aus und schlüpfte in die alten, ausgefransten Pantinen mit den Holzsohlen, die sie bei schlechtem Wetter oder bei der Stall- und Gartenarbeit trug.

Plötzlich wurde ihr bewußt, daß die Kleidung, die sie angezogen hatte, nach Hans roch. Sie schlang die Arme ganz fest um den Oberkörper und krallte die Finger in den rauhen Stoff der Gugel. »Hans«, flüsterte sie, und ihre Augen füllten sich mit Tränen.

Aber der Augenblick der Sehnsucht ging rasch vorüber. »Schluß jetzt mit der blöden Heulerei«, befahl sie sich, »reiß dich zusammen. Schließlich hast du dir dein Elend selbst zuzuschreiben. Für unnützes Gejammere ist heute einfach keine Zeit.«

Sie stopfte zwei Fettmännchen aus ihrer Geldbörse in die ausgebeulten Taschen der Hose. Dann war sie bereit. Und wenig später verließ ein schmuddeliger halbwüchsiger Junge in schäbiger, viel zu großer Kleidung durch die Hintergärten den Bereich der Glockengasse. Niemand nahm Notiz von dem unbekannten Straßenkind, das sich nach Art der Streuner um die Straßenecken herumdrückte und unauffällig Richtung Hafenviertel streifte. Stromernde Armeleutekinder gab es viele in der Stadt; kaum einer der anständigen Bürgersleute widmete ihnen einen Blick, solange sie nicht unangenehm auffielen oder den Frieden störten.

Vor Ewigkeiten war die Walengasse, die zum Rhein hinunterführte, einmal ehrbar gewesen. Sie gehörte damals zum Kaufmannswik, und reiche wallonische und welsche Handelsherren hatten hier ihre Kontore und Stapelhäuser gehabt. An diese glanzvolle Zeit erinnerte noch manch altes, massiv in Stein errichtetes Gebäude. Aber Glanz und Reichtum der Walengasse waren längst dahin. In den stillgelegten Lagerhäusern und Warenspeichern hausten jetzt arme Schlucker, die keinen Mietzins zahlen konnten. Sie hatten die weiträumigen Hallen durch eingezogene Bretterwände in unzählige winzige Verschläge aufgeteilt und nutzten ihre notdürftige Unterkunft in enger Nachbarschaft mit Bettelvolk und unehrlichem Gesindel.

Zwischen den größeren Gebäuden standen kleinere, billig hochgezogene, schmalbrüstige Häuser. Diese beherbergten meist Schankwirtschaften, in denen Matrosen, Landstreicher und ungehobelte Gelegenheitsarbeiter verkehrten. Die obdachlosen Herumtreiber wurden Mühlenstößer genannt, da sie bei Bedarf am Hafen die Tretmühlen der Ladekräne bedienten. Die Walengasse gehörte außerdem zu den einträglichsten und beliebtesten Revieren der Hafendirnen. Es gab hier Frauen für jeden Geschmack, und sie boten ihre Dienste in jeder Preislage an.

Auch heute abend würde die Walengasse wieder Sammelplatz abgerissener Elendsgestalten und wahrer Lumpen sein. Gret zog unwillkürlich die Kapuze der Gugel tiefer in das Gesicht, als sie in die düstere Straße mit den verkommenen Gebäuden einbog. Sie wußte nicht, wonach sie eigentlich suchte und beschloß, sich erst einmal das ›Hörnchen‹ von innen anzusehen. Vielleicht ergab sich irgendetwas.

Viele Häuser trugen hier Namen und waren offenbar billige Herbergen. Man konnte sie an grell gemalten Schildern erkennen, die über der Eingangstür hingen und das Namenssymbol zeigten – ein Lamm oder einen Hahn oder einen tiefschwarzen Mohren ...

Schon wurde Gret angesprochen. »He, Süßer – haste 'n Moment Zeit?« Ein geschminktes Gesicht mit knallroten Lippen und kohleumrandeten Augen schaute Gret auffordernd an.

Die Frau, die hier ihrem Broterwerb nachging, mußte über vierzig sein – jedenfalls sah sie so aus.

»Kein Bedarf«, sagte Gret, »und auch keine Zeit. Muß et ›Hörnchen‹ finden. Haste 'ne Ahnung, wo dat sein könnt'?«

Die Hure grinste. »Et ›Hörnchen‹? Kleiner, in so 'nem Schuppen treibst du dich rum? Dann paß aber auf, dat du nit jefressen wirst!«

Sie deutete quer über die Straße. Dort schaukelte in dem Wind, der vom Rhein heraufwehte, an zwei verrosteten Ketten ein kleines Horn aus Blech über der Tür. Durch die Ritzen der geschlossenen Läden des Fensterchens neben dem Eingang schimmerte trübes Licht auf die Straße.

»Ach, da«, sagte Gret und bemühte sich, ihre Stimme ein paar Töne tiefer zu schrauben. »Danke für die Auskunft!«

Sie ließ die Hure stehen, überquerte die schmutzige Straße und hielt auf die Spelunke zu. »Nix zu danken«, rief die Hure hinter ihr her, »aber wenn du lebend wieder rauskommst, dann denk an mich! So netten Jüngelchen mach ich et auch für lau!«

Gret war bereits an der Tür. Energisch reckte sie die Schultern, nahm all ihren Mut zusammen und trat ein.

Rauchgeschwängerte Luft und Stimmengewirr quollen ihr entgegen. Der Qualm kam von der Feuerstelle mitten im Raum, an der auf einem eisernen Spieß mehrere dicke Fleischstücke brieten. Eine schlampig gekleidete, unsauber aussehende Magd, die schwitzend danebenhockte, ließ das Fett ins Feuer tropfen, so daß es rauchte und zischte. Statt den Braten zu beaufsichtigen, hörte sie sich lieber die lockeren Reden der drei stoppelbärtigen Strolche an, die den Tisch daneben besetzt hatten und ihr mit ihren Bierkrügen zutranken. Als Gret das Lokal betrat, schenkte der Wirt hinter seinem aus Brettern und Ziegelsteinen zusammengebauten Tresen gerade eine neue Lage ein.

Die drei Mühlenstößer waren anscheinend bis jetzt die einzigen Gäste im Hörnchen. Gret schob das Kinn vor, ging an ihnen vorbei und setzte sich mutig an den wackligen Tisch in der hinteren Ecke des Lokals. Hier trennten zwei Bretterwände einen Teil des Raumes ab; eine schmale Tür führte in das Gelaß, und durch die Ritzen des rohen Holzes schimmerte schwacher Lichtschein. Wahrscheinlich war dieser Verschlag für Schäferstündchen gedacht. Im Augenblick schien er besetzt zu sein, denn Gret konnte Stimmengemurmel hören.

Sie wandte den Blick wieder zum Tresen. »Krieg ich ’n Bier?« sprach sie den Wirt an und bemühte sich um den naßforschen Ton, den sie von den Straßenkindern kannte.

»Kannst du zahlen, Rotzbengel?« fragte der Wirt zurück. »Schnorren jib et bei mir nit!«

»Kann ich«, Gret wischte sich mit dem Ärmel über die Nase und räusperte sich, »für’n Schluck hat et noch immer jereicht!«

Der Wirt nahm einen kleinen Tonbecher aus der Reihe der Trinkgefäße, die vor ihm auf dem Tresen stand, und füllte ihn am Bierfaß. Dann reichte er ihn an die schmuddelige Magd weiter, die ihn zu Gret trug. »Jibt jleich Essen«, informierte sie Gret, »willste auch wat?«

»Nä – keinen Hunger«, lehnte Gret in ruppigem Ton ab, »ich hab doch jesagt, ich will 'n Bier!«

Damit angelte sie eine Münze aus der weiten Hosentasche und warf sie dem Wirt zu, der sie geschickt auffing.

Er gab ein befriedigtes Brummen von sich. Die Magd versuchte noch einmal, Gret für den Braten zu interessieren. »Du siehst aus, als ob du 'n bißchen Speck auf die Rippen brauchen könntest.«

»Nä – danke.«

»Bist du von auswärts? Ich hab dich hier noch nie jesehen.«

Gret setzte eine finstere Miene auf. »Kann man hier noch nit mal in Ruhe einen trinken? Is doch ejal, wo ich her bin, oder? Ich frag dich ja auch nit, wat du hier machst!«

»Is ja jut«, sagte die Magd beleidigt. Die Mühlenstößer lachten. »Laß den Jung«, meinte der eine mit anzüglichem Grinsen, »dat sieht mer doch, dat der Liebeskummer hat!«

Die Tür ging auf; ein Trupp neuer Gäste fiel in die Gaststube ein. Vier von ihnen ließen sich mit lautem Hallo bei den Strolchen am Tisch neben der Feuerstelle nieder.

Die beiden übrigen gehörten offenbar nicht dazu. Der Wirt winkte sie mit Handzeichen zu dem abgeteilten Verschlag hinüber, an dem Gret saß.

Gret betrachtete die Neuankömmlinge genau. Die zwei Männer waren vielleicht fünfundzwanzig Jahre alt, der eine kräftig gebaut, hochgewachsen und stiernackig, der andere bedeutend kleiner und von eher zierlichem Körperbau.

Sie waren, verglichen mit den anderen Gästen dieses zweifelhaften Hauses, sehr gut und teuer gekleidet. Die

Filzkappen auf ihren Köpfen hatten noch den Schimmer des Neuen. Dennoch paßten die Kerle hierher. Denn ihre Gesichter unterschieden sich nicht von denen der Mühlenstößer an der Feuerstelle; sie zeigten die gleichen Spuren eines unordentlichen Lebenswandels.

Aber im Gegensatz zu den anderen besaßen diese beiden Männer nicht nur eine gewisse Schläue, mit deren Hilfe sie sich ohne viel Arbeit durchs Leben schummelten – nein, sie waren brutal und ganz ohne Skrupel. Das erkannte Gret instinktiv an der Art, wie sie sich bewegten und dreist um sich schauten.

Gret drückte sich tiefer in ihre Ecke. Ihr wurde plötzlich bewußt, an was für einem Ort und in welcher Gesellschaft sie sich hier befand. Ihr Herz begann heftig zu klopfen.

Die beiden Männer waren an der Tür zum Verschlag angekommen. Sie standen zwei Schritte von Gret entfernt. Der kleinere von ihnen – das konnte Gret selbst im Dämmerlicht der Kneipe genau erkennen – hatte eine lange Narbe an der Stirn, die sich über dem linken Auge entlang bis zur Schläfe zog. Das dunkle Haar, das in zottigen Strähnen sein kantiges Gesicht umrahmte, bildete zusammen mit den schwarzen Wieselaugen einen scharfen Kontrast zu einer teigig-blassen Haut. Ein Blick auf die Füße des Kerls zeigte Gret, daß er Schuhe mit Holzsohlen trug. Die linke Sohle war stark beschädigt – ein Span war herausgebrochen.

Gret krampfte die Finger so fest um ihren Bierbecher, daß die Knöchel weiß wurden. In diesem Augenblick nahm der Stiernackige die Mütze ab. Während er dem narbigen Wiesel in den Verschlag folgte, warf er über die Schulter einen wachsamen Blick zurück in die Gaststube. Gret erkannte in dem Lichtschein, der ihn für einen Bruchteil eines Wimpernschlages von der Seite beleuchtete, daß er feuerrotes Haar hatte. Und seine rechte Wange war von zwei tiefen, mit frischem Schorf bedeckten Schrammen verunziert.

Gret spürte, wie ihr trotz der Wärme in der Gaststube auf einmal eiskalt wurde. Sie stellte ihren halbleeren Becher auf die Fensterbank, schob die Hände unter den langen Schulterkragen der Gugel und machte sich ganz klein. Bell hatte Klaras Mörder tatsächlich gekannt. Und dafür, daß sie ihm auf die Schliche gekommen war, hatte sie mit dem Leben bezahlen müssen.

9. KAPITEL

Gret verfluchte die Tatsache, daß Bell ihr nicht ausführlicher hatte berichten können. Wie leicht wäre es gewesen, für heute die Büttel in die Walengasse zu bestellen und die Mörder einfach verhaften zu lassen!

Aber es war müßig, sich darüber zu ärgern. Die gute Gelegenheit war verpaßt. Um diese Zeit würde es kaum noch möglich sein, einen Gesetzeshüter in greifbarer Nähe anzutreffen. Gret lehnte den Kopf an die Bretterwand und schloß für einen Moment die Augen. Sie zwang sich zur Ruhe und überlegte, was sie jetzt tun sollte.

»War 'n Irrtum«, drang es gedämpft durch die Ritze der Zwischenwand. Gret horchte auf. Sie konnte die Worte ziemlich deutlich verstehen. Mehrere Männerstimmen redeten durcheinander; das Hinterzimmer beherbergte also doch kein Liebesnest, wo irgendeine Hure ihre Freier bediente!

Gret preßte das Ohr fester gegen die Wand. »Und ob das 'n Irrtum war«, klang es wütend, »hat uns nur Scherereien gebracht! Aber jetzt ist keine Zeit mehr für neue Irrtümer, verstanden?«

»Wat sollt' ich denn machen, Hermann?« kam eine kleinlaute Antwort. »Ich mußte doch glauben, dat ich de Richtige hätt' – oder? Bei der Begleitung ...«

»Und die Haare, das Gesicht, die Größe ... das stimmte doch alles, Hermann«, mischte sich eine dritte, etwas dünne und heisere Fistelstimme ein, »der Rübsam und ich, wir dachten wirklich –«

»Ihr sollt nit denken«, zischte die Stimme von Hermann, wer immer das war, »wenn ihr denkt, dann geht alles schief, und ich darf wieder in Ordnung bringen, wat ihr versaut habt!«

»He Kleiner – hier rumsitzen und nix verzehren, dat jibt et bei mir nit!«

Gret hatte sich so auf die Unterhaltung der Männer hinter der Bretterwand konzentriert, daß sie bei diesem Zuruf des Wirts heftig zusammenfuhr. Aufgestört starrte sie zur Theke hinüber.

»Noch 'n Bier?« fragte der Wirt grob.

»Grete schüttelte ablehnend den Kopf. »Eins reicht mir.«

»Essen?«

»Wieviel soll der Fraß denn kosten?«

»Stück Braten 'n Fettmännchen«, nannte der Wirt trokken den unverschämten Preis.

»Dann kannste dir dat Fleisch sonstwo hinstecken«, gab Gret in bester Gossenmanier zurück.

Die Männer am Tisch beim Feuer lachten. Der Wirt lief rot an. »Drecksbengel«, sagte er verärgert, »so wat wie dich hab ich jern! Hält sich den janzen Abend an einem Bier fest un reißt auch noch et Maul auf!«

Die Magd grinste über das ganze fettige Gesicht. »Ich jeb dir einen aus, Kleiner«, flötete sie und schickte sich an, zu Gret herüberzukommen, »du bist einfach süß! Ich jlaub, ich hab 'nen Narren an dir jefressen!«

Gret erhob sich. Wenn sie die Schenke jetzt nicht verließ, würde in wenigen Augenblicken jeder erfahren, daß sie ein Mädchen war. Die Magd sah dreist und handfest aus, und bei dem schamlosen Funkeln ihrer Augen würde sie sich sicher nicht scheuen, den vermeintlichen Straßenjungen abzuküssen und anzufassen.

Genau das hatte die Magd auch vorgehabt. Gret schaffte es gerade noch, den grapschenden Händen der Schankmagd zu entgehen. Sie entwand sich ihr mit ein paar eleganten Schwüngen des Oberkörpers und war auf der Gasse, ehe sie gepackt und festgehalten werden konnte. Das brüllende Gelächter, das ihr nachschallte, verriet die große Belustigung der Gäste. »Dat Bürschje is zu flott für dich, Stina«, röhrte einer von ihnen, »den kriegst du nit in et Bett – da mußte schneller rennen können!« »Halt dich lieber an uns«, kakelte ein anderer, »wir jehen freiwillig mit!«

Gret drückte sich in den schmalen, stockfinsteren Durchgang, der das Gasthaus ›Zum Hörnchen‹ vom Nebengebäude, einem alten Speicherhaus, trennte. Sie atmete tief durch. Noch mal gutgegangen, dachte sie erleichtert. Wer wußte schon, was diese Rüpel mit ihr gemacht hätten, wenn sie erfahren hätten, daß sie kein Junge war?

Nach und nach beruhigte sich ihr pochendes Herz wieder. Aber was sollte sie jetzt tun? Sie hatte so gut wie nichts Neues erfahren, sondern nur den Mörder und seine Komplizen gesehen … und das halft nicht weiter.

Jedenfalls würde sie dem Gewaltherrn morgen eine genaue Beschreibung der beiden geben können. Vielleicht war es den Bütteln ja dann doch möglich, erfolgreich nach ihnen zu fahnden und sie einzulochen. Spuren und Hinweise, die ihre Schuld bewiesen, gab es genug – Hans Stellmacher und Aline würden alles bestätigen können, was Gret entdeckt hatte. Vielleicht gab es in Holweide sogar jemanden, der bezeugen konnte, daß die ermordete Klara Linkshänderin gewesen war.

Während sich Gret all das durch den Kopf gehen ließ, fiel ihr Blick auf ein offenstehendes Fensterchen, aus dem Licht in den Durchgang fiel. Es mußte zum Gasthaus ›Hörnchen‹ gehören; das Fenster, an dem Gret gesessen hatte, lag davor und war dicht mit Schlagläden verschlossen. Konnte es sein, daß die kleinere Fensteröffnung dem Bretterverschlag zur Lüftung diente?

Die Verbrecher saßen noch dort zusammen – alle Mann, wie viele es auch sein mochten. Vielleicht konnte Gret ihre weiteren Gespräche belauschen und herausbekommen, wie und wo sie zu erwischen waren.

Langsam und vorsichtig schob sie sich in der Finsternis an das helle Fenster heran. Es lag weit oben – zu hoch, als daß sie hätte hineinschauen können. Die Wortfetzen, die ins Freie drangen, schienen über Grets Kopf hinwegzufliegen, ohne daß Sinn und Zusammenhang zu verstehen gewesen wären. Nur undeutliches Gemurmel konnte sie hören.

Sie mußte näher an das Fenster heran. Ihre Finger ertasteten im Dunkeln einen schmalen, zwei Fuß hohen Sockel, der an der gesamten Wand entlanglief – offenbar das Fundament eines älteren Gebäudes, auf das das Haus ›Zum Hörnchen‹ aufgebaut worden war. Wenn sie sich auf diesen Sockel stellte, kam sie der Fensteröffnung auf jeden Fall näher und konnte unter Umständen aufnehmen, was im Hinterzimmer geredet wurde.

Peinlich darauf bedacht, kein Geräusch zu machen, setzte sie den Fuß auf den schmalen Mauervorsprung und schob sich hinauf.

Sie suchte einen festen Stand neben der kleinen, hellen Öffnung und strengte die Ohren an. Jedes Wort drang jetzt deutlich zu ihr in die Dunkelheit, und sie konnte die Unterhaltung ohne jede Mühe verfolgen.

»Ich will euch mal was sagen«, hörte sie die Stimme des Kerls, den die anderen Hermann nannten, »so blöde, wie ihr euch bei der Sache angestellt habt – so blöde könnt wirklich nur ihr sein! Herrgott – ein Glück, daß Er das nicht mitgekriegt hat! Er würde euch alle zum Teufel jagen – ohne Erbarmen!«

»Es tut uns leid«, kam kläglich eine Antwort, »was sollen wir denn jetzt machen?«

»Der Plan steht noch«, sagte Hermann verbissen, »aber es darf nichts mehr schiefgehen!«

»Und wenn wir es nicht schaffen?« fragte eine Stimme, die Gret bis jetzt noch nicht gehört hatte, »wenn Er weich wird, bevor wir –«

»Dat darf nit passieren«, fuhr Hermann ihm in die Rede, »ihr wißt alle, wieviel für uns davon abhängt, ob wir ihn freikriegen oder nicht!«

»Die Zeit drängt«, mischte sich eine weitere Stimme ein, »sie haben ihn jetzt schon seit einer Woche scharf in der Mangel. Er ist hart – aber wer weiß, wie lange er die Verhöre noch durchhält?«

»Eben«, stieß Hermann hervor, »die Sache muß laufen – so schnell wie möglich. Für uns alle wird's allmählich zu heiß!«

Was heckten die Kerle bloß aus? Gret stand, die Finger in eine Ritze zwischen zwei Mauersteinen gekrallt, auf ihrem unbequemen Lauschposten und bemühte sich, die Balance nicht zu verlieren. Ihre Muskeln waren gespannt und fingen langsam an zu schmerzen. Aber um keinen Preis hätte sie jetzt aufgegeben, liebend gern hätte sie einen Blick auf die Gesellschaft geworfen, die da drinnen zusammenhockte und einen Plan besprach, der bis jetzt noch nicht nachvollziehbar war.

»Also – wer hat heute das Haus beobachtet?« fragte Hermann.

»Ich«, die Stimme klang schrill und piepsig, »es wird alles für die Verlobungsfeier hergerichtet. Die Bude steht Kopf, kann ich euch sagen!«

»Gut für uns«, stellte Hermann fest, »in der allgemeinen Unordnung läßt sich doch wat machen!«

»Sie geht aber so gut wie nie aus«, sagte die Piepsstimme.

»Dann muß sie rausgelockt werden«, Hermann brüllte fast. »Wir können nit rumsitzen und auf 'ne neue Gelegenheit warten! Laßt euch wat einfallen. Et muß doch möglich sein, dat Vögelchen aus seinem Palast rauszuholen!«

»Du bist der Schlaueste, Hermann«, ließ sich eine tiefe Stimme hören, »mach du's. Wir anderen würden es ja doch wieder verpatzen.«

»Zum Teufel!« Es krachte. Hermann hatte offenbar mit der Faust auf den Tisch geschlagen. »Ich würde ja gern, aber euretwegen darf ich doch nicht mehr aus der Dekkung! Dafür habt ihr gesorgt, ihr Versager! Ganz abgesehen davon, daß ich mich um solche Arbeit nicht reiße!«

»Ja, schon – aber dir macht es doch nix aus.«

»Wie auch immer«, polterte Hermann weiter, »noch mehr Leichen können wir nicht brauchen, ist das klar? Die Spur, die ihr Blödmänner hinterlassen habt, ist ja schon so breit wie der Rhein! Besonders du, Narbengesicht ...«

»Die Sache mit den Schuhen is nit so schlimm«, sagte die Piepsstimme hastig, »die hat sich von allein erledigt. Der Trödler is noch am selben Tag abgezogen.«

»Dein Glück! Keine Zeugen, kapiert? Wenn auch nur einer von uns erwischt wird, fliegen wir alle auf!«

»Vergiß nicht, daß wir noch einen Trumpf im Ärmel haben, falls alle Stricke reißen«, sagte der mit der tiefen Stimme, »was uns der Arnold flötet, hat uns doch immer weitergeholfen, oder?«

»Überflüssig, mich daran zu erinnern«, sagte Hermann zornig, »der Arnold is nur 'ne unzuverlässige Hilfe, mehr nit. Außerdem – sobald der kein Geld mehr sieht, läßt er uns fallen.« Er räusperte sich. »Es geht darum, daß wir unseren Plan durchsetzen – und jetzt endlich zur Sache, ihr Schlappschwänze!«

Gret verlagerte das Gewicht vom linken auf den rechten Fuß. Ihre Finger, die den Mauerstein umklammert hielten, waren mittlerweile steif und fühlten sich wie abgestorben an. Die Verbrecher wollten also jetzt endlich den Plan enthüllen, um den sie die ganze Zeit herumgeredet hatten!

Gret reckte den Hals. Plötzlich kam ihr der verwegene Gedanke, es doch einmal zu wagen und einen Blick auf die Bande zu werfen. Hermann war wohl der mit den roten Haaren, und das Narbengesicht mit den zerbrochenen Holzschuhen mußte die dünne, unangenehme Fistelstimme haben. Aber es würde nützlich sein, auch die Gesichter der anderen zu kennen.

»Morgen steigt es – wir können uns keinen Zeitverlust mehr leisten«, sagte Hermann. »Und diesmal keine Verwechslungen. Ihr müßt sicher sein, daß ihr die Richtige vor euch habt – nicht irgendeine Magd, die zufällig in Gesellschaft eines Lakaien aus dem Haus kommt!«

»Diesmal passen wir auf«, fistelte das Narbengesicht, »kannst dich janz auf uns verlassen, Hermann!«

Gret schob sich vorsichtig auf dem Mauersockel an das Fensterchen heran. Fast hatte sie es geschafft; nur noch ein paar Zoll, dann konnte sie einen Blick ins Hinterzimmer werfen. Hermann sagte gerade: »Ihr bringt sie dann unauffällig in unser Versteck auf dem –«

Grets Fuß tastete, rutschte ab. Sie verlor den Halt, ließ sich los, plumpste vom Mauersockel hinab. Ihre Holzschuhe polterten so laut wie ein Gewitter.

Gret blieb fast das Herz stehen. Für den Bruchteil eines Augenblicks verharrte sie reglos auf dem Boden des Gäßchens; dann raffte sie sich hastig auf. Oben spähte ein Kopf aus dem Fenster. »Wir sind belauscht worden«, hörte Gret eine Stimme zischen. »Los, Narbengesicht – hinterher! Laß das Bürschchen nicht entwischen!«

Gret sah sich blitzschnell um. Wohin der Durchgang führte, konnte sie in der Dunkelheit nicht erkennen. Zurück auf die Walengasse zu laufen – das wäre der pure Wahnsinn gewesen. Dort gab es keine Möglichkeit, zu entkommen. Dort lauerten mit Sicherheit die anderen Mitglieder der Bande, um sie abzufangen.

Über ihr kletterte das Narbengesicht aus dem Fenster. Keine Zeit, länger nachzudenken! Gret hetzte weiter in den engen Durchgang hinein, in der Hoffnung, daß er in einen Garten mündete und nicht blind vor einer Mauer endete.

So nützlich Gret die Holzpantinen sonst gewesen waren –

jetzt hinderten sie beim Laufen. Der Boden des Durchgangs war von Unrat bedeckt und übersät mit zerbröckelten, aus der Wand des verwahrlosten Gebäudes herausgefallenen Ziegelsteinen. Gret stolperte blindlings und ungeschickt darüber hin, strauchelte ein paarmal in ihrer Hast und hörte, wie sich das Narbengesicht näherte.

Sie mühte sich, schneller vorwärtszukommen, trotz der Dunkelheit, in der sie sich bewegte. An das Haus ›Zum Hörnchen‹ schloß sich ein weiteres Gebäude an – der Durchgang wollte kein Ende nehmen …

Sie schwitzte und keuchte. Ihre Schuhe behinderten sie beim Rennen, aber ausziehen konnte sie sie nicht. Mit bloßen Füßen würde sie bei all den scharfkantigen Steinen auf dem Weg noch schlechter fortkommen – das war sicher. Ihr Verfolger hatte zwar auch Schwierigkeiten beim Durchlaufen des finsteren und engen Durchgangs, das konnte sie an seinem leisen Fluchen hören; aber er kam beständig näher und war schon dicht hinter ihr.

Heilige Margarete, dachte Gret, ich stifte dir eine extra dicke Kerze, wenn du mich heil hier herauskommen läßt! Bitte, liebe Namenspatronin, schütze mich! Laß mich –

Der Durchgang war zu Ende. Er führte tatsächlich zu einem Gartengrundstück. Aber ein eisernes, sechs Fuß hohes Gittertor versperrte den Zutritt!

Gret konnte nicht weiter. Links und rechts waren baufällige Häuserwände, vor ihr das verschlossene Tor. Es zu überklettern blieb keine Zeit. Der Mann, der Gret verfolgte, war fast bei ihr, und er würde sie auf der Stelle umbringen. Gret konnte ihn hinter sich schnaufen hören – spürte in ihrem Rücken fast schon seinen stoßweisen Atem …

Sie saß in der Falle – gestellt wie ein Stück Wild.

O nein – so schnell gab sie sich nicht geschlagen! Mit dem

Mut der Verzweiflung warf sie sich herum und starrte die schwarze Silhouette an, die durch die Finsternis heranstolperte. Sie würde ...

Zwei Arme streckten sich nach Gret aus, zwei harte, sehnige Hände fuhren nach ihrem Hals. Gret suchte dem Griff des Mörders auszuweichen, warf sich zur Seite, duckte sich.

Das Narbengesicht drang auf sie ein. Der Verbrecher bekam den langen, schlenkernden Zipfel der Gugel zu packen und riß Gret mit einem brutalen Ruck die Kapuze vom Kopf. Ihr langes Haar flatterte mit wildem Schwung durch die Luft.

»Sieh an«, zischte das Narbengesicht atemlos, »was haben wir denn hier ...? Ein Weib!« Er zerrte Gret aus dem tiefen Schatten des Durchgangs nach vorn, dichter ans Gitter. »Wollen doch mal sehen, wen wir da geschnappt haben – eh' wir ein Ende machen!«

Er darf mein Gesicht nicht erkennen! Das war der einzige Gedanke, der Gret durchzuckte. Wenn er weiß, wie ich aussehe, ist mein Leben keinen Pfifferling mehr wert! Die ganze Bande wird sich an meine Fersen heften und mich hetzen, bis ich zur Strecke gebracht bin!

Das Narbengesicht drückte sie mit dem Rücken gegen das Gitter. Knochige Finger legten sich fest an Grets Schläfen und versuchten, ihren Kopf ins Licht des Mondes zu drehen, der fast voll über den Dächern stand. Die Hände des Mörders waren kräftig; Gret hatte ihrem Druck nicht viel entgegenzusetzen.

Sie krümmte sich wie ein schußbereiter Bogen. Dann riß sie die angewinkelten Arme vor der Brust hoch, schlug die Hände des Verbrechers mit Schwung von ihrem Gesicht weg und trat ihn in der gleichen wilden Bewegung mit voller Wucht gegen das Schienbein.

Das Narbengesicht stöhnte auf, knickte in den Knien ein, kam aber gleich wieder hoch. Von neuem streckten sich seine Hände nach Gret aus.

Sie reagierte sofort. Sie schnappte wie ein Hund nach den sehnigen Finger, schlug ihre Zähne tief hinein, spürte Blut auf der Zunge. Ihr Bein holte wie von selbst noch einmal aus, und diesmal traf ihr Holzschuh das Knie des Gegners. Das Narbengesicht ließ sich mit einem wütenden Schmerzenslaut auf den Boden fallen.

Gret nutzte ihre Chance. Sie riß sich die Schuhe von den Füßen und stopfte sie mit fliegender Hast in den Ausschnitt ihres viel zu weiten Männerhemds. Dann warf sie sich auf das Gittertor. Es hatte zwei Querstreben; Gret turnte daran empor, schwang sich über die geschweifte Oberkante und ließ sich auf der anderen Seite hinunterfallen.

Sie rannte durch den verwilderten Garten, wich eher nach Gefühl als nach Sicht einigen Baumstümpfen aus, die im hohen Gras versteckt lagen. Brennesseln peitschten um ihre nackten Füße, aber sie spürte keinen Schmerz. Sie rannte noch immer um ihr Leben, denn das Narbengesicht hatte die Verfolgung keineswegs aufgegeben, sondern hinter ihr ebenfalls das Tor überklettert. Die Jagd ging weiter.

Aber Gret war jetzt im Vorteil. Sie hörte das Narbengesicht stöhnen und fluchen; ihre Fußtritte hatten offenbar besser getroffen als erwartet und dem Verbrecher viel von seiner Schnelligkeit und Gewandtheit genommen. Die Lage war nicht mehr ganz so aussichtslos.

Hinter dem wackligen Lattenzaun erstreckten sich weitere unbebaute Grundstücke. Gret überwand das niedrige Hindernis mit Leichtigkeit. Sie sah sich kurz um; welche Richtung sollte sie nehmen?

Sie mußte den wütenden, zu allem entschlossenen Verfolger loswerden und irgendwo untertauchen – sonst war sie verloren.

Um diese nächtliche Stunde waren die Straßen verlassen. Sie würde niemanden mehr antreffen, den sie um Schutz und Hilfe bitten konnte. Wenn sie den Bluthund, der sie hetzte, nicht von ihrer Spur abbrachte, war es aus mit Gret Grundlin. Morgen früh würde dann irgendwo in einem schmutzigen Winkel dieses Stadtviertels eine weitere Leiche gefunden werden – ein bedauernswertes Opfer der Kölner Unterwelt.

Das Narbengesicht holte langsam auf. Lauf, befahl sich Gret, nicht stehenbleiben! Sie konnte deutlich hören, wie der Mörder sich durch das hohe Unkraut arbeitete. Ein flüchtiger Blick nach hinten zeigte ihr, daß er bereits am Lattenzaun angekommen war und sich daranmachte, ihn stöhnend und schnaufend zu übersteigen.

Gret rannte wieder los – durch ungepflegte Gemüsebeete diesmal, und über einen stinkenden Misthaufen. Sie hielt auf ein paar Häuser zu, die rechterhand an die Gärten grenzten. Da mußte doch ein Ausgang vorhanden sein – irgendein Gäßchen, das Richtung Heumarkt führte!

Am Rand des Heumarktes stand der Wagen der Schauspieler. Aline und Rossignol würden Gret verstecken, bis die Gefahr vorüber war. Aber zuerst mußte Gret es schaffen, ungesehen dorthin zu gelangen ...!

Die Häuser rechts der Gärten waren in geschlossener Reihe aneinandergebaut. Es gab keinen Durchgang, keine Lücke. Wie eine in die Enge getriebene Ratte rannte Gret zuerst ein Stück rechts entlang, drehte dann um und lief nach links. Das kostete Zeit. Der Verfolger konnte ein ganzes Stück ihres Vorsprunges wettmachen.

Heilige Margarete, flüsterte Gret keuchend, bitte hilf – nur dieses eine Mal ...

Vor ihr war wieder ein Zaun im schwachen Mondlicht zu erkennen. Dahinter standen einige windschiefe Stallgebäude. Gret kletterte hinüber, wand sich zwischen den Bretterschuppen hindurch und stand plötzlich auf einer Gasse!

Welche es war – Gret wußte es nicht. Ihr war nur eines klar: Wenn sie sich von jetzt an rechts hielt, mußte sie früher oder später auf dem Heumarkt herauskommen.

Sie hetzte los und hoffte, außer Sicht zu sein, wenn das Narbengesicht aus dem Garten auftauchte. Und sie betete darum, daß ihr niemand begegnete. Um diese Zeit waren nur noch Diebe und anderes Gesindel unterwegs – Menschen, die das Tageslicht scheuen mußten.

Die Gasse war kurz. Gret bog, als sie die nächste Kreuzung erreicht hatte, scharf nach rechts ab. Und ihr Richtungssinn hatte sie nicht getrogen; nach ein paar Schritten war sie am Ziel.

So hatte Gret den zweitgrößten Marktplatz von Köln noch nie gesehen. Verlassen lag der Heumarkt vor ihr; ohne die vielen Stände und Buden, ohne die durcheinanderwimmelnde, bunte Menge der Kunden und Händler wirkte der weite Platz öde und unheimlich. Der Kax – am anderen Ende des Marktes einer der drei Pranger, die der Gerichtsbarkeit zur Verfügung standen – sah wie ein drohender Finger aus, der in den Nachthimmel wies.

Gret fror vor Aufregung, obwohl sie nach dem wilden Lauf schweißgebadet war. Einen Augenblick spielte sie mit dem Gedanken, einfach durch die nächtliche Stadt zur Glockengasse weiterzurennen. Zu Hause konnte sie den Balkenriegel von innen vor die Tür ihres Gadems legen und –

Schritte klangen auf. Das Narbengesicht hatte die Spur

nicht verloren. Der Mörder war noch immer hinter Gret her und würde sie stellen, wenn nicht ein Wunder geschah!

Gret wandte sich nach rechts, lief um den Platz herum und hielt auf den Schaustellerwagen zu, der einsam in der Nähe des Kax stand. Es war sicher keine Zeit mehr, noch an die Tür zu klopfen und um Einlaß zu bitten. Gret durfte nicht riskieren, daß der Mörder sie im letzten Augenblick am Wagen entdeckte und mit Aline und Rossignol in Verbindung brachte. Dann nämlich war auch deren Leben gefährdet.

Im vollen Lauf schaute sie über die Schulter. Sie konnte ihren Verfolger noch nicht sehen, aber im nächsten Moment würde er auftauchen – da war Gret sicher. Sie lenkte ihre Schritte in den tiefen Schatten der schmalen Häuser an der rheinnahen Seite des Marktes und hoffte verzweifelt, daß das Narbengesicht sie nicht sofort entdeckte.

Sie hatte den Theaterwagen erreicht. Die Bühnenplattform war für die Nacht hochgeklappt; kein Licht schimmerte mehr aus dem winzigen Fensterchen in der Längsseite. Sie schliefen alle friedlich und ahnungslos.

Der Mörder hatte den Heumarkt bestimmt schon betreten und schlich jetzt lautlos heran, um sie aus dem Schatten heraus zu überraschen und endgültig zu erledigen.

Eine schreckliche Todesangst, für die sie auf ihrer wilden Flucht hierher keine Zeit gehabt hatte, schlug über Gret zusammen. Sie hatte zuviel gewagt und würde das Spiel verlieren, wenn nicht ...

In der Deichsel des Theaterwagens stand anstelle des Zugpferdes, das für die Dauer des Gastspiels im Mietstall untergebracht war, der Käfig mit dem Tanzbären.

Grets Gedanken überschlugen sich. Wenn sie sich zwischen Wagen und Käfig zwängte und ganz still verhielt ...

Nein. Das Narbengesicht würde sie sofort in diesem schlecht gewählten Versteck aufstöbern. Und selbst wenn sie unter den Wagen kroch und sich zwischen die Räder duckte, war sie für den Verfolger leicht zu finden. Herrgott – wohin bloß, wohin …?

Grets Blick irrte über den leeren Markt. Nirgendwo eine Möglichkeit, in Deckung zu gehen. Plötzlich sah sie den Schatten, der sich langsam, nach allen Seiten Ausschau haltend, am Rand des Marktes in ihre Richtung bewegte. Das Narbengesicht hatte sein Opfer noch nicht ausgemacht, aber in wenigen Augenblicken würde es Gret gefunden haben!

Die Angst wurde unerträglich. Ohne nachzudenken huschte Gret hinüber zum Bärenkäfig. Ihre nackten Füße machten kein Geräusch. Sie schob die Plane beiseite, mit der der eiserne Gitterkasten abgedeckt war, und fand den Pflock, der die Tür versperrte.

Gret zog in verzweifelter Hast den Pflock heraus. Durch den Türspalt berührte ihre Hand den dicken Pelz des Bären. Das alte Tier, aus seiner Nachtruhe aufgestört, grunzte leise und beschnüffelte sie.

Besser von einem Raubtier gefressen zu werden, als von einem Mörder umgebracht! »Mach Platz, Petz«, befahl Gret tonlos und drängte sich in den eisernen Käfig hinein, »sei ein braver Bär!«

Das Tier schien zu verstehen. Es rückte mit leisem Brummen auf die Seite und zeigte keinerlei Feindseligkeit. Während Gret den Pflock von innen wieder durch die Riegelöse stieß, legte es ihr den breiten Kopf auf die Schulter und richtete die feuchte, bewegliche Nase auf ihr Gesicht. So verharrte es einen Augenblick, während es ausgiebig den Geruch des unerwarteten Besuchers einsog.

Gret hielt den Atem an. Ihr Herz schlug so wild, daß sie das Gefühl hatte, man müsse es hören können. Sie fürchtete sich entsetzlich vor dem Bären, der unmittelbar neben ihr auf den Hintertatzen hockte. Ohne trennende Gitterstäbe war sie dem Raubtier auf Gedeih und Verderb ausgeliefert. Wenn es nun nicht so zahm und friedlich war, wie sie hoffte, und doch angriff?

Aber noch viel größer war ihre Angst vor dem Mörder. Das Narbengesicht war beim Theaterwagen angekommen, Gret konnte den Verbrecher deutlich durch den Schlitz in der Plane erkennen. Er ging langsam, geduckt wie eine Katze auf der Jagd, um den Wagen herum. Er bückte sich, ließ sich mit einem leisen Stöhnen auf die Knie nieder und spähte zwischen die Räder ...

»Petz«, flüsterte Gret, »rück ein bißchen – ich muß mich hinter dir verstecken!« Sie stemmte sich mit beiden Händen gegen den massigen Widerrist des alten Tanzbären. Das Tier ließ ein sanftes Grollen hören und bewegte sich träge. Es duldete, daß Gret sich an ihm vorbeischob und hinter seinem dickpelzigen Rücken in Deckung ging.

Die Plane wurde beiseitegezogen. Etwas Licht fiel von draußen in den Käfig. Der Bär erhob sich halb auf die Hintertatzen und reckte den Kopf. Er brummte von neuem, schnüffelte hörbar und stieß dann ein kurzes, kehliges Brüllen aus.

Gret erschrak zu Tode. Sie duckte sich ganz tief und zwang sich, nicht aufzuschreien. Vor dem Käfig knurrte das Narbengesicht: »Schnauze, du räudiges altes Mistvieh!« Dann fiel die Plane wieder, und es wurde finster wie zuvor. Die leisen Schritte des Mörders entfernten sich zögernd.

Er ging; aber er war noch nicht weg. Er würde den ganzen

Markt absuchen – Schritt für Schritt, Ecke für Ecke. Gret konnte den Bärenkäfig jetzt auf keinen Fall schon verlassen. Sie mußte warten – wenigstens sechs Vaterunser lang. Dann würde das Narbengesicht wahrscheinlich die erfolglose Suche auf dem Heumarkt abbrechen und sich die Gassen des Martinsviertels vornehmen.

Gret verharrte hinter dem Rücken des Bären. Ihre geschundenen, nackten Füße brannten und schmerzten jetzt höllisch, aber sie wagte es nicht, sich zu rühren. Stattdessen begann sie murmelnd zu beten.

Das Raubtier schnaufte. Es drehte sich halb zu Gret um, legte sich mit einem Grunzen auf die Seite und streckte die breiten Tatzen aus. Riesige, sichelförmige Krallen streiften Gret sacht am Oberschenkel. Offenbar hatte sich der Bär wieder zum Schlafen hingelegt.

Gret betete weiter. Obwohl der Käfig von Jörgle sehr sauber gehalten wurde, strömte der Bär dicht vor ihr einen scharfen Raubtiergeruch aus, der kaum zu ertragen war. Gret atmete ganz flach und durch den Mund, während sie die wohlbekannten Worte des Vaterunsers vor sich hinbrabbelte.

Dem Bären schien das Gemurmel zu behagen; er räkelte sich wohlig, schob sich näher an Gret heran, legte ihr eine seiner mächtigen Tatzen über die angewinkelten Knie und begann, ihr mit der Zunge die Füße abzuschlecken.

Das war grauenerregend – und wohltuend zugleich. Noch nie in ihrem Leben hatte Gret sich so sicher und gleichzeitig so gefährdet gefühlt wie jetzt. Im Augenblick drohte ihr vielleicht keine Gefahr; aber die Stimmung des Bären konnte von einem Atemzug auf den andern umschlagen – das spürte sie.

Es schien Gret wie ein Dutzend Ewigkeiten, bis sie beim

letzten Vaterunser angelangt war. Während sie es mit leiser Flüsterstimme aufsagte, begann sie sich ganz langsam, mit gleitenden, vorsichtigen Bewegungen, aus der Hocke aufzurichten. Sie keuchte vor Anstrengung; ihre Beine waren eingeschlafen, kribbelten und fühlten sich taub an. Aber sie durfte sich weder zu schnell noch zu ruckartig erheben, um den Bären nicht zu stören.

Sie fühlte, wie die schwere Pranke des Tieres allmählich von ihren sich streckenden Knien herunterrutschte und mit einem weichen Plumps auf dem Käfigboden landete. Gret dehnte sich; sie stellte fest, daß ihre Füße gefühllos waren und umzuknicken drohten. Einen Augenblick lang blieb sie in gebückter Haltung neben dem dösenden Bären stehen, bis sie sich wieder sicher auf den Beinen halten konnte. Dann tat sie zwei ängstlich-zögernde Schritte über die Pranken des Tieres hinweg zur Gittertür.

Sie streckte die Hand zwischen den Gitterstäben hindurch nach dem Riegelpflock aus. Als sie ihn zu fassen bekam und herauszog, gab es ein metallisch-schabendes Geräusch. Der Bär wälzte sich herum, sprang vom Käfigboden hoch, hob sich auf die Hinterbeine. Seine Vordertatzen senkten sich mit lang ausgestreckten Krallen auf Grets Schultern. Aus seinem aufgesperrten Rachen kam ein grimmiges, rollendes Brummen.

Gret drückte hastig die Käfigtür auf und zwängte sich nach draußen. Unter den Krallen des Bären zerriß mit einem häßlichen Geräusch der fadenscheinige Stoff der Gugel. Aber Gret war frei. So schnell sie konnte, warf sie sich gegen die Käfigtür und schaffte es, den Pflock wieder einzuschieben – gerade noch rechtzeitig, um den Bären am Herausspringen zu hindern.

»Petz«, flüsterte sie und stieß die Luft aus den Lungen,

»wie konntest du mich so erschrecken! Das war nicht brav – wo du mir doch vorhin so nett geholfen hattest!«

Der Bär schnaubte sie an. Sein stinkender Atem berührte Grets Wange. Die mächtige Tatze langte zwischen den Gitterstäben hindurch und krallte nach Grets Arm.

Gret spürte, wie ihr plötzlich Tränen der Erschöpfung übers Gesicht strömten. Ihre Knie zitterten so sehr, daß sie Mühe hatte, sich auf den Beinen zu halten. »Ja, ich mag dich auch gern«, sagte sie mit klappernden Zähnen, »aber jetzt muß ich gehen!«

Sie faßte die langen Sichelkrallen des Raubtiers und löste sie eine nach der anderen von ihrem Ärmel. Dann wankte und stolperte sie zur Tür des Schaustellerwagens und fing an, sachte aber unablässig dagegenzutrommeln.

10. KAPITEL

Augenblicke später hatte Rossignol aufgemacht. Er war zuerst erstaunt, dann bestürzt gewesen, als er Gret erkannt hatte – in Männerkleidung, schmutzig, zitternd und völlig aufgelöst.

Gret hatte in spärlichen Worten berichtet, was vorgefallen war. Dennoch hatten Rossignol und die Männer seiner Truppe nicht viel mit Grets Ausführungen anfangen können. Nur Aline, die stumm und mit schreckgeweiteten Augen zugehört hatte, war am Ende des Berichts im Bilde gewesen. »Himmel«, hatte sie gemurmelt, »es ist also wirklich so, wie wir gedacht hatten!«

»Ja, eine ganze Bande steht dahinter«, hatte Gret bestätigt, »aber leider konnte ich nicht mehr hören, wo sie ihr

Versteck haben. Ich mußte verschwinden, ehe Hermann es aussprechen konnte.«

»Sei froh, daß sie dich nicht erwischt haben«, hatte Aline gesagt, »alles andere wird sich finden.«

Den Jörgle hatte am meisten Grets Mut im Umgang mit dem Bären beeindruckt. »Das Tier hat dich ja gar nicht 'kennt«, hatte er staunend bemerkt, »du mußt ihm sehr g'fallen haben, daß es dich nicht gebissen hat. So ein Bär isch nämlich unberechenbar, verstehst'?«

»Aber mich beißt der Bär ja auch nicht«, hatte Aline gesagt, »warum sollte er dann 's Gretle angreifen? Wir sind doch fast ein und dieselbe Person.«

Darauf hatte der Jörgle nur mit einem sonderbaren Blick geantwortet.

Rossignol hatte vorgeschlagen, daß Gret über Nacht im Wagen blieb. Aber Gret hatte abgelehnt. Wie sollte sie denn – so, wie sie aussah – am Morgen wieder nach Hause kommen? Die Leute würden sie anstarren; möglicherweise lief sie in ihrem wunderlichen Aufzug sogar Bekannten über den Weg – und was würden die dann wohl von ihr denken?

Diesen begründeten Einwänden konnte sich zumindest Aline nicht verschließen. Auf ihr Bitten hin begleitete Rossignol Gret in die Glockengasse.

Auf dem Markt vor dem Rathaus waren sie einem Leuchtemann begegnet, der einem Ratsherrn nach Hause geleuchtet hatte und jetzt selbst auf dem Heimweg war. Der Mann hatte sich gegen ein ordentliches Trinkgeld dazu überreden lassen, seine Laterne auch für Gret und Rossignol noch einmal anzuzünden und ihnen den Weg zu erhellen.

Gret ließ sich, als sie endlich wieder in ihrem Gadem war,

einfach auf den Strohsack fallen. Sie war vollständig erschöpft und fühlte sich wie ausgepumpt. Ihre Kraft reichte im Augenblick nicht einmal mehr dazu, die von Hans Stellmacher geborgten Kleidungsstücke auszuziehen.

Eine ganze Weile lag sie einfach da und starrte in die Dunkelheit. Aber schlafen konnte sie nicht. Ihre Gedanken kreisten um die Erlebnisse dieses Abends und ließen sich nicht in ruhigere Bahnen lenken. Immer wieder ging Gret alles durch, was sich im Gasthaus ›Zum Hörnchen‹ ereignet und was sie dabei erfahren hatte. Doch so sehr sie sich auch anstrengte – sie konnte mit den bruchstückhaften Informationen, die sie gesammelt hatte, nicht das neue Rätsel entschlüsseln, das sich ihr stellte.

Sie wußte jetzt zwar, wie Klaras Mörder aussah, und daß er mehrere Komplizen hatte. Sie konnte dem Turmherrn eine genaue Beschreibung von Hermann und dem Narbengesicht geben und hatte Beweise genug dafür, daß die beiden an dem Mord an Klara beteiligt waren. Aber wieso war dieser Mord ein Irrtum gewesen – und deswegen notwendig geworden? Das ergab absolut keinen Sinn.

Und was hatte es mit dem Plan auf sich, nach dem jemand aus einem Haus gelockt und zu einem Versteck gebracht werden sollte?

Grets müdes, überreiztes Gehirn arbeitete weiter – ohne Ergebnis. Endlich forderte ihr erschöpfter Körper sein Recht. Sie fiel in einen traumlosen, ohnmachtähnlichen Schlaf, aus dem sie erst wieder erwachte, als die Sonne bereits aufgegangen war.

Schlaftrunken stellte sie fest, daß sie noch in den Männerkleidern steckte. Hastig zog sie sich um; mit Schrecken sah sie dabei, daß Hans Stellmachers Hose einen großen Winkelriß abbekommen hatte. Und die Gugel war auf der Schulter voller Löcher. Die Krallen des Bären mußten sie hinterlassen haben. Außerdem stanken Hemd, Hose und Gugel ganz fürchterlich nach Raubtier.

Oh Gott, dachte Gret, das wird viel Arbeit kosten, die Sachen unauffällig zu reparieren. Und der Hans wird's merken – auch wenn ich noch so sorgfältig und kunstvoll nähe, flicke und stopfe!

Sie legte die Kleidung in die Ecke neben ihre Truhe. Sie würde sich am Nachmittag darum kümmern, vielleicht mit Alines Hilfe, falls sie Zeit und Lust hatte.

Gret wusch Gesicht und Haar. Als sie merkte, daß sich ihre Gedanken schon wieder um die Mörderbande und deren Plan zu drehen begannen, zwang sie sich zur Ruhe. Im Lauf des Morgens würde sie das einzige tun, was noch zu tun übrig blieb: Sie würde noch einmal beim Gewaltherrn vorsprechen und eine genaue Beschreibung der beiden Verbrecher abgeben, die sie gesehen hatte. Was die Bande in Zukunft für Untaten plante, konnte ihr doch gleich sein. Es mußte lediglich dafür gesorgt werden, daß die Verbrecher ganz schnell hinter Schloß und Riegel kamen. Hermann und seine Spießgesellen durften einfach keine Möglichkeit mehr bekommen, weitere Untaten zu begehen. Die Gerichtsbarkeit mußte sich jetzt darauf konzentrieren, die Kerle einzufangen. Wenn die Klocken die ganze Stadt durchkämmten, hatte man sie vielleicht schon heute …

Sie selbst würde wie immer das Vieh versorgen, danach das Haus gründlich putzen und sich die angefallenen Flickarbeiten vornehmen. Zwischendurch mußte eingekauft werden; Butter, Schmalz und Öl gingen zur Neige, und im Mehlfaß war auch nicht mehr allzuviel. Eine Schüssel war in Scherben gegangen, und der Doctor brauchte neue

Schreibfedern. All diese Besorgungen konnte sie leicht noch vor dem Mittagessen machen, wenn sie ihren Besuch auf dem Rathaus absolviert hatte. Der Markt lag ja in unmittelbarer Nähe.

Der heutige Tag sollte im Zeichen friedlicher Hausarbeit stehen und ohne besondere Vorkommnisse bleiben. Was die Mörder betraf, so konnte sie wirklich nichts weiter tun; den Rest mußten die Büttel übernehmen.

Das versuchte Gret sich einzureden. Aber tief in ihrem Innern spürte sie, daß die Angelegenheit für sie noch längst nicht erledigt war. Die Bande hatte für den heutigen Tag einen Plan. Und Gret spürte, daß dieser Plan mit den Morden an Klara und Bell eng verknüpft war.

Doctor Minutus brachte beim Frühstück Grets Vorstellungen von einem friedlichen Morgen gründlich durcheinander. »Ich bin zu Herrn Olligschläger bestellt«, verkündete er fröhlich und putzte sich mit dem Ärmelzipfel eine Brotkrume aus dem Mundwinkel, »er braucht einen Aderlaß, wenn ihn nicht der Schlag treffen soll. Das bevorstehende Familienfest macht ihn noch wahnsinnig, sagt er.« Er ließ einen leisen Rülpser hören – zum Zeichen, daß es ihm geschmeckt hatte. »Also, Grundlin«, vollendete er seinen Anschlag auf Gret, »frisch die schwarze Tasche gepackt – wir gehen sofort. Einen so wichtigen Mann wie den Olligschläger soll man nicht warten lassen!«

Gret wußte genau, was das für sie wieder hieß. Sie würde die ärztliche Handarbeit machen, während der Doctor, solange das Blut tröpfelte, auf seine bramarbasierende Art mit dem Patienten leichte Konversation pflegte. Man würde den Doctor mit Komplimenten überhäufen, weil er bei den Eingriffen eine so leichte Hand hatte, und weil es bei ihm gar nicht wehtat. Man würde wieder völlig übersehen, daß er den Aderlaß ja überhaupt nicht durchgeführt hatte, und man würde selbstverständlich ihm und nicht seiner Magd das Honorar auszahlen und ihn sehr höflich und dankbar verabschieden. So ging das jedesmal.

Daß es ausgerechnet Herr Olligschläger war, den Gret zur Ader lassen sollte, störte sie ganz besonders. Denn das bedeutete, daß der Gerichtsherr heute nicht im Amt sein würde. Und eins wußte Gret genau: In Gegenwart von Doctor Minutus würde Gret mit dem Turmherrn bestimmt kein vernünftiges Wort über die Mörder wechseln können. Dadurch verlor sie viel Zeit! Denn sie konnte seinen Stellvertreter, den Herrn von Aldenhoven, ja nun erst später aufsuchen. Ärgerlich!

Gret ergab sich in ihr Schicksal. Für die medizinischen Dienste, die der Doctor ihr aufhalste, wurde sie zwar nicht bezahlt, aber ihre Leistungen auf diesem Gebiet waren der Grund, warum der Doctor nicht auf sie verzichten konnte und ihr so viele Freiheiten einräumte. Die wollte sich Gret nicht verscherzen, indem sie sich weigerte, ihn auf seine Krankenbesuche zu begleiten. Visiten kamen ohnehin selten genug vor, seit der Doctor den Schwerpunkt seiner Arbeit auf die Forschung verlagert hatte. Wegen der gesalzenen Honorare, die er inzwischen fordern durfte, konnten sich nur noch reiche Leute seine Dienste leisten. Und der Doctor scheute sich keineswegs, zu fordern.

Herr Olligschläger hatte sich vor dem Trubel und den putzwütigen Mägden, die in seinem Haus das Unterste zuoberst kehrten und überall dem Staub den Kampf angesagt hatten, in sein Arbeitszimmer im ersten Stock zurückgezogen. Hier, erklärte er Doctor Minutus, nachdem der würdige Medicus mit seiner Magd zu ihm ins Zimmer geführt worden war, hoffe er den Rest des Tages ungestört zu verbringen, bis wieder Frieden in den Wohnräumen eingekehrt sei.

»Ihr glaubt ja gar nicht, lieber Doctor«, sagte er zum Abschluß seiner Begrüßung, »wie einem die Weiber das Leben vergällen können! Seid froh und dankt dem lieben Gott, daß Euch eine Familie erspart geblieben ist!«

Der Doctor hüstelte verlegen und warf Gret einen vielsagenden Blick zu. Gret konnte sich ein maliziöses Lächeln nicht verkneifen. Sie wußte, an was ihr Brotherr jetzt dachte: Doctor Minutus hatte ihr schon unzählige, mehr oder weniger deutlich formulierte Heiratsanträge gemacht, und Gret hatte sie mehr oder weniger deutlich ins Lächerliche gezogen. O – er wäre gern verheiratet gewesen, der gute Doctor!

»Mein lieber Olligschläger«, sagte er jetzt und ging nicht auf die wehleidige Bemerkung des Ratsherrn ein, »wir wollen erst einmal sehen, ob wir es nicht einrichten können, daß Ihr Euch etwas besser fühlt. Wenn das Blut allzu sehr in Wallung gerät, wie bei Euch in letzter Zeit, dann vermag ein Aderlaß Wunder zu tun. Verum est!« Er gab Gret einen Wink, die Tasche mit der Blutschale, der Lanzette und dem Knebel zu bringen.

Herr Olligschläger ließ sich in einem hochlehnigen, ledergepolsterten Sessel nieder und rollte den linken Ärmel seines weißen Leinenhemdes hoch. »Bringen wir's also hinter uns«, sagte er, »ich habe keine Lust, an meiner Gesundheit Schaden zu leiden.«

Doctor Minutus mußte Gret nicht auffordern, fortzufahren. Sie hatte das Ritual schon so viele Male miterlebt, daß sie ohne Fragen genau wußte, wie es weiterzugehen hatte. »Gestattet, Herr Olligschläger, daß ich Euren Arm vorbereite«, sagte sie ihr Sprüchlein auf und nahm im gleichen Atemzug die Utensilien aus dem kleinen schwarzen Lederkoffer.

Die Messingschale, die das abgelassene Blut aufnehmen sollte, kam auf den Fußboden neben den Sessel. Nun prüfte Gret die Lanzette, suchte am Unterarm des Ratsherrn die richtige Vene und hatte, ehe ihr Patient es sich versah, auch schon schnell, sicher und fachgerecht den kleinen Einschnitt gemacht.

Wie jedesmal trat jetzt Doctor Minutus an den Sessel heran. Er bückte sich langsam und würdevoll, nahm die Schale, in die mit dünnem Tröpfeln das Blut herniederrann, hob sie vom Boden auf und hielt sie auf halber Höhe mit beiden Händen fest. »Seht Ihr«, fragte er bedächtig den Ratsherrn, »wie dunkel Euer Blut ist? Ich fürchte, da ist schwarze Galle eingemischt. Das bringt Euch die üble Laune – ja, vielleicht sogar die Melancholia! Ihr solltet Euch öfter purgieren lassen, das ist mein dringender Rat!«

»Jaja«, brummte der Ratsherr, »ich weiß, ich weiß! Sobald ich mehr Zeit habe, werde ich mich daran halten. Aber im Augenblick«, er wischte sich mit der rechten Hand über die Stirn, »Ihr wißt ja selbst – mein Amt als Turmherr läßt mir derzeit kaum Muße.«

»O, ich kann Euch sehr gut verstehen«, meinte Doctor Minutus mit berufsmäßigem Mitgefühl, »mir geht es ja selbst nicht besser.« Er betrachtete weiter mit dramatisch gerunzelten Augenbrauen das tröpfelnde Blut. »Auch mein Amt nimmt mich sehr stark in Anspruch. Wir tragen beide eine schwere Verantwortung. Aber die Gesundheit, mein lieber Olligschläger – die Gesundheit ist das höchste Gut, und daher ...«

Gret hatte das alles schon so oft gehört, daß sie die Worte

des Doctors überhaupt nicht mehr wahrnahm. Sie legte sich, während der Doctor weiterschwadronierte, den Knebel und die Schnur über dem Arm zurecht, damit sie im richtigen Moment den Arm abbinden und die künstlich herbeigeführte Blutung wieder zum Stillstand bringen konnte. Während Minutus sich lang und breit über die verschiedenen Methoden zur Erhaltung der Körperkräfte ausließ, achtete sie auf die Blutmenge in der Schale. Als der Viertelstrich erreicht war, schlang Gret rasch und mit geübten Handgriffen dem Patienten die Schnur um den Arm. Dann drehte sie den Knebel gerade so fest, daß die geöffnete Vene abgedrückt wurde.

Das Tröpfeln hörte auf. Der Doctor stellte die Schale beiseite. Gret nahm die Leinenbinde, die sie ebenfalls schon bereitgelegt hatte, und legte Herrn Olligschläger einen nicht zu straffen Druckverband an. Nun mußte nur noch der Knebel gelöst werden, und alles war ausgestanden.

»Ich fühle mich gleich viel besser«, sagte der Ratsherr, »Eure Kunst ist wirklich unübertroffen, mein lieber Minutus!«

Gret wandte den Kopf ab und unterdrückte ein Kichern. Schnell packte sie Lanzette und Knebel wieder ein und ging dann mit der Blutschale ans offene Fenster.

Sie schaute nach unten. Auf der Straße war kaum Betrieb. Dennoch rief Gret vorsorglich »Achtung«, damit etwa vorbeikommende Fußgänger noch rechtzeitig beiseite springen konnten, ehe sie den Inhalt der Schale hinauskippte.

Hinter ihr sagte Herr Olligschläger: »Nun kann ich wieder mit frischem Mut an die Arbeit gehen! Das Durcheinander bis zum Fest wird mich jedenfalls nicht umwerfen. Ich brauche aber auch all meine Kräfte, um endlich die Ermittlungen gegen den Schwarzen Kuno abzuschließen. Die Beweise reichen aus, um den Hauptmann an den Galgen zu bringen, aber wir hätten gern die ganze Bande. Und der Kuno schweigt wie ein Grab.«

Gret horchte auf. Sie wischte die Messingschale aus, verstaute sie wieder in der Tasche und wartete schweigend darauf, daß der Gerichtsherr weitersprach. Aber Doctor Minutus beendete auf seine unnachahmliche Art den interessanten Teil des Gesprächs: »Wo wir gerade beim Grab sind«, tönte er, »Ihr wollt sicher nicht zu früh hineinfahren!« Er ließ ein kleines Lachen hören. »Wann werdet Ihr Euch das nächste Mal purgieren lassen? Ich schlage, vor in vier Wochen.«

»Lieber Doctor«, stimmte der Ratsherr widerstrebend zu, »Ihr wißt sicher am besten, was gut für mich ist. Nicht umsonst werdet Ihr ja so sehr geachtet.«

Gret mußte von neuem an sich halten, um nicht zu kichern. Der Doctor nahm das Honorar von zehn Albus in Empfang und verabschiedete sich mit dem Rat, der Patient möge heute noch ein wenig der Ruhe pflegen. »Der Aderlaß kann sonst seine volle Wirkung nicht entfalten, die Schwarzgalle dringt von neuem ins Blut ein, und Ihr habt in wenigen Tagen wieder das alte Übel«, fügte er salbungsvoll hinzu, um seinen Worten noch mehr Gewicht zu geben.

Als Gret und der Doctor das große Haus wieder verlassen hatten, schlug die Glocke von Sankt Columba schon zehn. Gret drückte dem Doctor die Tasche mit den chirurgischen Instrumenten einfach in die Hand. »Ihr werdet ja wohl sofort nach Hause wollen«, sagte sie mit Nachdruck. »Ich muß noch einige Notwendigkeiten für den Haushalt einkaufen. Drei Albus dürften reichen.« Damit hielt sie ihrem Dienstherrn die Hand hin.

Theophilus Minutus war wieder einmal verunsichert durch die Geschwindigkeit, mit der Gret nach dem Patientenbesuch zur Tagesordnung überging. Er selbst brauchte seine Zeit, um vom Aderlaß zum Einkaufsgeld umdenken zu können. »Äh«, sagte er, »drei Albus – wofür?«

»Butter, Schmalz, Mehl«, gab Gret geduldig Auskunft, »eine Schüssel, etwas Fisch –«

»Ja, ja, schon gut.« Der Doctor langte in seinen Geldbeutel aus rotem Schweinsleder und nahm die geforderten Münzen heraus. »Aber du rechnest genau ab«, brummte er, während er ihr das Geld in die Hand zählte, »nachher beim Mittagessen!«

Von der Straße Unter der Goldwaage, wo das Olligschläger'sche Haus stand, mußte Gret nur wenige Schritte bis zum Alten Markt laufen. Hier war das Reich der Kramhändler; Gret erstand einen großen Henkelkorb vom Korbflechter, der zweimal in der Woche am Alten Markt seine Waren anbot, und kaufte den Ersatz für die zerschlagene Schüssel bei einem Töpfer aus Frechen. Dann ging sie weiter zum Fischkaufhaus am Rand des Platzes, besorgte einen dicken Hecht und marschierte dann zügig zum Buttermarkt.

Die Ursel aus Sülz, eine rundliche, appetitlich in Blau und Weiß gekleidete Bäuerin, bei der Gret regelmäßig Butter, Milch und Käse kaufte, war heute dicht von Kundinnen umlagert. Gret mußte warten, bis sie an der Reihe war. Aber es lohnte sich auch. Die Ursel bot nicht nur nach Grets Meinung die beste Ware an, die in ganz Köln zu haben war. Ihre Butter war immer taufrisch; sie pflegte sie ganz leicht zu salzen, was die anderen Bäuerinnen wegen der hohen Salzkosten meist unterließen.

Genau diese kleine Prise Salz machte aber den Unterschied aus. Sie verhinderte, daß die Butter besonders an warmen Tagen allzu schnell ranzig wurde.

»Ob das Geschäft gut geht, brauch' ich ja wohl nicht zu fragen – was, Ursel?« sagte Gret zu der Bäuerin, als die Frau vor ihr endlich bezahlt hatte und weitergegangen war.

»Nä, wirklisch nit«, gab Ursel lachend zurück und wischte sich mit der derben Faust über die Stirn, »die kaufen heut, als jäb et kein Morjen! Die Küchenfrau vom Overstolzenhaus, die hat mer dr janze Eierkorb leerjemacht – ich hoff, du willst nit auch noch Eier!«

»Nein, meine Hühner legen noch ganz gut«, sagte Gret und ließ sich von der munteren Art der Bäuerin aus Sülz anstecken, »ich brauch nur 'nen Laib Butter. 'ne Kuh zu halten – das will ich mir nicht antun!«

Die Ursel lachte. »Wär auch 'n komischer Anblick, 'ne Kuh im Doctor seinem Kappesjarten!« Sie legte die dicke Butterrolle in die neue Schüssel, die Gret ihr hinhielt. »Macht dat übliche. De Butter is dies' Woch' nit teurer jeworden!«

Gret seufzte über ›dat übliche‹. Sie stellte die Schüssel mit ihrem Einkauf in den Korb und ließ sich noch einen ordentlichen Keil Käse dazulegen, den die Bäuerin selbst herstellte und der ganz köstlich schmeckte. Dann zahlte sie, ohne zu handeln. Mit der Ursel hatte sie wegen der hervorragenden Qualität ihrer Waren schon seit Jahren nicht mehr um den Preis gefeilscht. Irgendwie wäre ihr das wie eine Beleidigung der tüchtigen Bäuerin vorgekommen.

»Weiterhin gute Geschäfte«, verabschiedete sie sich, »bis nächste Woche!«

»Tu nit zuviel«, sagte die Ursel, »jut Ding will Weile haben – dat weißte ja!«

»Keine Angst, ich bin ja nicht blöd!« Gret zwinkerte der

Ursel zu und wollte eben zum nächsten Händler weitergehen, als jemand sie sacht anstieß.

Überrascht drehte sie sich um. Der kleine Barthel Bruyn stand da und lächelte sie an.

»Ja, sag mal!« Gret freute sich ehrlich, das Wunderkind wiederzusehen. »Du bist noch im Lande? Ich dachte, du wärst schon längst wieder zu Hause am Niederrhein!«

»Ich hab ein bißchen gequengelt«, sagte Barthel verschmitzt, »und als es meinem Vater zuviel wurde, hat er mich noch ein paar Tage länger bleiben lassen. Jetzt muß ich erst übermorgen wieder weg.«

»So gut gefällt es dir in Köln?«

»Es ist wegen dem Meister. Ich möchte doch so gern richtig malen lernen, und der Meister hat mich gestern an einem Bild mitarbeiten lassen!« Barthel strahlte vor Begeisterung. »Ich durfte eine Hand und einen Ärmel malen!«

»Tatsächlich«, Gret war nicht verwundert darüber. »Was ist es denn für ein Bild – ein Altargemälde?«

»Nein, ein Portrait«, sagte Barthel, »es muß sehr schnell fertig sein. Und da meinte der Meister, ich sollte ruhig helfen. Heute arbeite ich noch den Gürtel und die Gürtelschnalle aus.«

Gret packte ihren Korb und schaute zum Stand des Bäckers hinüber. »Kommst du ein Stückchen mit?« fragte sie den Jungen, »wir könnten uns noch ein bißchen unterhalten, während ich meine Einkäufe mache!«

»Zum Bäcker muß ich auch«, sagte Barthel und heftete sich an Grets Seite, »die Meisterin hat mich nach zwei Broten geschickt.«

»Vielleicht wär's möglich, daß ich mir nachher in der Werkstatt deine Arbeit mal ansehe?« erkundigte sich Gret.

Der Junge nickte. Er wirkte wieder fast wie ein Erwachsener. »Wenn ich den Meister drum bitte, läßt er dich bestimmt mal 'nen Blick drauf werfen. Es wird ein sehr schönes Bildnis, wenn es fertig ist. Dann ist auch noch das Pendant zu malen, aber das krieg ich leider nicht mehr mit.«

»Ein Gegenstück?«

»Ja. Der Mann, der zu der Frau gehört.«

Gret war jetzt wirklich neugierig geworden. »Nun sag mir aber mal, was das für ein Auftrag ist«, forderte sie Barthel auf.

»Zwei Verlobungsbilder«, kam geschäftsmäßig die Antwort, »Katharina Olligschläger und Herr Gotthard Kannengießer der Jüngere. Und die linke Hand der Frau – die mit der roten Nelke – die ist von mir.«

Aha. Der Meister hatte klar erkannt, was für ein hochbegabtes Kerlchen der kleine Barthel war. Und weil er die beiden Bildnisse offenbar unter Zeitdruck schaffen mußte, nutzte er neben der Arbeit der Lehrlinge auch das große Talent dieses Kindes. Sehr schlau. »Zahlt er dir denn auch einen Anteil?« fragte sie Barthel.

»Ja, sicher! Ich darf an seine Papiere und Stifte, ohne daß ich fragen muß! Und vom Lohn für die Bilder krieg ich einen ganzen Taler. Hat die Meisterin mir versprochen. Die findet, daß ich es schon sehr gut kann, das Malen. Obwohl –«

»Du hast vollkommen recht«, sprach Gret Barthels Gedanken aus. »Von selbst beherrscht keiner das Handwerk. Da bleibt dir noch 'ne Menge zu lernen. Gut, daß du nicht meinst, du wärst schon ein großer Künstler – bloß, weil dich ein paar Leute loben!«

»Ich wäre erst zufrieden, wenn ich mich selbst loben könnte«, sagte Barthel ernsthaft, »aber bis jetzt ist alles noch nicht so gut, wie ich es gerne hätte.«

Sie beendeten ihren Rundgang über den Markt, und Gret begleitete den Jungen zur Schildergasse. Der Meister hatte nichts dagegen, Gret die Verlobungsbilder einmal anschauen zu lassen, die noch unvollendet auf zwei Staffeleien standen. Er schien gerade diese Arbeiten bereits vor der Fertigstellung gerne zu zeigen. »Die werden mich in der Gunst der Kunden ein ganzes Stück weiterbringen«, meinte er wohlgefällig, »sie sind das Beste, was ich auf diesem Gebiet bisher geleistet habe!«

Für das Bildnis des Gotthard Kannengießer existierten erst eine weiß gehöhte Kreidezeichnung und eine Kohleskizze auf der grundierten Holztafel. Aber das andere Portrait war so gut wie fertig.

Gret trat ein paar Schritte zurück, um das Gemälde genauer betrachten zu können. Sie hatte Katharina Olligschläger noch nie bewußt gesehen und war schon deshalb neugierig auf das Aussehen dieser Tochter aus einem der feinsten Häuser Kölns.

Eine junge Dame der Gesellschaft schaute sie da an, ein Mädchen, das mit allen Attributen einer reichen Geburt ausgestattet war. Das konnte man an der aufwendigen Kleidung erkennen, dem teuren Schmuck und dem golddurchwirkten Haarnetz. Aber diese Pracht war nicht der Grund, warum Gret auf einmal in höchster Aufregung das Bild anstarrte: Katharina Olligschläger hatte dunkles Haar, feingezeichnete Gesichtszüge und zarte, madonnenhafte Hände. Sie wies in allem eine verblüffende Ähnlichkeit mit der ermordeten Klara vom Blaubach auf!

»Du meinst es auch«, sagte Barthel dicht neben Gret, »ich seh' es dir an! Erstaunlich, nicht?«

»Was?«

»Na, das feine Fräulein sieht doch fast genauso aus, wie – du weißt schon, wer!«

»Hm.«

»Mir ist es sofort aufgefallen, als sie zum ersten Mal Modell gesessen hat«, plauderte Barthel unbefangen weiter, »ich dachte, die hast du schon mal gezeichnet!« Er trat näher an die Tafel heran und deutete mit seinem dünnen Kinderfinger. »Da, diese Hand mit der Blume. Die hat mich der Meister malen lassen. Sieh mal, wie glatt die Farbe ist! Ich hab mir aber auch alle Mühe gegeben!«

Gret verstand nur noch mit halbem Ohr, was der kleine Künstler sagte. Geistesabwesend nickte sie und murmelte: »Sehr schön, wirklich ...«

»Du siehst ja gar nicht richtig hin«, beklagte sich Barthel enttäuscht, »du schaust nur das Gesicht an! Findest du meine Arbeit denn so schlecht?«

Gret kam wieder zu sich. »Nein, du hast es wunderbar gemacht«, sagte sie und wandte dem Jungen den Blick zu, »Und Ihr, Meister«, sie schaute kurz zum Inhaber der Werkstatt hinüber, »Ihr habt ja wohl genau erkannt, wieviel Talent zur Malerei in dem Kind steckt!«

»Ich bin ehrlich genug, zuzugeben«, sagte der Meister und lächelte gewinnend, »daß mich der Barthel wahrscheinlich in der Kunst einmal übertreffen wird, wenn er fleißig lernt.« Nicht ohne eine Spur von Neid und Wehmut tätschelte er den Kopf des Kleinen. »Noch zehn Jahre, dann kann er anfangen, sich einen Namen zu machen. Bartholomäus Bruyn – von dem wird man noch viel zu hören und zu sehen kriegen.«

»Das glaube ich auch«, gab Gret zurück. »Jetzt muß ich leider gehen.« Sie hob ihren Korb vom Fußboden auf. »So gern ich noch geblieben wäre.«

Überstürzt verabschiedete sie sich von Barthel und dem Meister. Sie rannte fast aus der Werkstatt auf die Straße. Etwas drängte sie, sich zu beeilen.

Als sie den Einkaufskorb in der Küche des Doctorhauses auspackte, wirbelten ihre Gedanken in wirrem Durcheinander um Katharina Olligschläger und ihre Ähnlichkeit mit der ermordeten Klara.

»Es war ein Irrtum«, hatte das Narbengesicht im ›Hörnchen‹ gesagt, »aber alles stimmte: die Haarfarbe, die Größe, das Gesicht. Und sie war in der richtigen Gesellschaft ...«

Klara war mit zwei Dienstboten aus dem Haus Olligschläger über die Maternus-Kirmes spaziert.

Wie ein Schock traf Gret die Erinnerung an den Kutscher und den Lakaien mit den dottergelben Hosen, in deren Gesellschaft Klara gesehen worden war.

Ein Irrtum ...

Gret mußte sich hinsetzen. Konnte es sein, daß die Verbrecher Klara für Katharina Olligschläger gehalten hatten, weil sie in der ›richtigen Gesellschaft‹ gewesen war – in der Gesellschaft des Lakaien und des Kutschers? Konnte es sein, daß Katharina Olligschläger diejenige war, die sie hatten umbringen wollen?

Ein Irrtum ...

Aber warum hätten sie die Ratsherrentochter ermorden sollen – aus welchem Grund? Was konnte der Tod Katharina Olligschlägers ihnen für einen Nutzen bringen?

Gret wischte sich über die Augen. Noch immer erkannte sie keinen Sinn in dem Sammelsurium von Informationen, Erkenntnissen und Mutmaßungen, das sie zusammengetragen hatte. Die Lösung des Rätsels konnte nur in der Zeichnung verborgen sein, die Bell hinterlassen hatte, und in der bruchstückhaften Unterhaltung der Verbrecher, bei der Gret heimlich Zeuge gewesen war.

Sie kramte das Zettelchen hervor, auf dem Bells Zeichnung notiert war. Sechs Kreise – sechs Bandenmitglieder. Zwei Strichmännchen, davon eins durchkreuzt – Katharina Olligschläger und Klara, die bereits tot war. Ein Männchen hinter Gittern ...

Er. Er saß im Gefängnis. Wer weiß, wie lange er die Verhöre noch durchhält, hatte Hermann gesagt. Für uns alle wird die Sache allmählich zu heiß ...

Er war jemand, der die Bande verraten konnte, falls er bei den Verhören weich wurde. Und dagegen wollte die Bande etwas unternehmen. Aber was? Die Hacht war ausbruchssicher, genauso wie die verschiedenen Gefängnistürme. Eine Flucht war praktisch unmöglich, zumal Gefangene immer angekettet wurden.

Wenn nun der Mann hinter Gittern mit dem Straßenräuber identisch war, der in der Hacht saß? Gret richtete sich plötzlich auf. Turmherr und zuständiger Untersuchungsrichter in der Sache des Schwarzen Kuno war Herr Olligschläger!

Der Plan! Die Durchführung des Plans war für heute angesetzt. Gret sprang auf. Alle Mosaiksteinchen, die sie gesammelt hatte, lagen jetzt am richtigen Platz – es gab keinen Zweifel mehr. Katharina Olligschläger sollte entführt werden. Die Verbrecher wollten sie benutzen, um ihren Anführer freizupressen. Das war von Anfang an der Plan gewesen. Klara, der ›Irrtum‹, hatte sterben müssen, weil sie die beteiligten Verbrecher gesehen hatte. Und auch Bell hatte ganz offensichtlich zuviel erfahren und ihre Kenntnisse mit dem Leben bezahlt.

»Herrgott«, flüsterte Gret, »Herrgott!« Sie hastete zur Tür. Wenn sie das Schlimmste verhindern wollte, dann mußte sie sich jetzt sputen wie nie zuvor. An Doctor Minutus, der eben aus seinem Studierzimmer zu ihr in die Küche gestapft kam, rannte sie einfach vorbei.

»Grundlin, ich wollte mal fragen, was es zum Essen –«

»Keine Zeit«, stieß Gret hervor und war schon aus der Haustür. Der Doctor starrte ihr verständnislos und mit ärgerlichem Kopfschütteln nach. »Versteh' einer die Weiber«, brummelte er.

11. KAPITEL

Im Olligschläger'schen Haus an der Goldwaage tobte nach wie vor die Schlacht gegen Staub und Schmutz. Gret sah die breite Eingangstür offenstehen und sprach eine junge Hausmagd an, die gerade einen Kübel mit Aufwischwasser neben der Treppe auf die Straße kippte.

»Ist der Hausherr zu sprechen?«

»Weiß ich nit. Ich hab ihn dr janze Morje noch nit jesehen.«

»Wer könnte mir denn Bescheid geben?«

»Weiß ich nit. Vielleicht et Ännche.«

»Und wo finde ich die?«

»Frag mich wat leichteres! Ich kann die Augen doch nit überall haben!« Die junge Magd wollte mit ihrem Kübel wieder ins Haus. »Am besten kommste nächste Woch' wieder – dann is dat jecke Spiel vorbei.«

Gret platzte der Kragen. »Herrgott nochmal«, fuhr sie das Mädchen an, »bist du blöd? Ich muß Herrn Olligschläger sprechen, und zwar sofort! Stell den Eimer in die Ecke und bring mich hin – aber im Galopp! Es ist dringend!«

Die Magd – höchstens vierzehn Jahre alt – bekam einen erschrockenen, ängstlichen Gesichtsausdruck. »Ich darf aber nit einfach alles hinschmeißen, bloß weil einer kommt, der wat will«, sagte sie eingeschüchtert. »Ich muß ja noch de janze Trepp scheuern! Die Frau, die wird immer so wütend, wenn et nit weiterjeht mit dem Schrubben ...«

Gret atmete tief ein, um nicht wieder laut zu werden. »Sieh mal«, sagte sie mit erzwungener Ruhe und Freundlichkeit, »wenn du mich nicht sofort zum Hausherrn bringst, dann findet vielleicht das ganze Fest überhaupt nicht mehr statt. Weil's nämlich ein Unglück gibt!«

Die kleine Magd ließ vor Schreck den leeren Kübel auf den Boden plumpsen. Ihre Augen weiteten sich. »Ja, aber ...«, stotterte sie, »ja, wenn dat so is ...«

Sie winkte Gret ins Haus. »Der Herr is oben – wegen der Putzerei ...«

»Ich weiß«, sagte Gret, »ich war heute früh schon mal hier. Melde mich an.«

Ohne Widerrede rannte das Mädchen die Treppe hinauf. Gret folgte ihr schnell. Vor der Tür zum Arbeitszimmer blieb die Magd unschlüssig stehen. »Is et auch wirklich wichtig?« fragte sie noch einmal ängstlich nach. »Der Herr reißt mir sonst dr Kopp ab.«

Gret verlor endgültig die Geduld. Sie schubste das Mädchen ärgerlich auf die Seite und klopfte energisch an die Tür. »Hau ab, Angsthase«, zischte sie, »ich werde auch allein mit Herrn Olligschläger fertig!«

Die Magd huschte eilig davon. »Herein«, dröhnte die mürrische Stimme des Hausherrn aus dem Arbeitszimmer. Gret trat ohne Umstände ein.

»Was gibt's denn jetzt schon wieder?« fragte Herr Olligschläger äußerst ungnädig. Er saß, fast wie Gret ihn am Morgen verlassen hatte, noch immer in dem hochlehnigen Sessel. Nur hatte er sich einen grünseidenen Schlafrock über sein Nachthemd gezogen, sich einen gepolsterten Schemel herangezogen und die Beine hochgelegt. An seiner finsteren Miene und der in tiefe Falten gelegten Stirn war deutlich zu erkennen, daß sich seine Laune seit den frühen Morgenstunden erheblich verschlechtert hatte.

Aber die Angelegenheit drängte zu sehr, als daß Gret sich um die schlechte Stimmung des Ratsherrn kümmern konnte. »Herr Olligschläger«, kam sie gleich zur Sache, »wo ist Eure Tochter?«

»Welche? Ich habe drei. Außerdem – wer bist du, daß du hier einfach eindringst und mir unverschämte Fragen stellst?« Der Herr des Hauses langte nach einem Krückstock, der an seinem Sessel lehnte. »Zum Teufel, wer hat dich hier hereingelassen? Ist man denn nirgends mehr ungestört?«

Er pochte laut mit dem Stock auf den Fußboden und brüllte nach den Dienstboten: »Anna, Gertrud! Sofort werft ihr das Weib raus! Ich bin heute für niemanden zu sprechen – das hatte ich doch ausdrücklich befohlen!«

Gret verstand zwar jetzt die zögernde Haltung der kleinen Hausmagd, aber sie ließ sich nicht beeindrucken. Ihr schwoll selbst die Zornesader. Sie stampfte mit dem Holzschuh auf den Boden. »Herr Olligschläger«, schrie sie zurück, »Ihr hört mir besser zu – in Eurem eigenen Interesse! Ich habe sichere Hinweise darauf, daß Eure Tochter Katharina entführt werden soll, und zwar noch heute!«

»Was?« Der Ratsherr schnappte nach Luft, teils aus Empörung über Grets Respektlosigkeit, teils vor Überraschung.

Gret nutzte die kleine Pause. »Laßt Eure Tochter einmal rufen«, forderte sie drängend, »damit Katharina Bescheid weiß und sich entsprechend verhalten kann. Wenn sie von dem Plan keine Ahnung hat, ist sie ja hilflos!«

»Aber wer sollte den …? Was ist das für eine unwahrscheinliche Geschichte, die du mir da verkaufen willst!« Herr Olligschläger hob den Stock, um noch einmal nach den Domestiken zu klopfen. »Ich habe keine Lust, mir diesen Schwachsinn länger anzuhören!«

Jetzt war Gret wirklich wütend. »Habt Ihr vielleicht von dem Mord gehört, den ich vor zwei Tagen bei Herrn van Aldenhoven angezeigt habe?« fragte sie streng und schaute dem Ratsherrn in die Augen, ohne mit der Wimper zu zukken. »Die Mörder sind Mitglieder der Bande des Schwarzen Kuno – soviel ist inzwischen sicher. Aber sie hatten die falsche Frau erwischt. Eigentlich wollten sie Eure Tochter in ihre Gewalt bringen, damit sie Euch zwingen können, den Schwarzen Kuno freizulassen!«

Der Ratsherr sperrte den Mund auf. Gret redete hastig weiter und nahm sich kaum die Zeit, Luft zu holen: »Herr Olligschläger, versteht doch endlich! Katharina ist in äußerster Gefahr! Ich habe Beweise für alles, was ich sage. Aber ich kann Euch jetzt nicht die ganze Geschichte erzählen – das würde zu lange dauern! Zuerst muß Eure Tochter gewarnt werden. Sie sollte keinen Augenblick mehr allein sein, bis die Verbrecher gefaßt sind!«

»Ja, aber … das ist ja …« Der Ratsherr klappte fassungslos den Mund auf und wieder zu. »Ich kenne dich doch! Du bist die Magd vom Doctor, und du hast schon einmal vor Gericht ausgesagt, als ich Schöffe war!«

»Das tut jetzt nichts zur Sache«, schnitt Gret seine Überlegungen ab, »die Zeit drängt! Laßt Eure Tochter rufen – aber sofort!«

Der Ratsherr widersprach nicht mehr. Er packte nur seinen Krückstock und ließ ihn vier-, fünfmal donnernd auf die Dielen krachen. Fast augenblicklich stürmte eine dicke, ältliche Frau in schneeweiß gebleichter, steif gestärkter Flügelhaube ins Zimmer. Sie mußte schon das erste Klopfen gehört haben, sonst hätte sie nicht so schnell zur Stelle sein können. »Bin ja schon da, Herr«, schnaufte sie kurzatmig, »ich kann doch nicht fliegen!«

Gret wartete aufgeregt, ob der Hausherr sie jetzt hinauswerfen ließ oder nicht. Aber Herr Olligschläger hatte begriffen. »Die Katharina soll kommen – unverzüglich«, befahl er mit vor Erregung schwirrender Stimme, »du stöberst mir das Mädchen auf, Anna – egal, was sie gerade macht, oder wo sie sich aufhält. Ich verlaß mich auf dich, Anna – und wenn du sie vom privaten Örtchen holen mußt! Sie soll alles stehen und liegen lassen und sofort bei mir erscheinen. Ausreden werden nicht akzeptiert!«

Die dicke Haushälterin plusterte sich auf wie eine Glucke, die ihr Küken verteidigt. »Soweit ich weiß, hat die Katharina aber nichts getan, wofür Ihr sie schelten müßtet! Wißt Ihr was, Gerhart Olligschläger? Ihr faßt das Kind immer viel zu hart an. Und das gerade jetzt, wo ihre Verlobung ansteht und sie so aufgeregt und glücklich ist! Ihr solltet Euch was schämen – Rabenvater!«

»Wie?« Herr Olligschläger musterte seine Haushälterin, als habe er kein Wort von dem gehört, was sie gerade hervorgesprudelt hatte. »Ach so …« Er räusperte sich nervös. »Anna, ich wollte sie gar nicht ausschimpfen, glaube mir. Sie soll nur herkommen, aber auf der Stelle. Es ist sehr dringend.«

»Na gut.« Die Haushälterin rauschte mit wallenden Rökken hinaus. »Aber wehe, Ihr hackt wieder auf dem armen Kind herum! Das hat sie wirklich nicht verdient!«

Sobald die Tür sich hinter Anna geschlossen hatte, wandte sich der Ratsherr wieder Gret zu. »Und jetzt die Beweise dafür, daß deine wilde Geschichte stimmt«, forderte er. Seine Stimme vibrierte vor kaum beherrschter Angst und Unruhe. »Ich hoffe zu deinen Gunsten, daß was dran ist – und zu meinen Gunsten, daß es sich um lauter Hirngespinste handelt! Fang an, erzähle! Und bitte der Reihe nach.«

Gret zog einfach die Zeichnung hervor, die Barthel von der toten Klara angefertigt hatte, und hielt sie dem Ratsherrn hin. Der warf einen Blick darauf und schob das Blatt wieder weg. »Was soll das? Wieso zeigst du mir diese leblose, mißlungene Portraitskizze meiner Tochter? Wie Katharina aussieht, weiß ich selber. Auf dieser Zeichnung ist sie nicht sehr gut getroffen. Falls du sie mir aber zum Kauf anbieten willst ...« Er stutzte, starrte Gret mit plötzlich wieder zornigen Augen an. »Wenn das der eigentliche Grund für deinen Besuch sein sollte, dann –«

Gret schnitt ihm die Rede ab. »Das Blatt zeigt keineswegs Eure Tochter, sondern die Ermordete, von der ich schon gesprochen habe. Dadurch, daß Ihr sie ebenfalls mit Katharina verwechselt, liefert Ihr mir nur noch einen weiteren Beweis dafür, daß ich mit meinen Vermutungen recht habe!«

»Du meinst, dies soll gar nicht meine Tochter sein?«

»Es ist ein Bildnis der Toten. Ich hab's selbst zeichnen lassen. Die Verbrecher haben diese Frau umgebracht, weil sie die Falsche war. In Wirklichkeit waren sie hinter Katharina her.«

Eine Spur von Zweifel zeigte sich immer noch im Blick

des Ratsherrn. »Woher willst du das so genau wissen? Das Ganze kann auch purer Zufall sein – ein Zusammentreffen passender Umstände.«

»Oh nein, das ist ganz ausgeschlossen«, sagte Gret nüchtern. In wenigen Worten erzählte sie dem Turmherrn von dem Gespräch, das sie in der Walengasse belauscht hatte. »Es war eindeutig von dem Plan die Rede, eine Frau zu entführen und sie als Geisel zu benutzen, um jemanden aus dem Gefängnis freizupressen«, schloß sie und heftete den Blick eindringlich auf Herrn Olligschläger, »die Unterredung fand statt im ›Hörnchen‹ in der Walengasse – gestern abend. Und wie ich schon sagte, ich habe mit eigenen Ohren –«

»Aber –«

»Nach meiner Meinung kann nur der Schwarze Kuno derjenige sein, der freigepreßt werden soll. Und Ihr führt die Ermittlungen in seinem Fall.«

»Aber –«

»Herrgott, ist Euch das alles denn nicht Beweis genug?« Gret wußte nicht, was sie noch sagen sollte, um den Ratsherrn zu überzeugen. Am liebsten hätte sie ihn im Genick gepackt und ihn durchgeschüttelt wie einen jungen Hund, der nicht gehorchen will. »Wenn Ihr meine Worte schon nicht ernst nehmt, könntet Ihr dann nicht wenigstens jetzt etwas mehr auf die Sicherheit Eurer Tochter achten?«

Der Ratsherr wischte sich über die Stirn, die schweißfeucht geworden war. »Ich bin nicht so begriffsstutzig, wie du zu denken scheinst«, murmelte er, »ich habe längst verstanden. Du hast selbstverständlich vollkommen recht. Katharina wird von jetzt an keinen Schritt mehr unbegleitet tun, bis wir die Bande dingfest gemacht haben. Ich danke dir für deine überaus wertvollen Hinweise und für die Warnung … wie ist doch dein Name?«

»Gret Grundlin. Aber –«

Die Tür schwang auf und Anna die Wirtschafterin stand wieder im Zimmer. Ihr rundes Gesicht war rot vor Aufregung. »Ich hoffe, daß Ihr nicht wieder lospoltert, Gerhart Olligschläger«, sagte sie etwas lauter als nötig, »aber das Kind ist nirgends aufzufinden. Ich hab, weiß Gott, das ganze Haus durchsucht, weil's ja so dringend ist. Die Katharina ist nicht da. Seit heute morgen, als sie zur Beichte gegangen ist, hat sie keiner von den Dienstleuten mehr zu Gesicht bekommen!«

»Was …?«

»Ich kann es ja selber nicht verstehen!« Die Haushälterin sah ehrlich bekümmert aus. »Bis heute ist sie noch nie aus dem Haus gegangen ohne zu sagen, wohin …« Sie putzte sich mit dem Zipfel ihres hochgeschürzten Rockes ein Tränchen der Besorgnis aus dem Auge. »Vielleicht ist sie bei einer Freundin, Herr. Und weil in all dem Durcheinander keiner da war, dem sie's hätte sagen können – da hat sie's eben nicht gesagt. Das ist doch nicht so schlimm!«

Der Ratsherr schoß aus seinem Sessel hoch. Gret konnte wildes Entsetzen auf seinem Gesicht ablesen. »Raus, Anna«, schrie er, »der Heinrich, der Jochen, der Jupp und das Könzchen – alles, was Beine hat, soll sich sofort auf die Suche machen! In jedem Haus, wo sie sein könnte, muß nachgefragt werden, hast du gehört? Lieber Gott – ich hoffe, daß es nicht zu spät ist!«

»Was denn?« Die Wirtschafterin wurde von der Erregung des Hausherrn angesteckt, ohne daß sie wußte, um was es ging. »Was soll zu spät sein?«

»Erspar mir blöde Fragen, Weib«, tobte Herr Olligschläger, »schick die Knechte los! Sie sollen so schnell machen als irgend möglich. Ich erwarte Nachricht in spätestens einer Stunde!«

Die Frau stand da und wollte noch einmal fragen. Aber Herr Olligschläger stampfte wütend mit dem Stock auf den Boden, und jetzt hastete sie aus dem Zimmer. Gret hörte sie im vollen Galopp mit ihren schweren Arbeitsschuhen die Treppe hinunterpoltern und im Laufen nach den Hausdienern rufen.

Herr Olligschläger war am Ende seiner Beherrschung, das sah Gret mit sicherem Blick. »Setzt Euch wieder hin«, forderte sie ihn auf, »wir sollten überlegen, was zu tun ist, falls Katharina nicht gefunden wird.« Als er zögerte, legte sie ihm die Hände auf die Schultern und drückte ihn einfach in seinen Sessel nieder. »Ich schlage vor«, fügte sie nüchtern hinzu, »daß Ihr in diesem Fall die Klocken rufen laßt, ihnen eine Beschreibung der Mörder gebt und nach ihnen fahnden laßt – mit allen verfügbaren Männern, ganz gründlich und in allen Vierteln der Stadt.«

»Ja …« Der Blick des Gerichtsherrn war leer und ausdruckslos.

»Herr Olligschläger«, versuchte Gret ihn aus seiner Niedergeschlagenheit herauszureißen, »wir konnten vielleicht nicht verhindern, daß Eure Tochter entführt wurde – aber wir können einen weiteren Mord verhindern. Nur dürfen wir dazu nicht tatenlos bleiben!«

»Einen weiteren Mord?«

»Allerdings.«

»Aber Katharina soll doch als Geisel dienen. Ihr Leben gegen das des Schwarzen Kunos – im Austausch …« Der Blick des Turmherrn war voller Verständnislosigkeit.

»Genau das werden die Verbrecher Euch vorgaukeln«, erwiderte Gret, »aber halten können sie ihr Versprechen natürlich nicht.«

»Warum?«

Gret schüttelte den Kopf. »Lieber Himmel, Ihr denkt harmlos wie ein Kind, Herr Olligschläger! Katharina würde doch, falls sie wirklich nur gegen den Räuberhauptmann ausgetauscht würde, der ganzen Bande anschließend das Gesetz auf den Hals hetzen! Unweigerlich würde sie wichtige Aussagen machen. Warum sollten die hartgesottenen Galgenvögel, mit denen wir es zu tun haben, also die einzige Zeugin am Leben lassen? Das wäre doch viel zu gefährlich für sie!«

Der Ratsherr saß ganz steif in seinem Sessel. Er kämpfte gegen ein neues Entsetzen an, das ihn mit voller Gewalt überfiel. »Ja, natürlich … sie müssen Katharina umbringen, wenn sie unerkannt bleiben wollen. Heilige Mutter Maria, hilf!«

»Das wird sie schon«, nickte Gret. »Aber in erster Linie müssen wir uns jetzt selbst helfen. Und was die Verbrecher nicht wissen: es gibt ja mich. Ich kenne ihre Gesichter – wenigstens die von Hermann und dem Narbengesicht. Wir suchen nicht nach Unbekannten, Herr Olligschläger!«

»Ja, das hilft ein wenig«, sagte der Ratsherr langsam. »Gott – ich hoffe immer noch, daß das Kind gleich heil und gesund nach Hause kommt!«

Aber Katharina Olligschläger kam nicht nach Hause. Stattdessen kehrte ein Diener nach dem andern unverrichteter Dinge zurück und meldete, in keiner der befreundeten Familien sei das Mädchen am heutigen Tag zu Besuch gewesen. Einige Bekannte hatten lediglich bemerkt, daß Katharina in Sankt Columba zur Beichte gegangen war.

Nun stand von allen ausgeschickten Boten nur noch der Bericht von Könzchen aus. Endlich erschien auch der mit betretener Miene im Arbeitszimmer. »Se is nirjends aufjetaucht«, sagte er, während er von seinem schnellen Fußmarsch langsam wieder zu Atem kam, »aber die Jisela Aldenhoven hat jesagt, se hätt' et Fräulein nach der Kirch' noch jesehen. Et Fräulein wär mit 'nem jungen Mann wechjejange – wohin, dat könnt' se auch nit sagen, sagt se.«

»Hast du gefragt, wie der junge Mann aussah?« forschte Gret.

»Sicher dat! 'Ne lange, dünne Strick mit 'ner zerlumpte Jack'. Et wär wahrscheinlich 'ne Bettler jewesen. Nur ...«, der Stallbursche kratzte sich in seinen struppigen Haaren, »wat hätt' uns Fräulein dann mit 'nem Bettler ze donn – dat fraach ich mich.«

Gret sagte nichts. Sie warf Herrn Olligschläger nur einen Blick zu und nickte.

Der Ratsherr erhob sich. »Könzchen«, sagte er mit klarer, jetzt sehr energischer Stimme, »du machst dich noch mal auf den Weg – und zwar zum Rathaus. Die Gerichtsboten sollen hierher kommen. Mach meinem Amtskollegen klar, daß es von größter Dringlichkeit ist – damit es keine unnötigen Verzögerungen gibt.«

Der Stallbursche verbeugte sich linkisch und blinzelte verständnislos. Dann verließ er eilig das Arbeitszimmer. Gret wollte sich ebenfalls verabschieden, aber Herr Olligschläger bat sie, noch zu bleiben. »Ich brauche dich hier«, sagte er, »du mußt den Klocken und Wachmännern ja die genaue Beschreibung der Verbrecher geben, nach denen gefahndet werden soll! Ich selbst könnte es nicht halb so gut wie du.«

»Na schön«, stimmte Gret zu. Schon nach kurzer Zeit meldeten sich die Vertreter des Gesetzes zur Stelle. Zwei von den Klocken kannte Gret: Hens, der am Alten Graben und am Eigelsteintor die Aufsicht führte, und Siebert, der für die westlichen Stadtteile und für den Neumarkt zuständig war. Die anderen Männer waren ihr unbekannt.

Herr Olligschläger kam ohne Umschweife zur Sache. »Meine Tochter ist entführt worden«, sagte er, als alle Ordnungshüter versammelt waren. »Und ich leite deshalb eine umfassende Fahndung nach den Tätern ein. Die Beschreibung der Verdächtigen ist umgehend an die Männer weiterzugeben, die im Dienst aufgehalten worden sind und nicht kommen konnten.«

Er sah Gret an. Die brauchte keine Aufforderung. Sie begann sofort, die beiden Bandenmitglieder, die sie gesehen hatte, genauestens zu beschreiben. »Der eine mit Namen Hermann ist ungefähr fünf Fuß sieben Zoll groß, breitschultrig, kräftig gebaut. Seine auffälligsten Merkmale sind hellrotes Haar und zwei frische Schrammen auf der rechten Wange.«

Die Gerichtsboten und Wachmänner folgten aufmerksam ihren Worten. Besonders der eine Klocke, den Gret nicht kannte, hing regelrecht an ihren Lippen. »Nä – wie jut du dir den Kerl jemerkt hast«, murmelte er eifrig und warf Gret einen scharfen Blick zu, als sie Hermanns Besonderheiten alle aufgezählt hatte, »da weiß mer doch, wo mer dran is! Et wird Zeit, dat die Schweinehunde endlich jeschnappt werden. Die sind schlimmer als die Pestilenz!«

Gret beschrieb auch das Narbengesicht. Während sie redete, fielen ihr wieder die Begeisterung und die Intensität auf, mit der der Büttel, den sie nicht kannte, all ihre Worte einzusaugen schien. Nachdem sie auch mit der zweiten Beschreibung fertig war, machte sich dieser Klocke als erster an seine Aufgabe. »Alsdann – drauf und dran«, sagte er und verbeugte sich dienstbeflissen, »vielleicht schaffe mer et schon heut, die Kerle zu schnappen! Ich seh' mer meinen Bereich an – Heumarkt, Hafen und Kathrinengraben.«

Er verschwand eilig. Die anderen Klocken machten sich ebenfalls auf den Weg. Die Wachmänner wurden von Herrn Olligschläger für die verschiedenen Stadtviertel eingeteilt. »Aber bleibt in Verbindung«, befahl der Turmherr, »damit ihr wichtige Beobachtungen sofort weitergeben und Verstärkung anfordern könnt, falls ihr sie braucht!«

Damit waren auch die Wachmänner entlassen und stapften die Treppe hinunter. Gret hatte zwölf Mann gezählt, die der Bande auf die Spur gesetzt worden waren. Aber keiner der Gesetzeshüter hatte auf sie den Eindruck gemacht, als sei er besonders fähig im Aufspüren von Verbrechern – außer vielleicht der, der so begeistert gewesen war.

Betreten fragte sie den Turmherrn über die Klocken aus. »Ist überhaupt einer dabei, der mehr kann als Prügeleien schlichten?«

Herr Olligschläger räusperte sich. »Wir können nur hoffen und beten, daß sie bei ihrer Suche Glück haben«, murmelte er, »der einzige, den ich für tüchtig halte, das ist der Arnold. Der kennt sich aus.«

»Der Arnold – was ist das für ein Mann?«

»Der ist schon seit Jahren im Dienst. Ein paarmal hat er wirklich gute Arbeit geleistet. Kein Wunder bei der langen Erfahrung. Da lernt man das Handwerk.«

»Gott sei Dank«, sagte Gret und atmete krampfhaft aus, »wenigstens einer, der vielleicht Ergebnisse bringt. Welche Gegend soll denn der Arnold durchsuchen?«

»Hafengegend und Severinsviertel«, sagte der Ratsherr.

»Ach, der ist das ...«, Gret erinnerte sich. »Ja – dann ist er im richtigen Gebiet eingesetzt.«

Sie verabschiedete sich. »Die Verbrecher werden sich sicher sehr bald melden und ihre Forderungen stellen«, sagte sie zu Herrn Olligschläger, »vielleicht hinterlassen sie dabei

Spuren, die leichter zu verfolgen sind, so daß wir Katharina finden können. Würdet Ihr mich wohl informieren, falls es Neues gibt? Ich möchte schon gern wissen, was von jetzt an geschieht.«

»Für dich bin ich ab sofort jederzeit zu sprechen«, sagte Herr Olligschläger, »möglicherweise kannst du ja auch weiterhin ...« Er unterbrach sich verlegen. »Obwohl das zuviel verlangt wäre«, fügte er zögernd hinzu.

»Aber genau das ist ja meine Absicht«, sagte Gret, »ich habe nicht vor, einfach davon abzulassen. Von Anfang an wollte ich, daß die Mörder zur Rechenschaft gezogen werden – wenn auch aus ganz persönlichen Gründen.«

»Und welche sind das?« Der Ratsherr hob verwundert die Augenbrauen.

»Ich meine, ein Mörder sollte auch dann bestraft werden, wenn sein Opfer nur ein einfaches Mädchen aus dem Volk war«, antwortete Gret mit fester Stimme, »das Gesetz sollte jedem Schutz bieten – arm oder reich, bedeutend oder unbedeutend, berühmt oder unbekannt.«

»Was du da sagst, ist für mich selbstverständlich«, brummelte der Ratsherr verblüfft, »darauf mußt du mich nicht hinweisen! Du bist vielleicht komisch!«

»Ich bin Gret Grundlin«, konterte Gret, »ansässig in Köln, wohnhaft in der Glockengasse bei Doctor Minutus. Noch keine Bürgerin ... aber ich arbeite dran.«

Grets Beschreibung ihrer eigenen Person belustigte den Ratsherrn. Für einen winzigen Augenblick vergaß er die quälende Sorge um seine Tochter und lächelte. Das Lächeln erstarb zwar sofort wieder, aber es hinterließ einen Schimmer des Mutes und der Energie auf seinem Gesicht.

Vor dem großen Haus an der Goldwaage stand Gret einen

Moment lang unschlüssig auf der Straße. Sie war enttäuscht und verärgert, weil sie Katharina Olligschlägers Entführung nicht hatte verhindern können, und jetzt stand ihr der Sinn nicht danach, gleich zu Doctor Minutus' Haus zurückzugehen und dem Doctor womöglich Rede und Antwort zu stehen.

Außerdem brauchte sie dringend ein bißchen Zeit zum Nachdenken. Sie mußte sich alles, was sie mit dem Ratsherrn besprochen hatte, noch einmal Wort für Wort durch den Kopf gehen lassen. Denn während des Gesprächs, kurz bevor sie gegangen war, hatte Herr Olligschläger irgend etwas erwähnt, das von größter Bedeutung war. Gret hatte nicht die blasseste Ahnung, was für ein Wort, was für ein Hinweis diese innere Unruhe bei ihr ausgelöst hatte. Aber was auch immer da in ihrem Unterbewußtsein Alarm schlug und an die Oberfläche wollte – es mußte ihr so schnell wie möglich bewußt werden. Gret spürte: Wenn die Erkenntnis nicht schnell kam, würde sie ihr nichts mehr nutzen.

Sie entschloß sich, zum Heumarkt zu spazieren und sich den Rest des religiösen Stücks anzuschauen, das Aline und die Truppe heute mittag geben würden. Die Glocken hatten gerade zwei geläutet; das Spiel war sicher schon in vollem Gange.

Gret würde trotzdem aufmerksam zusehen. Vielleicht erkannte sie das, was sie so beunruhigte, wenn sie nicht weiter darüber nachgrübelte. Sie würde einfach darauf warten, daß es sich von selbst einstellte. Diese Methode hatte schon oft gewirkt.

Vor dem rollenden Theater hatte sich an diesem frühen Nachmittag eine besonders große Menschenmenge angesammelt. Die Zuschauer standen in gebanntem Schweigen im Halbkreis um den Wagen der Schauspieler und schienen äußerst angetan von dem, was sich da auf der kleinen Bühne abspielte.

Gret hatte lediglich gewußt, daß ein Stück mit geistlichem Inhalt geboten werden sollte. Als sie sich ein wenig zur Bühne vorarbeitete, stellte sie fest, daß es ein Stück ohne Worte war – ein Totentanz.

Das Drama ging bereits dem Ende zu. Der Tod in seinem schwarzen Gewand, die Kapuze tief in das umheimliche Schädelgesicht gezogen, schwang die zum Mähen gesenkte Sense über die Bühne und machte sich bereit, die Menschen zu fällen, die ihn umtanzten. Der Kaiser, prächtig anzusehen in Krone und Purpurmantel, ein Kaufmann mit Geldbeutel und Waage, ein Mönch, der seine Furcht durch schauerliche Grimassen besonders deutlich machte, und ein schlankes, in ein durchscheinendes blaues Kleid gehülltes Mädchen – sie alle drehten sich im farbenreichen Wirbel über die Bretter.

Die Gestalten bewegten sich entsprechend ihrer Persönlichkeit. Der Kaiser schritt in Würde, sich manchmal besorgt nach dem Tod umsehend; der Kaufmann hielt den Geldsack eng an sich gepreßt und stolperte vor dem dunklen Schnitter davon; der Mönch zeigte die größte Angst und wich feige vor den Schwüngen der Sense auf die Seite. Das Mädchen allein schien den Tod nicht zu bemerken – es tanzte anmutig und wie im Traum. Nur durch Zufall entging es mit zierlichen Drehungen immer wieder dem mörderischen Sichelschlag.

Gret ließ sich von dem Spiel fesseln wie alle anderen Zuschauer. Verzaubert stand sie da und wandte kein Auge von der kleinen Bühne ab. Der Tanz der Menschheit mit dem Tod – dieses Drama war immer wieder furchtbar und faszinierend zugleich.

Die Schellen eines Tamburins tönten, eine Flöte erklang. Eine sanfte, melancholische Weise wehte von der Bühne auf die Zuschauer herab. Eine helle, junge Stimme sang:

»Es ist ein Schnitter, heißt der Tod,
hat G'walt vom großen Gott …«

Gret kannte das Lied. Mutter Imma hatte es ihr oft gesungen, als sie noch ein Kind gewesen war. Jetzt sang es Aline, wie Gret sofort bemerkte:

»Heut' wetzt er das Messer,
es schneidt schon viel besser …«

Der Tod auf der Bühne vollzog, was das Lied beschrieb: Mit langen Bewegungen zog er einen Schleifstein über die Klinge seiner Sense. Er tat es mit tänzerischer Anmut, aber das häßliche Geräusch von Stein auf Metall ließ die Zuschauer frösteln.

»Bald wird er dreinschneiden.
Wir müssen's erleiden.
Hüt' dich, schön's Blümelein!«

Aline, ganz in Weiß, tauchte am Rand der Bühne auf. Ihre Schultern schmückten Flügel. Während sie die Schellentrommel anschlug und die Flöte leise die nächste Strophe einleitete, legte der Tod seinen Wetzstein auf den Boden und hob die Sense zu neuem Schwung.

»Was heut noch grün und frisch dasteht,
wird morgen weggemäht«,

sang Aline mit tragender Stimme,
»die edel Narzissel,
die englische Schüssel,
die schön Hyazinth,
die türkische Bind.
Hüt' dich, schön's Blümelein!«

Der Kaufmann sank unter dem Schnitt der Sense in die Knie. Sein Geldbeutel polterte auf die Bretter, Münzen rollten. Hastig suchte der Kaufmann sein Gut zusammenzuraffen, aber der nächste Sensenschwung streckte ihn vollends nieder.

Nachdem nun der erste der Menschen gefallen war, wirbelten die übrigen – Kaiser, Mönch und Mädchen – schneller und angstvoller über die Bühne. Aline veränderte den Rhythmus ihres Tamburins:

»Viel hunderttausend ungezählt,
darunter die Sichel einfällt.
Rot Rosen, weiß Lilien,
beid wird er austilgen,
ihr Kaiserkronen,
man wird euch nicht schonen!
Hüt' dich, schön's Blümelein!«

Die Sense traf den Kaiser. Seine prächtige goldene Krone kollerte über die Bühne. Auch der Mönch wurde niedergemäht, so sehr er mit den Augen rollte und flehentlich die Hände hob. Der Tod war unerbittlich.

Nun blieb nur noch das Mädchen übrig. Es hörte auf zu tanzen, schien plötzlich die Personen wahrzunehmen, die hingestreckt dalagen, und bemerkte auch den finsteren

Sensenmann, der sich triumphierend aufgereckt hatte. In ihrem weiß geschminkten Gesicht zeigte sich ein furchtsamer Ausdruck.

Aline trat vom Rand der Bühne in die Mitte. Unter sanfter Trommel- und Flötenbegleitung stimmte sie die letzte Strophe an:

»Trutz, Tod, komm her – ich fürcht dich nit!
Trutz, komm und tu ein Schnitt!«

Das Mädchen, dessen Schreckensmiene einem Lächeln gewichen war, fiel mit voller, erstaunlich tiefer Stimme ein:

»Wenn er mich verletzet,
so werd ich versetzet
in himmlischen Garten.
Ich will es erwarten –«

Der Tod nahte mit langem Schritt und weitem Sensenschwung. Aline fing das fallende Mädchen als Engel in ihren Armen auf, als es niedersank. Volltönend und zweistimmig sangen sie die letzte Zeile:

»Freu' dich, schön's Blümelein!«

Einen Augenblick lang war alles still. Dann, als die Schauspieler sich erhoben und verbeugten, donnerte der Applaus. Gret klatschte genauso begeistert wie alle anderen. Besonders Alines Gesang fand ihren ungeteilten Beifall. Beneidenswert, wie schön Aline singen konnte …

Unter den Zuschauern stand auch ein Klocke in seinem

weiten, zweifarbigen Dienstmantel. Er hatte sich offenbar ebenfalls das Stück angesehen – vielleicht im Vorübergehen, auf dem Weg zu seiner Fahndungsarbeit am Hafen.

Gret betrachtete ihn genauer. Es war derjenige, der nach der Besprechung bei Herrn Olligschläger als erster das Haus wieder verlassen hatte.

Noch während Gret hinschaute, hatte sie plötzlich von neuem das beunruhigende Gefühl, als müsse sie sich dringend an etwas wichtiges erinnern- an irgendein Wort oder eine Information aus dem Gespräch mit Herrn Olligschläger.

Unwillkürlich wandte sie das Gesicht zur Seite, als der Klocke sich umdrehte und seinen Blick in ihre Richtung wandern ließ. Sie vermied es, sich von ihm sehen zu lassen.

Erst als er wegging, wurde Gret bewußt, daß sie sich regelrecht vor dem Mann versteckt hatte. Verwirrt über ihr eigenes Verhalten schüttelte sie den Kopf. Warum hatte sie das bloß getan? Sie verstand sich selbst nicht mehr – wenigstens nicht in diesem Augenblick.

12. KAPITEL

Das Publikum verlief sich. Gret umrundete den Theaterwagen. Sie wollte, ehe sie nach Hause ging, wenigstens Aline begrüßen und ihrer Doppelgängerin persönlich sagen, wie gut ihr die Vorstellung gefallen hatte.

Aline kam auf ihr Klopfen auch sofort aus dem Wagen heraus und kletterte, noch in voller Maske, über das Treppchen herab. »Das ist lieb, daß d'komme bisch«, sagte sie heiter, »ich hab dich schon vermißt – obwohl ich dich doch beim Schminken im Spiegel gesehen hab!«

Gret lächelte über den Scherz. »Mir geht's genauso«, sagte sie, »man sieht sich zwar ... aber es ist nicht dasselbe!«

Sie lachten gleichzeitig. Jörgle, der offenbar bei der Aufführung die Flöte gespielt hatte, kletterte, das Instrument noch in der Hand, hinter Aline aus dem Wagen. Er warf den beiden jungen Frauen einen tiefen, gedankenverlorenen Blick zu, nickte grüßend und ging zu seinem Bären, der im Käfig vor sich hindöste.

»Du, Jörgle«, rief Aline ihm nach, »wo du gerade da bist – hast du etwas Zeit für d'Gret und mich? Du weißt ja, wir wollten bei Gelegenheit mal mit dir reden.«

Der Bärenführer drehte langsam den Kopf. Er schaute Aline prüfend über die Schulter an. »Jetzt?« fragte er zögernd. »I hätt mir denkt …«

»Ja, schon«, sagte Aline, »das Tier muß gefüttert und getränkt werden, versteht sich. Aber dafür brauchst du ja nur ein kleines Weilchen. Das warten wir ab. Und wenn der Bär sein Fressen hat, dann hocke mir uns e weng z'amm – gelt, Jörgle?«

»Hmm.«

Das war ein zustimmendes Brummen. »Ich wisch mir nur schnell die Farbe vom Gesicht«, raunte Aline Gret zu und huschte die Treppe zum Wagen wieder hinauf, »wenn der Jörgle fertig ist, dann bin ich auch bereit.«

Gret setzte sich auf die mittlere Stufe des Wagentreppchens. Sie sah zu, wie der Jörgle seinem Tier Stück für Stück altbackenes Brot, Möhren und einige Fische in den Käfig schob. Der Bär machte sich mit Behagen über seine Mahlzeit her; zwischendurch trank er schmatzend aus dem Eimer, den der Bärenführer ihm hinhielt.

Aline war wieder da. Sie hatte sich abgeschminkt und das Engelskostüm gegen eine weiße Bluse und einen grauen Wollrock mit Schnürmieder vertauscht. Nur ihr prächtig glänzendes, üppiges Haar fiel noch ungeflochten in weichen Wellen bis in die Taille. »So«, sagte sie, »fertig. Wo gehen wir hin?«

»Vielleicht könnten wir uns an einer Garküche 'ne Kleinigkeit zu essen kaufen und uns damit an den Brunnen setzen«, schlug Gret vor, »das wäre sehr gemütlich, und der Jörgle hat sicher genauso viel Hunger wie du und ich!«

Aline grinste. »Gemacht. Ich lade dich ein. Unsere Einnahmen waren ausgesprochen reichlich – wie immer, wenn wir das Lied vom Tod spielen. Das lieben die Leute!«

Jörgle mußte nicht überredet werden. Sie schlenderten zu dritt über den belebten Markt. Bei einer Frau, die in der Nähe der Gemüsestände frisches Schmalzgebäck anbot, kauften sie sich einige der duftenden Krapfen und ließen sich dann auf der steinernen Bank nieder, die neben dem großen öffentlichen Brunnen stand und zum Abstellen der Eimer diente.

Der Platz am Brunnen war ein beliebter Treffpunkt für Mägde, die hierher kamen, um Wasser für den Hausbedarf zu schöpfen. Bei dieser Arbeit ließ es sich wunderbar schwatzen; man konnte den neuesten Klatsch austauschen und mit den Fuhrknechten schäkern, die morgens ihre Pferde tränkten.

Jetzt am Nachmittag lag der Brunnen verlassen da; die Eimerbank war frei. Gret, Aline und Jörgle konnten sich ungestört setzen.

Zuerst aßen sie schweigend ihre Schmalzkrapfen. Aber als der schlimmste Hunger gestillt war, kam Aline ohne Umschweife auf das zu sprechen, was sie und Gret brennend interessierte: »Jörgle«, sagte sie, »du hast doch meine Eltern gut gekannt – i möcht', daß du mir mehr von ihnen erzählst. Weißt', damit auch d'Gret weiß, wer sie gewesen sind. 'd Gret hat nämlich keine Eltern.«

Der Bärenführer hielt im Kauen inne und richtete den

Blick langsam auf Aline. Einen Augenblick betrachtete er ihr Gesicht, dann musterte er Gret. Er nahm sich Zeit mit der Antwort. Schließlich sagte er: »Aber was ich weiß, das weißt ja auch du, Aline! Kannst es dem Mädle net selber verzähle? I würd' lieber von mei'm Bäre rede. Das isch weit lustiger als die alte G'schichte ...«

Aline seufzte. »Aber versteh mich doch, Jörgle! Du bist der einzige, der mir noch von Vater und Mutter berichten kann – und ich hör' sie halt immer wieder gern, die alten G'schichten. Sonst hab ich ja nichts, was mich an meine Eltern erinnert!«

»Ja, so«, der Jörgle kaute weiter. »Aber was soll ich dir Neues berichten?« Er räusperte sich. »Deine Mutter, die war e schöns Mädle. Fast noch schöner als du und die ... die andere da.«

»Und Schauspielerin war sie nicht«, spann Aline den Faden weiter, der jetzt endlich geknüpft war, »wo hat mein Vater sie eigentlich kennengelernt?«

Jörgle zögerte einen Augenblick. »Ich glaub', es war, als wir in Neuß spielten«, murmelte er dann, »ich hatte damals noch meine g'sunde Knochen und machte akrobatische Kunststückle mit dei'm Vater. Sie ... sie hat zugeschaut.«

»Sie hat meinen Vater auf dem Seil gesehen und sich in ihn verliebt«, warf Aline ein, »ja, so hat es auch das Ähnle erzählt.«

»Die Lieb' war so groß, daß sie mitgegangen ist, als wir weiterziehen mußten.« Jörgles Stimme war leise geworden. »Sie ist deinem Vater gefolgt und nie mehr nach Neuß zurückgekehrt.«

»Und er«, fragte Aline, »hat er sie auch geliebt?«

»Oh ja. So sehr, daß er sie nicht einmal hat arbeiten lassen«, gab Jörgle zurück, »sie sollte weiter so leben können, wie sie es gewohnt war.« Er biß sich auf die Lippen. »Das isch net wichtig, Mädle.«

Aline hob den Kopf. »Ach, ich wußte gar nicht, daß meine Mutter aus einer reichen Familie kam«, sagtc sie aufgeregt, »das muß sie ja wohl, wenn sie es nicht gewohnt war, zu arbeiten! Erzähl mir mehr, Jörg – i hab e Recht drauf, es zu wisse!«

Der Bärenführer schloß die Augen. Dann öffnete er sie wieder und sah Aline bekümmert an. »Es is mir so rausg'rutscht«, sagte er, »frag net weiter. Manches bleibt besser verschwiegen.«

Aber Aline ließ nicht locker. »Hat meine Mutter sich mit ihrer Familie überworfen?« forschte sie. Ihre Stimme hatte plötzlich die gleiche Schärfe, die Gret immer beim Sprechen zeigte, wenn sie aufgeregt war.

»Deine Mutter ist von zu Hause weggelaufen, ohne Abschied zu nehmen«, sagte Jörgle, »so, jetzt weißt du es. Aber sie hat es nie bereuen müssen. Außer danach, als du –«, er unterbrach sich und preßte die Lippen fest aufeinander. »Aber das hatte andere Gründe«, fuhr er ausweichend fort, »und dein Vater war auch eigentlich nicht schuldig. I hab ihn verstande ...«

Aline saß da und starrte den alten Bärenführer mit gerunzelten Augenbrauen an. »Woran war er nicht schuldig«, drang sie in ihn, »Jörg – in all den Jahren hast du mich immer nur mit netten Anekdoten von meinen Eltern abgespeist, wenn ich nach ihnen fragte! Mir scheint, du hast mir alles Wichtige verschwiegen! Red – um's Himmels willen! Heut kommst du mir nicht mehr so leicht davon!«

Jörgles Gesicht wirkte auf einmal finster und verschlossen. Er schwieg hartnäckig. Aber Aline packte ihn an beiden Schultern und rüttelte ihn: »Jörgle«, stieß sie hervor,

»ich hab immer geglaubt, du bist mein Freund – der einzige, den ich von Kind an kenne! Aber wenn du jetzt nicht redest … dann weiß ich nicht, was ich von dir noch halten soll!«

Ihre Stimme hatte schrill und so erregt geklungen, daß sowohl der Bärenführer als auch Gret sie erschrocken ansahen. Gret spürte, daß sie auf einmal genauso aufgeregt war wie Aline. Auch jetzt teilten sich ihr Alines Gefühle mit, ohne daß sie sich dagegen wehren konnte.

»Gut«, sagte Jörgle. Sein Blick wurde weich. »Vielleicht ist jetzt die Zeit gekommen, wo ich dir alles sagen muß – auch wenn ich mir geschworen hatte, es für mich zu behalten. Es wäre sicher besser gewesen, wenn die Geschichte im dunkeln hätte bleiben können«, er hielt einen Moment inne und sah Aline bittend an, »aber du wirst uns nicht hassen danach – gelt, Aline?«

»Hassen – wen?«

»Deinen Vater … und mich.«

»Welchen Grund sollte ich denn dazu haben?«

Jörgles Miene umwölkte sich. Dann schickte er einen bekümmerten Blick zu Gret hinüber. »Ich fang am Anfang an«, murmelte er, »wie ich's behalten hab. Macht euch selbst ein Bild – i will's ertrage, ganz gleich, wie's ausfällt.«

Er atmete schwer, und während er sich anschickte, weiterzusprechen, schien er sich wie unter einer schweren Last zu beugen. Gret und Aline rückten im stillen Einverständnis näher zusammen.

»Damals«, sagte Jörgle, »als wir in Neuß unser Seil ausgespannt hatten und unsere Kunststücke zeigten, da war deine Mutter vom ersten Mal an unter den Zuschauern, Aline. Dein Vater und sie – die beiden liebten sich auf den ersten Blick. Er war ein wilder, feuriger Bursch damals, dein Vater.

Mich hat's net g'wundert, daß sie von ihm so hing'rissen war. Sie war net die erschte Frau, der das passierte bei ihm.«

Aline wunderte sich. Sie hatte ihren Vater als mürrischen, immer abweisend dreinschauenden, wortkargen Kerl in Erinnerung. Beim besten Willen konnte sie sich nicht vorstellen, daß dieser böse Menschenverächter einmal liebenswert gewesen sein sollte, wie Jörgle ihn jetzt darstellte.

»Aber sie war die einzige, die je sein Herz gewinnen konnte«, fuhr Jörgle fort, »er war ganz krank vor Liebe zu ihr. Ich hab ihm damals geraten, sie zu vergessen. Deine Mutter kam ja aus einem feinen Haus und durfte sich nie und nimmer mit einem Fahrenden abgeben. Aber die beiden hörten einfach nicht zu, sie hatten nur Augen und Ohren füreinander. Für die Wirklichkeit waren sie blind und taub.«

Jörgle wischte sich über die Augen, ehe er weiterredete. »Dann mußten wir weiter – und es kam, wie es kommen mußte. Dein Vater konnte sie nicht verlassen, und deine Mutter wollte nicht ohne ihn weiterleben. So lief sie ihren Eltern davon, ließ alles hinter sich – ihren Verlobten, ihren Stand, ihre Sicherheit. Sie tauschte es leichten Herzens ein gegen ein Leben auf der Straße – ohne Bequemlichkeit und Reichtum und ohne gesicherte Zukunft.«

Er räusperte sich. »Sie waren so jung, die beiden«, fügte er fast flüsternd hinzu, »sie liebten sich und wollten der ganzen Welt einfach ihr Glück abtrotzen …«

Eine kleine Pause entstand. »Was geschah weiter?« fragte Gret.

Jörgle hob den Kopf und schaute in den Himmel. Dann setzte er seinen Bericht fort. »Eine Zeitlang waren sie überaus glücklich«, sagte er langsam, »fast vier Jahre lang schien in ihrem Leben ununterbrochen die Sonne. Sie waren sich selbst genug und brauchten niemanden. Wir hatten Erfolg – ich weiß noch, wie prall unser Geldbeutel damals immer war, denn ich hatte ja meinen Anteil daran. Ich wunderte mich täglich aufs neue, wie gut die zarte kleine Frau mit dem Landfahrerleben zurechtkam, an das sie doch gar nicht gewöhnt war. Sie hielt unsere Kostüme in Ordnung und machte jeden Tag zu einem Festtag mit ihrer Fröhlichkeit. Dann wurde sie schwanger ...«

»Und etwas änderte sich«, murmelte Aline und heftete ihren Blick auf den alten Mann, »etwas ging verloren.«

»Ja«, sagte Jörgle. Wieder verstummte er für eine Weile. Dann erzählte er zögernd und widerstrebend weiter: »Es zeigte sich, daß deine Mutter dem rauhen Leben auf der Straße doch nicht gewachsen war. Sie beklagte sich nicht, aber ihre Heiterkeit war dahin. Ich hab damals gespürt, daß sie Angst hatte ... weiß net, wovor. Aber vielleicht hat sie geahnt, was g'schehen würde. Dein Vater – der war einfach glücklich. Er freute sich auf sein Kind. Erst als sie anfing zu kränkeln, da begann auch er sich zu fürchten.«

»Was fehlte ihr denn?« wollte Gret wissen.

»Ein Zuhause, denk i mir.« Jörgle senkte den Blick und betrachtete einen Moment lang seine knochigen Hände. »Sie sehnte sich nach einer festen Bleibe – sie wollte nicht länger unterwegs sein. I glaub, sie hat sich auch nach ihren Eltern gesehnt. Was weiß denn i, was damals in ihr vor'gange isch!«

Das hatte fast wütend und aufbrausend geklungen. Aline legte ihm beruhigend die Hand auf den Arm. »Aber du konntest ja nichts dafür«, sagte sie sanft, »und mein Vater auch nicht.«

»Nein«, der Bärenführer schüttelte wie zur Bekräftigung

den Kopf, »es war ihr Schicksal – so war es ihr bestimmt. Der Winter kam, und die Geburt stand kurz bevor. Dein Vater entschloß sich, mit ihr nach Neuß zu fahren. Sie war sehr schwach ... er wollte, daß sie ihr Kind in der Heimat zur Welt brachte. Vielleicht käme sie da wieder zu Kräften, meinte er. Er spielte sogar mit dem Gedanken, zu ihren Eltern zu gehen und sie um Hilfe zu bitten.«

»Hilfe, wobei?« fragte Aline erstaunt, »Geld hat er doch genug verdient, sagtest du ...«

»Er wollte das Reisen aufgeben«, murmelte Jörgle, »und seine Kunst – sein Ein und Alles. Um seiner geliebten Frau willen wollte er seßhaft werden. Für sie hätte er jede Demütigung auf sich genommen. Aber wir kamen nur bis Sülz ... da hielten wir in einem Wald ...«

Alines Augen wurden ganz groß. »Aber jeder hat mir immer gesagt, ich sei in der Nähe von Antwerpen geboren«, sagte sie fassungslos, »warum habt ihr mich angelogen, 's Ähnle und du?«

Jörgle seufzte. »Meine Mutter und ich – wir hatten uns abgesprochen, dir niemals zu erzählen, was sich wirklich damals zugetragen hat, und wo es geschehen ist. Weißt, Mädle – meine Mutter meinte, es wäre besser, wenn du es nicht –«

»Was sagst du da«, unterbrach ihn Aline rauh, »deine Mutter? Dann war das Ähnle gar nicht meine Großmutter?«

»Nein, Aline.« Der alte Mann schaute sie mit traurigen Augen an. »Aber sie hat dich geliebt, wie sie eigene Enkel geliebt hätte, wenn welche dagewesen wären.« Er nahm Alines Hand. »Es gibt noch so vieles, was du nicht weißt. Heut sollst du's erfahren – hör die G'schicht zu Ende.«

Aline tastete mit der freien Hand nach Grets Fingern und

umfaßte sie ganz fest. Gret erwiderte den Händedruck und ließ Aline nicht wieder los, während sie genauso angespannt wie ihre Doppelgängerin Jörgle zuhörte, der mit gedämpfter, bedrückt klingender Stimme weitersprach:

»Es war eine schwere, langwierige Geburt. Die arme kleine Frau verlor dabei viel Blut, obwohl s'Ähnle große Erfahrung hatte und ihr beistand, so gut sie es vermochte. Aber als die Kinder geboren waren«, sein Blick irrte zu Aline, dann zu Gret, »da war sie dem Tod schon näher als dem Leben.«

»Kinder ...«, flüsterte Gret, »mehr als eins?«

Gret und Aline schauten sich an und verkrampften ihre Hände fester ineinander. »I hab's g'wußt«, flüsterte Aline, »von Anfang an! Und i weiß – du hast's auch g'spürt, Gretle!«

»Dein Vater war außer sich vor Angst um seine Frau«, führte Jörgle seinen Bericht fort, ohne sich um Alines Bemerkung zu kümmern. Es schien, als wolle er jetzt möglichst schnell die schwere Last loswerden, die er so lange mit sich herumgeschleppt hatte. »Er nahm mich beiseite. Georg, sagte er, die Kinder haben sie umgebracht! Sie wird sterben, und die Kinder sind dran schuld! Wenn sie stirbt, dann lasse ich auch die beiden kleinen Mörder nicht am Leben. Er war halb verrückt damals, in den Tagen vor Weihnachten.«

Die Worte des alten Bärenführers flossen immer schneller. »Und sie hatte auch wirklich nicht mehr viel Zeit zum Leben«, sagte er und achtete nicht auf die entsetzten Gesichter seiner beiden stummen Zuhörerinnen, »nur einen Tag später, kurz vor Heiligabend, ist sie gestorben. Sie mußte nicht leiden. Ganz still, ganz friedlich ist sie gegangen in der bitterkalten Winternacht. Aber ihr Mann – der konnte nicht leise sein. Er tobte, schrie und weinte, daß wir dachten, er wird wahnsinnig. Wie ein Irrer ist er draußen im Schnee herumgerannt, Gott und alle Heiligen hat er angeklagt. Aber am wildesten verfluchte er die beiden kleinen Mädchen. Er war fest davon überzeugt, daß sie seine Frau umgebracht hatten, und in gewisser Weise hatte er ja auch recht damit. Er wollte nur nicht begreifen, daß sie dennoch ganz unschuldig waren am Tod ihrer Mutter.«

»Jetzt verstehe ich, warum mein Vater mich nie angeschaut hat«, sagte Aline tonlos, »'s war jedenfalls net darum, daß i e Mädle und kei Bub g'worde bin ...«

»Weiter«, flüsterte Gret angestrengt, »weiter!«

»Er verlangte von mir, daß ich die Kinder aussetz'«, fuhr Jörgle mit rauher Stimme fort, »irgendwo in den Wald sollte ich sie legen, damit sie erfrieren. Er wollte derweil seine Frau zum Friedhof nach Sülz bringen. Wenn ich wiederkomm', sagte er zu mir, dann dürfen sie nicht mehr da sein. Und dann ging er, um seine Liebe zu Grab zu tragen ... und ließ mich und meine Mutter mit den Kleinen und unserem eigenen Schmerz allein. Er hat damals gar net g'merkt, daß wir auch trauerten.«

Jörgle schluckte und wischte sich wieder über die Augen. »Das Kleinere der beiden Kinder hatte von Anfang an nur wenige Lebenszeichen von sich gegeben«, sagte er, »jetzt lag es ganz still und regte sich nicht mehr. Meine Mutter sagte: ›Geh, Jörgle, und begrab es, es ist tot.‹ Sie wickelte es in ein paar alte Tücher, packte es in einen Henkelkorb und gab ihn mir an die Hand. ›Das andere werde ich eine Weile vor seinem Vater verstecken‹, sagte sie. ›Eines Tages wird er froh sein, daß wir es haben leben lassen. Du wirst sehen, Jörg.‹

»Da hatte sie unrecht«, flüsterte Aline.

»Du hast ihn zu sehr an seine Frau erinnert«, sagte der alte Mann.

»Und was geschah mit dem anderen Kind?« fragte Gret zitternd. Jörgle heftete den Blick auf sie; seine Augen standen voll Tränen. »Ich nahm den Korb und die Hacke«, fuhr er fort, »und ging ein Stück in den Wald hinein. Ich suchte einen großen Baum aus, stellte den Korb hin und grub ein Loch. Als ich fertig war, setzte ich den Korb mit dem Kind hinein und sprach ein Gebet. Und auf einmal schlug das winzige Ding die Augen auf und sah mich an ...«

Jörgle versagte die Stimme. Er schlug die Hände vors Gesicht. Erst nach ein paar schweren Atemzügen konnte er weiterreden: »Es war noch lebendig. Ich wußte zuerst nicht, was ich tun sollte. Dann nahm ich den Korb wieder auf, ging zu unserem Wagen zurück, stellte die Hacke hin und lief Richtung Köln. Das Kind sollte wenigstens die Nottauf' kriegen.

Das Weyertor wurde gerade geöffnet, und der Posten ließ mich ohne Fragen durch. I bin dann durch die Felder zur Stadt hin g'rennt. Am Bach sah ich ein Kloster, darauf hielt ich zu. Und als ich an der Pforte den Korb mit dem Kind hinsetzte, um anzuklopfen, da hebt das erbärmliche Dingelchen, blaugefroren wie's war, auf einmal laut z'schreie an – so laut, wie ich's nie für möglich g'halte hätt. I hab noch den Türklopfer ang'schlage, so hart i konnt. Dann bin i wegg'rennt. Das G'schrei hat mir zu weh getan – weil's Kindle doch zum Lebe z'schwach war. So hab i damals denkt ...«

»Heiligabend vor fast einundzwanzig Jahren hat mich Mutter Immaculata auf der Klosterschwelle am Blaubach gefunden«, sagte Gret. Sie umarmte Aline. »Schwester – sie hat mich immer Christkindchen genannt, als ich noch klein war. Sie glaubt, Gott selbst hätte mich ihr damals geschickt, um sie zu trösten, weil sie Schweres durchgemacht hatte in ihrem Leben. Es sei ein Fingerzeig Gottes gewesen, sagt sie ...«

Aline hielt Gret fest. Auch ihre Stimme klang belegt und drückte die ganze Freude aus, die sie empfand. »Ich hab all die Jahre immer gemeint, es fehlt mir jemand«, sagte sie, »ich wußte nur nicht, daß du es warst, Schwesterle!«

Sie ließen sich los und sahen sich mit ganz neuen Augen an. Es entging ihnen völlig, daß der alte Bärenführer sich erhoben hatte, dem Platz am Brunnen den Rücken zuwandte und sich mit gesenktem Kopf langsam entfernte. »Aline, du ahnst nicht, was das für ein Gefühl ist, wenn man auf einmal eine Schwester hat, und Eltern ...«

Aline wischte Gret mit dem Finger eine Träne von der Wange, dann fuhr sie sich lächelnd selbst über die Augen.

»Sag, wie hieß unsere Mutter eigentlich?« fragte Gret.

»'S Ähnle hat sie immer Magdalen' genannt. Lieb sei sie gewesen und schön wie der Frühling – mit langen, seidigen blonden Locken ....«

»Magdalena«, murmelte Gret. Sie versuchte sich die helle Lichtgestalt vorzustellen, die ihre Mutter gewesen war. Eine sanfte, liebenswürdige, sehr junge Frau ... keine hartherzige Schlampe, die ihr ungewolltes Kind ausgesetzt hatte. All der Zorn, der sich bei Gret in den zwanzig Jahren ihres Lebens angesammelt hatte, schmolz dahin wie nach einem langen Winter. Es war eine Erlösung, die Mutter nicht mehr hassen zu müssen. »Und sie stammte aus einer reichen Familie in Neuß ...«, fügte sie traumverloren hinzu.

»Das alles war mir so neu wie dir«, sagte Aline, »ich wußte nur, daß sie siebzehn war, als sie den Vater geheiratet hat. Daß sie damals mit ihm durchgebrannt ist, hat mir niemand erzählt.«

»Und er? Hat er nicht doch manchmal von ihr gesprochen?«

»Nein, niemals. Einmal hab ich das Ähnle Mutter genannt. Da hat er mich blutig geschlagen, und ich mußte mich mehrere Tage vor ihm verstecken, weil er so zornig auf mich war.« Aline seufzte. »Ich dachte damals, er wollte unsere Mutter vergessen. Heute weiß ich – er liebte nur sie. Für andere Menschen war kein Platz in seinem Herzen ...«

»Aber hast du nicht auch angenehme Erinnerungen an den Vater – solche, die du an mich weitergeben könntest?«

»Ach, Gretle«, Aline sah Gret ernst an, »er war nicht gut zu mir – aber auch nicht zu sich selbst. Wenn ich an ihn zurückdenke, dann fällt mir immer nur der leere Blick ein, mit dem er an mir vorbeischaute. Ich war einfach nicht vorhanden für ihn. Er wollte, daß ich ihm aus den Augen blieb.« Sie seufzte noch einmal. »Er arbeitete hart. Und eines Tages war er dann tot.«

»Vom Seil abgestürzt, so sagtest du ...«

»Er war ein guter Artist. Aber er hätte nach Mutters Tod immer viel zu viel gewagt, sagt Jörgle. Als ich sechs war, hat's ihn dann getroffen. Manchmal fehlt er mir noch heute – trotz allem.«

»Das kann ich gut verstehen«, erwiderte Gret gedankenverloren, »Sag, wie hieß er, und wo kam er her?«

Aline antwortete zögernd, als wisse sie auf diese Frage keine genaue Antwort. »Sein Name war Arnaud. Und in Straßburg soll er geboren sein; aber seine Heimat war sicher woanders. Das Ähnle sagte immer, er sei ein halber Franzose gewesen.«

»Arnaud ... ein sonderbarer Name.«

»Nicht so sehr«, Aline fand ihr Lächeln wieder. »Auf Deutsch hätte er Arnold geheißen.«

»Arnold«, Gret lächelte ebenfalls. »Das klingt wirklich ganz normal. Magdalena und Arnold – so also hießen meine Eltern!«

Sie wollte weitersprechen; aber plötzlich zupfte sie jemand am Kleid. Gret zuckte erschrocken zusammen und fuhr herum. Eins der Schusterkinder stand da und schaute sie verlegen an. »Der Doctor hat mich ausgeschickt«, sagte der kleine Junge, »ich soll dich suchen und sofort nach Hause holen!«

»Jetzt?« Gret konnte nicht so schnell in die Gegenwart zurückkehren.

»Bitte, Gret, komm mit«, bettelt das Kind, »der Doctor ist fuchsteufelswild! Er will mir die Ohren langziehen, wenn ich dich nicht finde!«

»Was will er denn?«

»Ich weiß nicht. Ich glaube, er hat Hunger. Es roch so brenzlig aus deiner Küche – vielleicht wollte er sich selber was zu essen machen, und es ist ihm angebrannt!«

Gret und Aline lachten gleichzeitig los. Sie standen von der Eimerbank auf und nahmen sich noch einmal in den Arm. »Da kannst' ihn natürlich nicht weiterstrampeln lassen, Schwesterle«, sagte Aline, »geh und hilf dem Ärmsten, wenn es denn sein muß!« Sie kicherte.

»Aber spiel mir nicht mit dem Feuer – hörst?«

»Ach ja«, warf der Schusterjunge ein, »Hans Stellmacher war auch da. Er will später noch mal wiederkommen, soll ich dir ausrichten.«

»Hans?« Grets Heiterkeit verpuffte ganz plötzlich. »Dem hab ich nichts mehr zu sagen. Was wollte der denn von mir?«

»Es ging, glaube ich, um irgendwelche Kleider, die du für ihn waschen wolltest«, sagte der Junge zögernd.

»Ach so.« Gret warf den Kopf in den Nacken. Das war es also. Er wollte nur seine Klamotten wiederhaben. Nun, er sollte sie kriegen – aber heute nicht mehr. Sie hatte Wichtigeres zu tun, als sich um die schmutzigen, zerrissenen Hosen und Gugeln eines Kerls zu kümmern, der sie nur als Waschfrau ernst nahm!

Gret verabschiedete sich von Aline. »Wir sehen uns wieder, sobald ich kann!«

»Grüß deinen Hans von mir!«

»Es hat sich ausgehanst! Mein Hans ist er sowieso nie gewesen. Aber grüß du mir deinen Rossignol. Um den bist du zu beneiden!«

»Soso, ausgehanst hat es sich«, Alines Augen funkelten belustigt. »Ich richt's aus. Da wird sich der Rossignol freuen. Hoffentlich macht es ihn nicht hochmütig!«

»Den bestimmt nicht – so lieb, wie der ist!«

»Wir haben halt den gleichen Geschmack, was d'Mannsleut betrifft!« Alines Augen funkelten immer noch. »Bis bald, klein's Schwesterle!«

Doctor Minutus war wirklich in heller Aufregung. Gret sah ihn schon von weitem gestikulierend vor seinem Haus herumlaufen, als sie sich von der Herzogstraße näherte. Schimpfworte brüllend sprang er wie eine große schwarze Fledermaus an der Ecke zur Glockengasse hin und her, während er mit den Armen in der Luft herumruderte.

Gret beschleunigte ihre Schritte. Sie ahnte, warum der gute Doctor sich so wild gebärdete. Nur eines konnte ihn derart in Rage bringen …

Und sie hatte sich auch diesmal nicht geirrt. Noch ehe sie die Ecke zur Glockengasse erreicht hatte, trabte ihr mit erfreutem Grunzen Doctor Minutus' Muttersau entgegen, gefolgt von den vier fast ausgewachsenen Ferkeln dieses Jahres.

»Rosa«, sagte Gret streng und unterband die begeisterte

Begrüßung, die die Tiere ihr bereiten wollten, »Marsch nach Hause! Du weißt doch – laut Ratsbeschluß haben Schweine auf öffentlichen Straßen nichts zu suchen! Du bringst uns noch in Teufels Küche, wenn du immer wieder mit deinen Kindern aus dem Pferch abhaust!«

Die Sau stieß ein tiefes, rollendes Grunzen aus. Es klang wie eine abfällige Bemerkung. Gret mußte lachen. »Los, komm«, sagte sie sanfter, »und keine dummen Sprüche!«

Sie pfiff leise auf den Fingern. Rosa und ihre Ferkel trotteten folgsam wie gut erzogene Hunde hinter Gret her und bogen mit ihr in die Glockengasse ab.

Doctor Minutus tobte. Als er Gret kommen sah, erreichte seine Wut den Siedepunkt. »Du treibst dich herum, Grundlin«, schrie er, »und währenddessen geht die Welt unter! Alles liegt im Argen – ich selbst, der Hausherr persönlich, sehe mich genötigt, die Schweine wieder einzufangen. Man denke – die Schweine!«

Er sprang zur Seite, als die Sau Rosa mit ihrem Gefolge dicht an ihm vorbeidrängte und zur Gartenpforte strebte. Rosa machte sich nicht die Mühe, dem Hausherrn auszuweichen. »Verdammte Mistviecher«, schrie der Doctor, »ich habe mir schon überlegt, ob ich nicht auf der Stelle den Metzger kommen lasse, damit er die Biester abschlachtet. Wie ich diese Tiere hasse!«

»Aber den Schweinebraten im Winter, den liebt Ihr sehr, wenn ich mich nicht irre«, sagte Gret trocken und versuchte, ernst zu bleiben.

»Das ist auch was anderes! Grundlin, ich muß unbedingt ein Wörtchen mit dir –«

»Zuerst sperre ich die Schweine in den Stall«, sagte Gret. Damit ließ sie den Doctor stehen und folgte Rosa und den Ferkeln, die schon vor ihrem Pferch wartete. Sie wußten, jetzt gab es Futter – genau wie die Hühner, die sich ebenfalls vor dem Schuppen eingefunden hatten.

Gret verrichtete ohne Eile ihre Arbeit. Als sie endlich in die Küche des Doctorhauses eintrat, war der Zorn ihres Dienstherrn bereits verraucht. Doctor Minutus hockte als Häuflein Elend am Küchentisch, vor sich einen Kochkessel, dessen Boden schwarz verkrustet war, und er beichtete wie ein kleiner Junge:

»Ich wollte den Grießbrei aufwärmen, der noch vom Frühstück übriggeblieben war. Dann bin ich ins Studierzimmer gegangen. Und als ich wieder herauskam, war alles verbrannt!«

»Der schöne Kessel«, sagte Gret nur, »das wird viel Schweiß kosten, den wieder blank zu bekommen.« Sie warf ihrem Brotherrn einen strafenden Blick zu. Doctor Minutus vergaß darüber völlig, daß er ein ernstes Wort mit ihr hatte reden wollen.

13. KAPITEL

Gret kochte eine gute Mahlzeit für Doctor Minutus und sich selbst. Junge Erbsen in der Schote, mit Butter angemacht, dazu ein ordentliches Stück Pökelfleisch und ein paar Scheiben frisches Brot – das gehörte zu seinen Leibgerichten. Zumal Gret diese Köstlichkeiten ganz ausgezeichnet zubereiten konnte.

Satt, zufrieden und mit der Welt versöhnt zog er sich nach dem Essen in seine Gemächer zurück. Voller Rücksicht überließ er Gret sogar sich selbst, denn er hatte tatsächlich gemerkt, daß sie auch heute keine Lust auf Unterhaltung verspürte und lieber allein sein wollte.

Gret scheuerte den angebrannten Kochtopf, spülte das Geschirr ab und kehrte die Küche aus. Dann, nachdem ihre Pflichten getan waren, ging sie hinüber in ihren

Gadem und nahm sich Hans Stellmachers Kleidung vor. Es war besser, wenn sie die Flickerei doch schon heute erledigte. Das schlechte Gewissen verlangte es so.

Sie fädelte die Nadel ein und begann, den Winkelriß in den Beinkleidern sorgfältig zuzunähen. Aber die Arbeit wollte ihr nicht von der Hand gehen. Zu sehr war sie mit den aufregenden neuen Erkenntnissen beschäftigt, die der heutige Tag ihr gebracht hatte.

Allzuviel war auf sie eingestürmt. Daß Aline ihre Zwillingsschwester war, hatte sie natürlich geahnt. Aber die Gewißheit, die sich aus Jörgles Bericht ergeben hatte, war einfach überwältigend. Auch daß sie jetzt wußte, wer ihre Eltern waren – zwei Menschen, die für sie bis heute nur als Phantasiegestalten existiert hatten – das war sehr schwer zu fassen.

Grets Gedanken kreisten immerfort um dieses Elternpaar; sie fand es schwierig, das Bild zurechtzurücken, das sie sich schon vor so vielen Jahren von ihrer Mutter gemacht hatte. Und sich ihren Vater vor Augen zu führen, den sie sich überhaupt nicht hatte vorstellen können – das war fast unmöglich.

Magdalena und Arnaud ... die beiden Namen füllten sie ganz aus. Dazwischen tauchte immer wieder der unbestimmte Drang auf, sich an irgend etwas erinnern zu müssen, das die Entführung von Katharina Olligschläger betraf.

Gret schwirrte der Kopf. Sie fühlte sich jetzt, als habe man sie stundenlang mit dem Mangelholz bearbeitet. Sie konnte überhaupt nicht mehr denken. Katharina Olligschläger, Narbengesicht, Magdalena, Aline, Arnaud – all diese Namen bildeten ein wüstes Durcheinander in ihrem Gehirn.

Aline, Arnaud ... Aline, Arnaud ... Magdalena, Arnold ... Magdalena ... Arnold –

Arnold!

Die Erinnerung traf Gret wie ein Schlag. Die Nähnadel glitt aus und fuhr in ihren Finger, aber sie spürte den Schmerz nicht. Sie warf Hans Stellmachers Hose einfach auf den Fußboden und sprang erregt von ihrer Truhe hoch.

Sie hatte gefunden, wonach sie so unablässig gesucht hatte. Sie hörte förmlich noch einmal die Worte, die das Narbengesicht bei der nächtlichen Zusammenkunft der Verbrecher in der Walengasse geäußert hatte: Was uns der Arnold flötet, das hat uns noch immer weitergeholfen. Aber es ist nur eine kleine Hilfe, nichts weiter, hatte Hermann geantwortet, sobald er kein Geld mehr sieht, läßt er uns fallen.

Arnold – so hieß der Klocke, der bei der Besprechung im Haus Olligschläger so aufmerksam zugehört hatte, und dessen Wachbereich das Hafenviertel und den Katharinengraben umfaßte. Die Walengasse lag dicht am Hafen.

Arnold, der erfahrenste der Gesetzeshüter. Ein Klocke, der sich von Verbrechern bestechen ließ und Auskünfte weitergab – gegen Geld. Und der die Halunken ans Messer lieferte, sobald sie nicht mehr zahlten.

So war das also. Gret brach plötzlich der Schweiß aus. Arnold hatte sie bei Herrn Olligschläger gesehen. Er wußte, daß sie das Narbengesicht und den Hermann kannte, sie hatte ja in seiner Gegenwart eine genaue Beschreibung der beiden Schurken abgegeben.

Der Klocke war Handlanger der Bande und wußte seit heute morgen, daß Gret den Verbrechern sehr gefährlich werden konnte. Er würde nichts Eiligeres zu tun haben, als sich mit Hermann und dessen Spießgesellen in Verbindung zu setzen, damit Gret – das Risiko – umgehend ausgeschaltet werden konnte.

Gret wischte sich über die Stirn. Ihre Knie begannen zu

zittern. Sie war in Lebensgefahr – und Aline war es auch, denn sie glich ihr ja aufs Haar! Möglicherweise hatte der verräterische Klocke seinen Bericht schon brühwarm an Hermann und die Bande weitergegeben, und sie waren hinter ihr her!

Und Aline hatte keine Ahnung! Über Jörgles unglaublicher Geschichte war Gret natürlich nicht dazu gekommen, ihrer Schwester von dem Besuch beim Turmherrn zu erzählen, von Katharina Olligschlägers Entführung und der unerwarteten Wendung, die die Aufklärung des Mordfalles genommen hatte!

Aline war schutzlos. Sobald sie sich ohne Bühnenschminke irgendwo sehen ließ, würde sie unweigerlich mit Gret verwechselt werden. Die Verbrecher würden nicht darauf achten, daß sie anders sprach als Gret. Sie würden Aline ohne Erbarmen umbringen, so wie sie Klara für Katharina Olligschläger gehalten und ermordet hatten.

Lächerlicherweise fiel Gret die Refrainzeile des Liedes ein, das Aline heute auf der Bühne gesungen hatte: Hüt' dich, schön's Blümelein …

O ja – der Tod hatte seine Sense schon zum Schlag erhoben. Nun galt es, sich im richtigen Moment zu ducken, auszuweichen und, wenn irgend möglich, ihm ein Schnippchen zu schlagen.

Gret band ihre Haube, die sie im Haus abgenommen hatte, wieder um. Sie durfte keine Zeit verlieren. Aline würde in diesem Augenblick zum zweiten Mal für heute auf der Bühne stehen. Sobald das Stück aus war, mußte sie gewarnt werden.

Auf dem Weg zum Heumarkt grübelte Gret über ihre Möglichkeiten nach, ihre Schwester und sich von dieser neuen

Gefahr zu befreien. Aber so sehr sie ihren Verstand auch anstrengte – Versteckspielen konnte jetzt nichts mehr nützen. Sicherheit gab es erst wieder, wenn die Bande hinter Schloß und Riegel saß – samt dem bestechlichen Büttel, der mit ihr unter einer Decke steckte.

Dieser Wolf im Klockenmantel machte die Lage wirklich bedrohlich. Gret hatte ja nichts von Arnold geahnt und sich deshalb unwissentlich vor ihm und den Verbrechern bloßgestellt. Spätestens in der kommenden Nacht mußte sie damit rechnen, überfallen und ermordet zu werden. Es sei denn, sie tat in diesem tödlichen Spiel den richtigen Gegenzug.

Sinnvoll war es, den Fall Katharina Olligschläger weiterzuverfolgen. Dieser Gedanke kam Gret, als sie den Heumarkt erreicht hatte und dem dicht umlagerten Theaterwagen zustrebte. Sich den Verbrechern zu stellen und sie mit aller List, die zwei kluge Köpfe sich ausdenken konnten, anzugehen – das war die Lösung. Nicht durch Flucht oder Verteidigung, sondern nur durch direkten Angriff konnte die Mörderbande besiegt werden.

»Alsdann«, sagte Aline, nachdem Gret ihr die Situation geschildert hatte, »wie packen wir sie?«

Die Schwestern saßen auf dem Wagentreppchen; Aline war noch in Kostüm und Schminke, wie Gret es ihr geraten hatte.

»Ich hab bis jetzt keinen klaren Plan«, gab Gret zurück, »aber eine Idee, wie wir die Sache weiterverfolgen könnten, ist mir schon gekommen.«

»Man müßte herausfinden, ob es einen Ort gibt, wo sich die Halunken regelmäßig treffen«, murmelte Aline, »dann könnte man sie noch einmal belauschen. Es wäre immerhin möglich, daß sie das Versteck erwähnen, in das sie die Ratsherrentochter verschleppt haben.«

»Wenn mich in der Walengasse nicht das Mißgeschick ereilt hätte, wüßte ich jetzt, wo dieser Schlupfwinkel liegt«, sagte Gret. »Der Hermann hatte das Wort auf der Zunge, als ich von der Mauer abrutschte.«

»Ja, das war wirklich Pech.«

»Und es ist nicht mehr zu ändern. Jetzt müssen wir uns was neues einfallen lassen, Aline. Es kommt darauf an, wer seinen Gegner schneller zu packen kriegt – die Räuberbande oder wir!«

Sie schwiegen und dachten nach. Gret ließ die Blicke über den Markt wandern, wo jetzt am Spätnachmittag die Bauern und Händler ihre Stände nach und nach abbauten, ihre Waren zusammenpackten und abtransportierten. Die letzten Kunden des Tages wanderten mit ihren Einkaufskörben umher und feilschten um niedrigere Preise für leicht verderbliche Ware wie Fleisch und Gemüse.

Während Gret ganz in Gedanken den Leuten zuschaute, entdeckte sie neben dem Brunnen einen Klocken, der mit auf dem Rücken verschränkten Händen dastand und ebenfalls das Treiben beobachtete.

Offenbar war das der Mann, der hier die Marktaufsicht führte. Gret wunderte sich nicht über seine Anwesenheit am heutigen Tag. Natürlich mußte er neben seinem Auftrag zur Fahndung nach den Räubern auch noch die Hauptaufgaben erfüllen, für die er eingeteilt war. Er hatte den Frieden auf dem Markt zu sichern, kleinere Streitigkeiten zu schlichten und mindere Vergehen zu ahnden.

»Ob es Arnold ist?« fragte Aline und sprach damit die Frage aus, die Gret sich gerade selbst gestellt hatte.

»Kann sein.« Gret erhob sich. Ihr war eine verwegene

Idee gekommen. »Bleib hier, Aline; ich bin gleich wieder zurück!«

»Was willst du tun?« Aline machte große Augen. »Ach, ich weiß schon! Ja – ich warte.«

Gret schlug einen Haken um den Schaustellerwagen herum und marschierte dann forschen Schrittes direkt auf den Klocken zu. Es war Arnold. Und er sah Gret mit zusammengekniffenen Augen an, als sie sich näherte.

»Na?« fragte Gret und bemühte sich um einen unbefangenen, lockeren Ton. »Gibt's schon Neuigkeiten? Wie steht es mit dem Fall Katharina Olligschläger?«

Arnold kniff die Augen noch ein wenig enger zusammen, sie wirkten jetzt wie Schlitze. »Soweit noch nichts«, brummte er, »vielleicht haben meine Amtsbrüder schon erste Ergebnisse. Hab die anderen Meldungen aber nicht gehört, deshalb kann ich keine Auskunft geben.«

»Und haben meine Beschreibungen von den Tätern wenigstens weitergeholfen? Sie stimmen ganz genau, weil ich die Schurken deutlich erkannt habe.« Gret ließ Arnolds Gesicht nicht aus den Augen. Kein Muskelzucken, kein noch so unauffälliges Mienenspiel sollte ihr entgehen. »Vor allem eins: Habt ihr das Lokal in der Walengasse schon durchsucht und den Wirt vernommen?«

»Ja, als allererstes waren wir dort. Nichts.« Arnolds Gesicht bekam einen geradezu starren Ausdruck.

»Aber meint Ihr nicht auch, daß die Bande da ihren Treffpunkt hat?« stellte Gret ihre Falle.

»Kaum.« Arnolds Gesichtsausdruck gewann plötzlich wieder an Leben. »Dir kann ich's ja sagen«, murmelte er fast flüsternd und sah Gret verschwörerisch an, »die Walengasse, die muß den Kerlen inzwischen zu heiß sein. Die haben sich längst 'ne andere Ecke als Treffpunkt ausgesucht.«

»Ach. Habt Ihr schon einen Verdacht?«

»Tja, wenn du mich so direkt fragst«, in den Augen des Klocken erschien ein listiges Funkeln, »ich schätze, sie werden ihre Bedingungen inzwischen dem Turmherrn übermittelt haben, wie du heute morgen schon vermutet hattest. Und jetzt warten sie in aller Ruhe auf Antwort – an einem sicheren Plätzchen, auf das erst mal keiner kommt.«

Gret mimte übertriebene, kindliche Begeisterung. »Aber wo denn?«

»Kann ich dir nicht sagen.« Arnolds Augen blitzten zwischen halbgeschlossenen Lidern. »Unvernünftig, wie du bist, würdest du glatt hingehen und versuchen, die Bande auf eigene Faust einzufangen!«

»Nein, bestimmt nicht!« Gret spielte Arnold das quengelnde Kind vor, das unbedingt seinen Willen durchsetzen will. »Sagt doch! Ich misch mich auch ganz bestimmt nicht wieder ein – sowas ist doch viel zu gefährlich. Auch wenn's großen Spaß macht.«

»Gut, ich glaube dir.« Der Klocke stimmte etwas zu schnell zu. Seine Augen funkelten raubtierhaft. »Mein persönlicher Verdacht richtet sich auf eine Spelunke in der Nähe von Maria Lyskirchen – auf das Haus ›Zur Katze‹. Eigentlich müßte es ›Zur Ratte‹ heißen«, er lachte ein bißchen zu laut. »Wie auch immer, ein Zuträger hat mir geflüstert, daß sich da heute nacht ein paar unsaubere Gestalten zusammenfinden sollen. Und der Arm des Gesetzes«, er deutete auf sich, »der wird auch da sein und bei Gelegenheit zuschlagen.«

»Oh, ist das aufregend!« Gret hielt ihre Rolle perfekt durch. »Wie gern wäre ich mal dabei, wenn richtige Gauner geschnappt werden!«

»Mädchen, du hast schon genug getan«, sagte Arnold. Er

konnte den scharfen Unterton in seiner Stimme nicht ganz verbergen. »Bleib lieber schön zu Hause. Du wohnst doch in der Brüdergasse, nicht?«

»Nein, in der Glockengasse bei Doctor Minutus«, gab Gret bereitwillig Auskunft. Der Klocke würde das sowieso ohne Schwierigkeiten herausfinden können. »Aber ich hab einen eigenen Gadem«, fügte sie listig hinzu und beobachtete unauffällig Arnolds Gesicht.

Arnold lächelte. Dieses Lächeln gab seinen groben Zügen einen gemeinen, hinterhältigen Ausdruck. »Um so besser«, sagte er jovial, »um so besser. Da bist du sicher, falls die Halunken doch erfahren sollten, wie du aussiehst und wo du zu finden bist.«

Dafür wirst du schon sorgen, Schweinehund, dachte Gret. »Also in der ›Katze‹ wollen sich die Verbrecher treffen«, murmelte sie, gerade laut genug, daß Arnold es verstehen konnte, und setzte hinzu: »Darf ich morgen bei Euch nachfragen, wie alles abgelaufen ist?«

»Morgen? Morgen wird es für dich wohl keine offenen Fragen mehr geben«, sagte Arnold. Er zeigte noch einmal sein widerwärtiges Grinsen. »Da wird ganz bestimmt alles erledigt sein. Verlaß dich auf mich.«

Gret nickte. Das könnte dir so passen, dachte sie, ich bin nicht so dumm, wie du meinst. »O ja, das wäre wirklich zu hoffen«, sagte sie laut, »besonders, daß auch das arme Mädchen gerettet wird!«

»Gerettet, wieso? Ah, du meinst Katharina Olligschläger. Ja, die werden wir schon im richtigen Moment finden. Da mach dir mal keine unnötigen Sorgen!« Er zog kurz die Schultern hoch und spreizte die Hände. »Jetzt muß ich mich aber wieder um den Markt kümmern. Hab keine Zeit mehr, mich mit dir zu unterhalten. Geh nach Haus und tu deine Arbeit. Frauen sollten ihre Nase nicht in die Belange der Justiz stecken. Das kann sehr ungesund sein!«

Er zwinkerte ihr zu und zeigte ein diesmal scheinheiliges Lächeln. Dann stapfte er davon und mischte sich unter die wenigen Leute, die noch den Platz bevölkerten.

Gret war zufrieden. Sie hatte mehr erfahren, als sie sich erhofft hatte. Arnold war offenbar noch nicht mit den Mitgliedern der Bande in Verbindung getreten; seine Frage nach Grets Wohnung hatte darauf hingedeutet. Er konnte sich wohl damit Zeit lassen. Das Versteck Hermanns und seiner Spießgesellen war anscheinend so sicher, daß Arnold ihnen die Informationen über die Fahndung und über Gret auch später noch verkaufen konnte. Er mußte ganz offensichtlich nicht befürchten, daß die Verbrecher von anderen Gesetzeshütern aufgestöbert wurden.

Daß er Gret den neuen Treffpunkt – das Haus ›Zur Katze‹ bei Maria Lyskirchen – preisgegeben hatte, konnte nur einen Grund haben: Er wollte sie dazu verleiten, hinzugehen und zu spionieren. Man würde ihr dort auflauern und sie ohne Schwierigkeiten aus dem Weg schaffen können. Sollte sie sich aber nicht trauen, das berüchtigte Rattenloch aufzusuchen, konnte man sie einfach zu Hause in der Glockengasse überfallen und …

Gret durfte sich auf keinen Fall in der kommenden Nacht in ihrem Gadem sehen lassen. Nach allem, was Arnold ihr verraten hatte, war ihr Leben keinen roten Heller mehr wert, sollte sie nach Hause gehen und wie gewöhnlich dort die Nacht verbringen. Denn sobald es dunkel war, würden die Mörder unterwegs sein, um sich ein für allemal der lästigen Schnüfflerin zu entledigen.

Nicht Verteidigung – Angriff war geboten. Gret würde den Köder annehmen, den Arnold ihr hingeworfen hatte.

Sie würde den neuen Treffpunkt der Halunken aufsuchen. Aber nicht, ohne einige Vorkehrungen getroffen zu haben ...

Bis die städtischen Märkte geschlossen wurden, blieb noch eine gute halbe Stunde. So lange würde Arnold seinen Dienst auf dem Heumarkt versehen müssen. Danach war er frei und konnte gehen, wohin er wollte. Er würde ganz sicher auf dem schnellsten Wege die Verbrecher aufsuchen und ihnen berichten. Gret durfte keine Zeit verlieren.

Sie schlenderte zum Theaterwagen hinüber, wobei sie sorgfältig darauf achtete, daß der Klocke sie nicht sehen konnte. Aline hockte noch auf der Treppe und wartete wie abgemacht. »Und?« fragte sie gespannt.

»Ich weiß jetzt, was ich wissen wollte«, sagte Gret, »und mir ist auch eingefallen, was wir als nächstes tun müssen. Aline, es geht nicht ohne dich. Bist du dabei?«

»Aber Gretle – was für eine Frage!«

In aller Eile besprach Gret mit ihrer Schwester den Plan, den sie sich zurechtgelegt hatte. »Wir liefern den Schurken eine Schlacht, die sie so schnell nicht vergessen werden«, schloß sie, »abgemacht?«

Aline nickte überzeugt. »Abgemacht. Die Kerle sollen uns kennenlernen!«

»Nein, sollen sie nicht. Im Gegenteil – die sollen am Ende nicht mehr wissen, wo vorn und hinten ist.«

»Genau das hab i g'meint. Die solle uns kennelerne!«

Die Zwillinge lächelten bitterböse. Sie waren sich einig; weitere Worte waren überflüssig.

Gret stand auf.

»I sorg dafür, daß wir uns gleich umkleiden können, wenn du vom Turmherrn zurück bist«, sagte Aline.

Im Olligschläger'schen Haus herrschte angespannte Stille, wo noch am Morgen fröhliches Durcheinander den Ton angegeben hatte. Gret wurde sogleich eingelassen und zum Hausherrn geführt, der sich wieder – oder noch immer – in seinem Arbeitsraum aufhielt. Gret mußte nicht nach den neuesten Ergebnissen fragen, als sie vor ihm stand; Herr Olligschläger berichtete von selbst, was im Lauf des Tages geschehen war.

»Gegen Nachmittag, gerade als du gegangen warst, kam so ein kleiner Bengel und brachte einen Zettel«, sagte er. »Der Junge behauptete, er habe den Wisch von einem Bettler, und der hätte ihm ein Stück Brot versprochen – für's Abliefern.«

»Was war das für ein Zettel?«

»Er enthält die Bedingungen. Du hattest vollkommen recht, Mädchen.« Herr Olligschläger wischte sich über die schweißfeuchte Stirn.

»Darf ich das Papier mal sehen?«

Der Turmherr seufzte. »Warte, ich lese es dir vor«, sagte er.

»Nicht nötig«, sagte Gret nachsichtig. Woher sollte Herr Olligschläger auch wissen, daß sie im Gegensatz zu den meisten Frauen und Männern ihres Standes sehr gut mit Buchstaben umgehen gelernt hatte? »Ich möchte nur mal einen Blick darauf werfen.«

Herr Olligschläger nahm ein Stück Papier von seinem Stehpult auf und reichte es Gret. »Schön – aber ich weiß nicht, was dir das nützen soll, wenn du den Inhalt nicht kennst.«

Gret faltete das zerknitterte Blatt auseinander, glättete es und las murmelnd: »Mein liebster Vater ...«

»Was? Du kannst lesen?« stammelte der Turmherr in höchster Überraschung.

Gret ließ sich durch den Einwurf nicht ablenken. »Ich bin gesund und unversehrt«, las sie leise weiter, »aber Ihr müßt morgen früh den Schwarzen Kuno aus der Hacht entlassen, wenn Ihr mich lebend wiedersehen wollt. Gebt ihm freies Geleit vor die Stadt und tragt Sorge, daß ihm niemand folgt. Dann erfahrt Ihr, wo Ihr mich wiederfinden könnt. Liebster Vater – tut, um was ich Euch bitte. Andernfalls werde ich getötet! Eure angstvolle Tochter Katharina.«

»Genau so ist der Wortlaut ...«, stotterte Herr Olligschläger, »du kannst ja wirklich lesen!«

»Sehr schlau«, murmelte Gret und achtete wieder nicht auf die Bemerkung des Turmherrn, »sie haben Eure Tochter schreiben lassen – erstens, weil sie es mit Sicherheit besser kann als diese erbärmlichen Halunken, und zweitens zum Beweis dafür, daß sie tatsächlich in ihrer Gewalt ist.«

»Ja, ja. Du erstaunst mich ununterbrochen, Mädchen! Wo hast du lesen gelernt?«

»Das tut doch jetzt nichts zur Sache«, gab Gret unwillig zurück, »das Papier ist feucht. Seht Ihr – die Tinte ist beim Schreiben etwas zerlaufen. Sonderbar ...«, sie drehte den ausgefransten Bogen in der Hand, »habt Ihr das bemerkt? Das Papier muß feucht gewesen sein, als Eure Tochter es beschrieben hat.«

»So?« Der Turmherr warf einen flüchtigen Blick auf das Blatt. »Ja, es scheint so. Aber viel wichtiger ist doch, was darauf steht! Du hattest recht, Mädchen – sie wollen den Schwarzen Kuno freipressen. Und ich habe keine andere Wahl, als den Erpressern nachzugeben, wenn ich mein Kind retten will!« Er ballte in hilflosem Zorn die Fäuste. »Aber keiner meiner Amtskollegen könnte es billigen, wenn ich den gefährlichen Straßenräuber wirklich auf freien Fuß setzte! Ich müßte es heimlich tun. Mädchen – ich bin in einer fürchterlichen Zwangslage!«

Gret hatte seinem Gefühlsausbruch nur mit halbem Ohr zugehört. Stattdessen hatte sie das Stück Papier noch einmal ganz genau studiert. »Was mich auch wundert«, brummelte sie in sich hinein, »das sind die eigenartigen kleinen Tintenkleckse überall auf dem Blatt. Eure Tochter hat eine schöne, saubere Handschrift. Komisch, daß sie so viele Kleckse gemacht hat. An der Feder kann es nicht gelegen haben – die war gut gespitzt.«

»Tintenkleckse, Herrgott im Himmel!« Der Ratsherr schlug in seiner Verzweiflung die Hände zusammen. »Katharina wird aufgeregt gewesen sein – sie ist schließlich in Todesangst! Weiß Gott, jetzt ist nicht die Zeit, die Sauberkeit ihrer Handschrift zu begutachten!« Er war ganz aus der Fassung geraten. »Bist jetzt hat keiner der Klocken und Wachmänner eine Spur von meiner Tochter oder ihren Entführern! Sie ist wie vom Erdboden verschluckt. Wenn nicht ein Wunder geschieht, dann werde ich morgen früh den Kuno aus der Hacht schmuggeln und vor die Stadt bringen lassen müssen! Was bleibt mir sonst für eine Wahl?«

Gret hob den Kopf. »Das werdet Ihr nicht«, sagte sie ruhig, »Ihr wißt genau, daß Ihr damit das Leben Eurer Tochter kaum retten könnt. Je eher der Räuberhauptmann auf freiem Fuß ist, desto schneller werden seine Kumpane Katharina umbringen. Wir müssen Zeit gewinnen.«

»Zeit! Wie denn – in drei Teufels Namen?« Das Gesicht des Gerichtsherrn drückte Verzweiflung und Schrecken aus. »Ich habe ja nicht einmal die Möglichkeit, mit den Verbrechern in Verbindung zu treten!«

Hättet Ihr doch, dachte Gret, Arnold wäre der geeignete Mann. »Habt Ihr schon mit dem Klocken gesprochen, der das Hafengebiet kontrollieren sollte?« fragte sie.

»Nein. Arnold war noch nicht hier. Er wird Bericht erstatten, sobald sein Marktdienst beendet ist.«

»Dann schlage ich vor, Ihr beratet Euch mit ihm«, sagte Gret langsam, »er ist ja der Fähigste von allen Bütteln. Macht ihm klar, daß Ihr natürlich den Erpressern nicht nachgeben könnt – vor allem auch, weil es keine Sicherheit für Katharina gibt. Vielleicht führt Arnold seine Suche gründlicher durch, wenn ihm bewußt wird, daß für Euch mehr als nur das Leben Eurer Tochter auf dem Spiel steht!«

»Verflucht, ja«, stieß Herr Olligschläger hervor, »mein guter Ruf als Ratsherr ist auch in Gefahr! Aber ich will verdammt sein, wenn ich nicht sämtliche Ämter und Ehren für mein Kind opfere! Katharinas Leben ist das einzige, was wirklich für mich zählt!«

»Ich verstehe Euch«, sagte Gret unbeeindruckt, »aber wird es auch Euer fähigster Büttel verstehen? Nein, denn der sieht die Angelegenheit natürlich mit den Augen eines Gesetzeshüters. Erst, wenn Katharina morgen abend noch nicht gefunden ist, wird er in Erwägung ziehen, den Schwarzen Kuno freizulassen.« Sie sah den Turmherrn beschwörend an. »Sagt dem Arnold, Ihr wollt erst auf einen zweiten Lebensbeweis warten. So geratet Ihr nicht in den Verdacht, leicht erpreßbar zu sein.«

»Aber es ist mir ganz gleichgültig, was ein Büttel von mir hält«, schnaubte Herr Olligschläger.

Gret schüttelte den Kopf. Sie setzte zu einer weiteren Erklärung an. Aber der Ratsherr kam ihr zuvor. »Ja, ich habe verstanden!« Er rang die Hände. Unruhig begann er im Zimmer hin und herzugehen. »Ich rede mit Arnold. Die Männer müssen diesmal wirklich ihr Bestes geben. Hilf, Himmel!«

»Katharina ist so oder so in Lebensgefahr«, wiederholte Gret.

Der Turmherr stöhnte. »Ich sagte doch, ich habe verstanden! Geh jetzt. Und ich danke dir ...«

Gret knickste. Sie stopfte das Papier mit den Forderungen, das sie die ganze Zeit in der Hand gehalten hatte, in die Rocktasche. »Das nehme ich mit«, sagte sie, »natürlich nur mit Eurer gütigen Erlaubnis.«

Herr Olligschläger war in Gedanken bereits ganz woanders. »Ja, tu das nur«, murmelte er. »Gott befohlen, Mädchen ... und sprich ein Gebet für meine arme Katharina.«

14. KAPITEL

Aline hatte die passenden Kleidungsstücke für das gewagte Unternehmen, das an diesem Abend in Angriff genommen werden sollte, schon bereitgelegt. Sie wartete im Wagen auf Gret, umlagert von den Leuten der Schauspieltruppe, die alle besorgt und verständnislos dreinblickten. Rossignol machte ein erbittertes, ja zorniges Gesicht, während er noch immer auf Aline einredete.

»Was ihr beiden – du und deine Schwester – da vorhabt, das hat mit Gerechtigkeit absolut nichts mehr zu tun«, ereiferte er sich, »ihr pfuscht den Bütteln ins Handwerk – und das kann euch Kopf und Kragen kosten! Ich erlaube dir nicht, mit Gret auszugehen – noch dazu in eine solche Gegend und bei nachtschlafender Zeit!«

»So – du erlaubst es nicht?« Aline reckte den Kopf und

schob das Kinn vor, wie Gret es immer zu tun pflegte, wenn sie fest entschlossen war. »Nun, dann gehe ich eben ohne deine Erlaubnis, Rossignol. Und du wirst schon sehen, was du davon hast.«

Gret rückte an die Streitenden heran und mischte sich ein. »Wir werden uns ganz gewiß nicht tiefer in Gefahr begeben als unbedingt nötig«, beschwichtigte sie, »schließlich sind wir selbst ja am wenigsten daran interessiert, daß uns Übles widerfährt.«

»Wozu dann die lächerliche Verkleidung«, zürnte Rossignol, »es muß doch einen Grund haben, warum ihr euch so vermummt!«

Aline änderte ihre Taktik. »Aber sieh doch mal, Schätzle«, sagte sie schmeichelnd und legte den Kopf schief, während sie ihrem Mann in die Augen schaute, »je weniger man uns erkennen kann, desto sicherer sind wir!«

»Gut«, knurrte Rossignol, »ich sehe ein, daß zwei Bettelweiber nicht besonders beachtet werden. Aber dann nenn' mir doch wenigstens einen vernünftigen Grund, warum ihr unbedingt alleine gehen wollt!«

Aline lachte. »Aber den hast du ja schon genannt! Was glaubst du, was zwei Bettelweiber in Begleitung eines jungen, gutaussehenden Mannes für Aufsehen erregen würden! Rossignol, es geht wirklich nicht, daß du mitkommst!«

Der Prinzipal der Truppe schwieg. Seine Lippen preßten sich fest zusammen. Zuerst hatte Gret den Eindruck, als benehme Rossignol sich wie ein trotziger kleiner Junge. Doch nun fragte er: »Und wie wäre es, wenn wir das Lokal getrennt aufsuchten? Wenn ich mich zum Beispiel in die Nähe der Verbrecher setzte und ein Gespräch mit ihnen anfinge?«

Aline schüttelte den Kopf. Aber Gret fand das gar nicht so dumm. »Doch«, sagte sie, »das wäre nicht übel ... gar nicht übel.«

Aline war nicht überzeugt. »Und was ist, wenn Rossignol sich dauernd nach uns umschaut? Er wird uns alles verpatzen – ich kenne ihn doch!«

»Aber er ist Schauspieler, genau wie du«, widersprach Gret, die immer mehr Gefallen an der Idee fand, »er könnte die Unterhaltung steuern und die Kerle außerdem noch von uns ablenken. Das wäre doch sehr nützlich!«

»Ich weiß nicht recht.« Aline fiel es sichtlich schwer, sich damit anzufreunden, daß ihr Mann an dem aufregenden Unternehmen teilhaben sollte. »Wenn er nur nicht immer so unnötig besorgt um mich wäre.«

»Ach, es wäre dir wohl lieber, wenn du mir vollkommen gleichgültig wärst?« Rossignol fuhr fast aus der Haut.

Aline lenkte ein. »Nein, mein Schatz. Aber heute nacht mußt du denen im Wirtshaus den Gleichgültigen vorspielen. Wirst du das schaffen?«

»Leicht.« Rossignol atmete sichtlich auf. Er küßte Aline zärtlich auf die Wange. »Es ist ja nur Theater.«

Er war versöhnt. Und Gret und Aline begannen damit, sich in zwei Bettelweiber zu verwandeln.

Sie mußten sich sputen. Denn bis Arnold von seiner Berichterstattung bei Herrn Olligschläger zurückkam, blieb ihnen nicht mehr viel Zeit. Gret hatte vorgeschlagen, Arnold nachzugehen, wenn er sich mit Hermann und der Räuberbande traf. Vielleicht war es möglich, ihr Gespräch noch einmal zu belauschen.

Aline hatte eine ganze Anzahl uralter, abgenutzter Kleidungsstücke aus ihrer Kiste herausgesucht. Die Röcke, Schultertücher und ausgefransten Hauben hatten dem Ähnle gehört; Aline hatte es nie übers Herz gebracht, sie an Bedürftige wegzuschenken.

Gret wählte für sich einen mottenzerfressenen, rotbraunen Wollrock mit grauem Leindwandmieder aus. Ein zerschlissenes grünes Schultertuch – so groß, daß es auch die Haare bedeckte – kam darüber. Anschließend verwandelte Aline Grets rosiges junges Gesicht mit brauner und grauweißer Schminke in das fahle, welke Antlitz einer alten Bettlerin. Nachdem ihrem Haar mit Puder noch der Glanz genommen worden war, hätte sie niemand mehr wiedererkennen können.

Aline selbst machte sich genauso unkenntlich. Aber sie gab sich ein bedeutend jüngeres Aussehen. Sie umrahmte ihre Augen dick mit schwarzen Kohlestrichen, färbte sich Wangen und Lippen auffällig rot und flocht ein verblaßtes rotes Seidenband ins Haar. Bald sah sie wie ein billiges Straßenmädchen aus, und ihre Ähnlichkeit mit Gret war völlig verwischt.

»So«, sagte sie zufrieden, nachdem sie einen Blick in den großen Schminkspiegel geworfen hatte, »ich möchte den sehen, der jetzt noch erkennen kann, wer wir sind! Mutter und Tochter von der Bettler- und Gaunerzunft – das sind die Rollen, die wir heute abend spielen.«

Gret raffte ihren löchrigen Rock. »Auf den Weg also, damit wir den Arnold nicht verpassen«, gab sie das Kommando zum Aufbruch.

Sie stiegen aus, vergewisserten sich, daß der Klocke noch nicht in Sicht war, und schlenderten dann ziellos am Rand des Marktes entlang, der jetzt schon verlassen lag. Rossignol, in seine ältesten und schlechtesten Lumpen gekleidet, hatte sich bereits in Richtung Sankt Maria Lyskirchen aufgemacht.

Mit ihm war verabredet, daß er sich im Haus ›Zur Katze‹

ein Bier kaufen sollte. Gret und Allne wollten dann kurz nach Arnold das Lokal betreten. Anschließend müsse man sich so verhalten, wie die Situation es verlangte.

Blieb noch die Möglichkeit, daß Arnold gar nicht in die ›Katze‹ ging, sondern sich woanders mit den Verbrechern traf. Für diesen Fall sollten die Schwestern sich an Arnolds Fersen heften, und Aline würde Rossignol benachrichtigen, sobald klar war, wo der bestechliche Gesetzeshüter einkehrte.

Die beiden falschen Bettelweiber hatten gerade noch einmal ihren Plan besprochen, als Arnold schnellen Schrittes vom Alten Markt her den Heumarkt betrat. Schweigend drückten sich die Frauen in den Schatten unter den Arkaden eines Kaufhauses und warteten reglos, bis der Klocke vorüber war. Er tauchte am Ende des Heumarktes in die engen Gassen des Hafenviertels ein und hatte es offenbar eilig, seine Verabredung zu erreichen. Gret und Aline folgten im unauffällig, bevor sie ihn aus den Augen verlieren konnten.

Der Weg führte tatsächlich in die Gegend um Maria Lyskirchen mit ihren verwinkelten, kotverdreckten, verwahrlosten Gäßchen. Und das Haus ›Zur Katze‹, auf das der Klocke zusteuerte, war eines der heruntergekommensten Gebäude in dieser trostlosen Umgebung.

Arnold sah sich vorsichtig um und sicherte wie ein Fuchs, bevor er in das halbverfallene Haus hineinschlüpfte. Gret, die mit Aline hinter einem verrotteten Schuppen in Dekkung gegangen war, stieß ihre Schwester an. »Ab sofort bin ich taub und stumm«, wisperte sie, »wenn wir drinnen sind, redest nur du – ja?«

»Wieso?«

»Der Klocke könnte mich an der Stimme erkennen. Aber deine Sprache klingt anders; du wirst ihm nicht auffallen.«

Das war einleuchtend. »Verständigen wir uns durch Handzeichen«, stimmte Aline zu, »vielleicht kannst du mir das, was ich sage, sogar von den Lippen ablesen – wenn du weißt, was ich meine.«

Gret wußte. Sie lächelte. Gemeinsam betraten sie das Lokal.

Der Schankraum der verkommenen Kneipe war stark verräuchert. An der niedrigen Decke, die von rohen, durchgebogenen Balken getragen wurde, hingen zwei blakende Tranlampen. Sie beleuchteten mit ihrem trüben Licht einige Bretterbänke und zwei schmutzstarrende Tische, die an den unebenen, dreckverkrusteten Wänden standen.

Die Längsseite des Raumes wurde von einem langen Tresen eingenommen, an dem vier Männer einträchtig nebeneinander standen und Bier aus billigen grauen Tonbechern tranken. Einer dieser Männer war Rossignol, der zweite Arnold. Bei dem dritten und vierten handelte es sich um Hermann und das Narbengesicht.

Einen Wimpernschlag lang zögerte Gret beim Anblick der beiden Verbrecher, die sie allzu gut im Gedächtnis behalten hatte. Dann siegten der Zorn auf die Mörder und der Drang, sie unschädlich zu machen, über ihre Furcht. Mutig übernahm sie ihre Rolle als taubstumme Bettlerin.

Sobald sie drinnen war, verwandelte sich Aline auch dem Benehmen nach in eine dreiste, zugewanderte Gossendirne. Mit groben Knüffen beförderte sie Gret an einen der Tische und drückte sie auf die Bank nieder. Dann bewegte sie sich, übertrieben mit den Hüften wackelnd, an den Tresen und bestellte Bier. »Zwei Mäßle – für d'Mutter und mich!«

Der Wirt, ein fetter, faltiger, ungewaschener Rüpel, war gerade damit beschäftigt gewesen, ein neues Faß anzustechen. Er blickte kaum auf. »Umsonst jibt et hier nix«, knurrte er unfreundlich, »verschwinde – oder soll ich dir erst Beine machen?«

»I kann zahle«, säuselte Aline und warf ihm einen grotesk-aufreizenden Blick zu. Sie kramte in ihrer Rocktasche, zog ein paar Kupfermünzen hervor. »Des wird lange – meinst' net?«

»Hm.« brummte der Wirt.

»Köbes«, sagte Hermann, »seit wann jagst du denn Frischfleisch aus deiner Bude? So'n neues Jesicht, dat hebt doch dein Jeschäft – wenigstens so lang, wie et dauert!«

»Mein' ich auch«, fiel Arnold ein, und das Narbengesicht nickte. Rossignol sagte nichts. Er nahm nur einen tiefen Zug aus seinem Becher.

Aline warf ihm einen herausfordernden Blick zu, während sie auf ihr Bier wartete. Sie sagte ebenfalls kein Wort, aber ihre klimpernden Augenlider sprachen für sich.

Rossignol hatte ihren Wink verstanden. »Gaff nicht so blöd«, fuhr er sie an, »wer weiß denn, was du für eine bist!«

»Oh ja«, flötete Aline mit einem honigsüßen, rundlippigen Lächeln, »ich bin dir schon so eine!«

Die anderen lachten. »Vielleicht hat die wirklich wat zu bieten«, meinte das Narbengesicht lüstern.

Hermann winkte ab. »Heut gibt es wichtigeres zu tun, als sich von 'ner Schwalbe umflattern zu lassen«, sagte er und sah Arnold an, »du wolltest uns Bescheid sagen. Also – wie sieht es aus mit unserer Sache?«

»Erst das Geschäftliche«, erwiderte Arnold kalt. »Meine Freundschaft hat seinen Preis, das weißt du ja. Schließlich geh' ich 'n hohes Risiko ein.«

Hermann knurrte irgend etwas Unverständliches und zerrte einen kleinen Geldbeutel aus dem Ärmel. »Sechs«, sagte er und drückte dem Klocken das Beutelchen in die Hand, »und jetzt spuck's aus.«

Arnold warf einen Blick auf die Börse. Dann nickte er. »Also«, sagte er langsam und wichtigtuerisch, »der Olligschläger, der ist zwar weich, aber noch nicht weich genug. Hat mir im Vertrauen gesagt, den Kuno rauszulassen, das steht erst mal nicht zur Debatte. Von wegen Ehre der Justiz und so. Andererseits«, er warf sich in die Brust und schlug einen verschwörerischen Ton an, »wenn ihr das kleine Weibsstück noch mal 'nen Brief schreiben laßt, in dem sie regelrecht um Hilfe bettelt – dann bringt er euren Hauptmann wahrscheinlich höchstpersönlich vor die Stadt.«

»Wat heißt hier wahrscheinlich?« Hermann machte ein wütendes, enttäuschtes Gesicht. »Erklär' mir mal, wie dat schon wieder jemeint is'!«

Arnold zeigte sein widerliches Grinsen. »Der Olligschläger, der schlottert vor Angst um seine Tochter, der schlaffe Sack. Noch so'n Hilferuf von der – und er tut alles, was ihr wollt. Nur damit ihr sie laufen laßt.«

»Janz schöne Zwickmühle für uns«, fistelte das Narbengesicht, »wir verlieren kostbare Zeit, wenn erst noch eine zweite Botschaft an den verdammten Idioten überbracht werden muß, ehe der spurt! Ich hatte schon gedacht, unser Plan wäre das Beste, was uns je eingefallen ist.«

»Ist er auch!« brüllte Hermann.

Der Wirt schob Aline die beiden gefüllten Becher über den Tresen. Aber Aline rückte näher an Rossignol heran. »Schätzle«, zwitscherte sie, »wenn die andern net mögen, wie wär's dann mit dir und mir? I mach's dir so gut, daß d' noch lang' an mi denkst!

»Das glaub ich«, lehnte Rossignol ärgerlich ab, »deine Sorte hinterläßt einem meistens 'n kleines Andenken! Hau bloß ab – wahrscheinlich hast du die Franzosen!«

Aline zog gekonnt einen Schmollmund. »Dann ebe net«, sagte sie spitz, »d' Nacht isch noch lang. Um Freier isch mir net bange. Trink' i halt nur e Bier in dem erbärmliche Schuppe.«

Der Wirt schoß ihr sofort einen giftigen Blick zu. »Vorsicht ...«, sagte er drohend.

Aline zog sich zu Gret in den Winkel zurück. Hermann knurrte: »Und er funktioniert doch, der Plan!«

»Kann ich bestätigen«, mischte sich Rossignol in das Gespräch. »Vor Jahren hab ich mal was ähnliches gemacht. Es ging drum, 'nen Freund rauszupauken. Bei uns hat's geklappt mit der Geisel. Ihr müßt den Betreffenden nur richtig heiß machen. Darauf kommt's an.«

»Wat – du hast Erfahrung?« Hermann warf Rossignol einen halb interessierten, halb mißtrauischen Blick zu. »Wie meinst du dat mit dem Heißmachen?«

»Er muß ganz verrückt sein vor Angst«, erklärte Rossignol, »und dazu braucht er Druck ... viel Druck.«

»Hä?«

»Macht ihm die Hölle heiß!«

»Aber wie?« Hermann erwartete gespannt einen Hinweis von Rossignol. »Wir haben doch schon –«

»Was der da gesagt hat – «, Rossignol deutete auf Arnold, »das war richtig. Eine zweite Botschaft müßte her – so richtig mit Angst, Blut und Tränen. Und mit einem letzten Termin. Der Mann muß wissen, wann sein Mädel abgetan wird, falls er euren Hauptmann nicht aus dem Turm läßt.«

»Siehste«, sagte Arnold triumphierend, »ich hab wie immer recht. Und mein Rat ist das Geld wert.«

»Gut.« Hermann nickte. »Also 'ne zweite Forderung. Is' das genug Druck?«

Rossignol bestätigte und nahm einen Schluck Bier.

Arnold meldete sich noch einmal zu Wort. »Es gibt da was zu erledigen«, sagte er, »die Schnüfflerin. Das Miststück hat die Nase jetzt endgültig zu weit in die Sache gesteckt. Bringt das in Ordnung – am besten noch heute nacht. Sie wohnt Glockengasse, Ecke Herzogstraße, zweiter Gadem am Garten.«

»Ach so, ja.« Das Narbengesicht griente und schlug dem Klocken freundschaftlich auf die Schulter. »Du hast wirklich bestens gearbeitet, Arnold. Ich regle das mit der Schnüfflerin.«

»Und morgen«, fügte Hermann hinzu, »da brauch ich dich noch mal – sobald der Olligschläger die zweite Forderung hat. Bring uns Nachricht, wann wir mit unserem Hauptmann rechnen können – am besten persönlich ins Versteck. Du weißt ja, wo. Wir sind alle da. Aus der Stadt geht's erst, wenn der Kuno auf freiem Fuß ist und wir die Geisel losgeworden sind.«

»Klar«, sagte Arnold, »diesmal klappt alles; dafür sorg ich schon. Und morgen, wenn ich komme, dann ist der Kuno schon so gut wie im Raderberger Wald – verlaßt euch drauf. Dann könnt ihr das Olligschläger-Mädchen ohne Schwierigkeiten aus dem Leben befördern.«

»Arnold – wenn wir dich nicht hätten!« Das Narbengesicht leuchtete geradezu vor Bewunderung.

»Kostet nochmal 'ne Mark in Silber«, sagte Arnold grinsend, »ich hoffe, wir werden auch in Zukunft gut miteinander zusammenarbeiten – demnächst, wenn der Kuno wieder dabei ist und neue Überfälle plant!«

Sie stießen miteinander an. »Auf sechzehn jute Männer, unseren Kuno und Arnold, unseren heimlichen Kameraden!« sagte Hermann.

»Daß ihr fette Beute macht und nie das Teilen vergeßt«, ergänzte der Klocke den Trinkspruch.

Die Verbrecher lachten schallend. Gret und Aline, die zusammengekauert in der Ecke vor ihrem Bier gesessen und aufmerksam das Gespräch verfolgt hatten, konnten sich eines Schauders nicht erwehren. Gret warf ihrer Schwester einen sprechenden Blick zu, und Aline nickte unmerklich. Sie hatte verstanden. Es war Zeit, von hier zu verschwinden – ehe die Verbrecher auf die Idee kamen, jetzt doch die Dienste einer Hure in Anspruch zu nehmen, nachdem das Treffen mit Arnold beendet war.

Aline stand auf und ging, auch diesmal mit aufreizend wiegenden Hüften, zu Rossignol an die Theke. Sie legte die Hand auf seinen Oberschenkel und streichelte ihn ungeniert. »Schätzle«, gurrte sie, »jag mi net wieder weg wie vorhin, sonst bereust es noch am End. I mein's ernst. Du schaust, als hätt'st e gut's Stößle gar zu gern!«

Rossignol drehte sich langsam zu ihr um. »Ich bin kein Kostverächter«, sagte er und spielte den interessierten Kunden, der dabei ist, sich überreden zu lassen, »sieht man mir das an?«

Arnold und die beiden Verbrecher grinsten. Aline zwinkerte übertrieben. »Also – i seh's auf jeden Fall. Kommst mit, Schätzle? Dann zeig i dir Ding', die d'noch nie erlebt hast ... soviel, wie du bezahle kannst!«

»Bist du auch sauber?« fragte Rossignol und tätschelte Alines Hinterteil.

»Frisch wie e Fischle – direkt aus'm Wasser!«

Die Verbrecher gaben ein brüllendes Gelächter von sich.

»Na, wenigstens riechst du nicht auch noch nach Fisch«, brummte Rossignol. »Was soll's denn kosten?«

»Magst mir e Silberstückle schenke, Schätzle?« Aline spielte ihre Rolle so täuschend echt, daß Gret in ihrer Ecke schmunzeln mußte – trotz der gefährlichen Situation, in der sie sich befanden.

»Silber, was? Warum nicht gleich ein Goldstück?« feilschte Rossignol. »Ich geb dir genug für drei Bier – mehr nicht!«

Aline schob sich ganz nah an Rossignol heran und streichelte ihn intensiver. »Was i dir zu bieten hätt, is scho e Silberstückle wert«, flüsterte sie. »Hast net genug vom Saufe und Herumstehe? Stell dir vor – du und i, ganz allein ... I geb' dir e volle Stund, Schätzle!«

»Hmm«, brummte Rossignol, »und was ist mit der alten Schlampe, die du bei dir hast?«

»D'Mutter?« Aline lächelte vielsagend. »Die hört und sagt nix. Die paßt auf, daß wir ungestört sind. I weiß e lauschig's Plätzle«, drängte sie, »komm halt ... d' Zeit bleibt net stehe!«

»Wie wahr«, knurrte Arnold, »ich hau auch ab. Seh euch morgen – spätestens mittags. Sorgt dafür, daß der Olligschläger die neue Nachricht zum Frühstück kriegt; dann ist der Kuno auf jeden Fall nachmittags auf dem Raderberg.«

Hermann brummte zustimmend. Das Narbengesicht grunzte. Arnold zahlte und verließ das Lokal.

Rossignol zahlte auch. Dann packte er Aline um die Hüfte und schob mit ihr zur Tür. Im Vorübergehen gab Aline Gret einen Knuff an den Hinterkopf.

Gret spielte die taube alte Bettlerin, so gut sie es vermochte. Sie schrak zusammen, stieß einen unbetonten, rauhen Krächzlaut aus, erhob sich mühsam und schlurfte gebückt hinter Aline und Rossignol her.

Sie gingen zunächst die schmutzige Gasse entlang, ohne zu reden. Aline hatte sich bei Rossignol eingehakt und spielte weiterhin die Straßendirne, bis sie die Gegend um Maria Lyskirchen hinter sich gelassen hatten. Erst ein paar Gassen weiter, als der Heumarkt in Sicht kam, wagten sie es, ihre Masken fallenzulassen.

»Viel haben wir nicht erfahren«, sagte Gret mit gedämpfter Stimme, »außer, daß die ganze Bande morgen mittag im Versteck versammelt sein wird – und der Arnold dazu.«

»Ja. Allesamt könnten sie da verhaftet werden«, Aline seufzte. »Wenn wir bloß wüßten, wo das Versteck ist.«

»Rossignol«, wandte sich Gret an den Mann ihrer Schwester, »du warst doch vor uns in der ›Katze‹. Hat denn keiner der Halunken irgendwie angedeutet, wo Katharina Olligschläger gefangengehalten wird?«

»Mit keinem Wort«, gab Rossignol zurück, »sie wissen ja alle, wo es ist. Warum sollten sie es noch einmal erwähnen?«

»Sicher ist jetzt allerdings, daß es dem Mädle an den Kragen geht, sobald der Räuberhauptmann frei ist«, meinte Aline. »Glaubst du, Gretle, daß der Turmherr Angst genug hat, um den Kuno freizulassen?«

»O – ganz bestimmt!« Gret knirschte mit den Zähnen. »Herr Olligschläger wird versuchen, so etwas wie einen Austausch zu arrangieren – den Kuno gegen seine Tochter. Aber ich weiß es, und du weißt es: Er wird Katharina nur als Leiche wiedersehen, wenn nicht ein Wunder geschieht.«

»Das einzige, was wir jetzt noch tun können, ist folgendes: Wir steigen dem Klocken morgen nach, wenn er sich mit den Halunken trifft«, sagte Aline langsam, als ob sie beim Reden nachdächte. »Dann müßte der Turmherr benachrichtigt werden, damit er alle verfügbaren Leute hinschickt, um die Bande auszuheben.«

»Auf keinen Fall«, schäumte Rossignol, »ihr werdet euch nicht noch einmal so weit vorwagen wie heute!« Er packte Aline hart am Arm. »Aline – ich will dich behalten, hörst du? Was kümmert es mich, ob diese Katharina Olligschläger tot oder lebendig ist!«

»Aline muß nicht unbedingt mit«, sagte Gret, »ich schaffe

es schon allein.« Ein leises Neidgefühl auf ihre Zwillingsschwester kam in ihr auf. Aline wurde wirklich sehr geliebt; Gret wünschte sich plötzlich leidenschaftlich, daß Hans Stellmacher ihr auch einmal solche Worte sagte. Aber Hans hatte sich, seit sie ihn kannte, immer wie ein großer Bruder benommen; von Liebe keine Spur. Und es war ja sowieso aus zwischen ihnen; seit zwei Tagen gab es nicht einmal mehr Freundschaft ...

Rossignol sah Gret streng an. »Für dich gilt das gleiche«, sagte er aufgebracht, »du bist genau so unvernünftig wie Aline! Warum gehst du nicht einfach zum Turmherrn und veranlaßt den, diesem Arnold jemanden nachzuschicken? Das wäre die billigste Lösung!«

»Herr Olligschläger würde mir doch kein Wort glauben«, murrte Gret, »er hält Arnold für seinen besten Mann und vertraut ihm unbegrenzt. Es hätte kaum Sinn, ihm auf die Schnelle klarzumachen, daß gerade Arnold schon seit Jahren den Verbrechern in die Hände arbeitet.«

»Dann muß seine Tochter eben sterben, verdammt!« Rossignol ballte die Fäuste. »Wer bin ich denn, daß ich meine Frau irgendeinem fremden Ratsherrn opfere, bloß damit der seine Tochter wiederkriegt!«

»Moment«, sagte Aline.

In ihrer Stimme lag so viel Entschlossenheit, daß Rossignol unwillkürlich stehenblieb und sie erschrocken ansah.

»Es geht gar nicht nur darum, Katharina Olligschläger das Leben zu retten«, fuhr Aline unbeirrt fort, »einer Mörderbande muß das Handwerk gelegt werden. Und deshalb können Gret und ich nicht einfach lockerlassen. Sieh das doch ein!«

»Wir können sogar gegen die Schurken gewinnen, wenn wir nicht feige sind«, fiel Gret ein.

Rossignol erkannte, daß er weder seine Frau noch Gret von ihrem einmal eingeschlagenen Weg abbringen konnte. »Weiber«, zürnte er, »ihr müßt von Sinnen sein!« Wütend stapfte er weiter. »Gret soll zum Beispiel heute nacht in ihrem Häuschen umgebracht werden. Das scheint euch überhaupt nicht zu kümmern! Wäre es nicht wenigstens sinnvoll, wenn sie bei uns bleiben würde, damit –«

Aline lächelte ihren Mann an. Sie wußte – er hatte kapituliert.

»Nicht nötig«, sagte Gret, »ich habe den Schlüssel zu Doctor Minutus' Haus. Ich werde in der Küche übernachten. Da bin ich sicher, und ihr werdet nicht dadurch in Gefahr gebracht, daß Arnold mich morgen früh aus eurem Wagen steigen sieht!«

»Genau getroffen, Gretle«, sagte Aline, »keiner darf uns mehr zusammen sehen, bis die Bande erledigt ist!«

»Darf ich dich dann wenigstens nach Hause begleiten?« fragte Rossignol. Er hatte seinen Widerstand aufgegeben und beschränkte sich auf stumme Mißbilligung.

»Weißt du«, sagte Gret sanft, »Aline und ich – wir wissen es zu schätzen, daß du auf unserer Seite bist, Rossignol.«

Aline kicherte.

Gret hatte auf dem Heimweg ihr Lumpenkostüm anbehalten, um unerkannt zu bleiben, bis sie in Sicherheit war. Morgen würde sie Aline den Rock und das Schultertuch zurückgeben.

Auf dem kurzen Fußweg sprachen Gret und Rossignol kein Wort miteinander. Gret spürte, daß er äußerst besorgt war, weil Aline in der gleichen Gefahr schwebte wie sie selbst. Wenn Hans Stellmacher die Dinge hätte verfolgen können, dachte Gret mit einem wehmütigen Lächeln, ob der sich dann genauso angestellt hätte? Aber Hans war ja aus dem Spiel …

Sie begegneten niemandem außer einem Nachtwächter, der mit gesenktem Kopf seine Runde abging. Vor dem Haus in der Glockengasse zog Gret den Schlüssel aus der Tasche ihres eigenen Rockes, den sie unter dem Lumpen anbehalten hatte, und verabschiedete sich von Rossignol. »Mach dir nicht so viele Sorgen«, suchte sie ihn zu beruhigen, »es wird schon alles gutgehen!«

Rossignol brummte nur. Er drehte gleich wieder um und ging zum Heumarkt zurück, ohne ein versöhnliches Wort zu sagen. Ganz wie Hans, dachte Gret.

Sie schloß auf und schlüpfte hinein. Nirgends im Haus brannte noch Licht. Der Doctor schlief sicher schon – und ohne böse Träume. Gret versperrte die Tür wieder und legte zur Sicherheit den dicken eisernen Riegel vor. Dann tastete sie sich im Dunkeln zur Küche durch.

Sie wagte es nicht, die Lampe anzuzünden. Das Licht hätte den Mördern, die mit Sicherheit diese Nacht in der Glockengasse auftauchen würden, möglicherweise den Weg zu ihr gezeigt. Also rollte sie sich in ihren geliehenen Lumpen einfach auf dem Fußboden zusammen und versuchte zu schlafen.

Das Ziegelpflaster der Küche war hart und ziemlich kalt. Trotz dieser Unbequemlichkeit gelang es Gret, die Nachtstunden im Halbschlaf durchzustehen.

Ein lauter Schrei ließ sie aus ihrem Dämmerzustand hochfahren. Es war bereits hell, und der Doctor stand in der Küchentür. Sein hoch gerötetes Gesicht drückte äußersten Unwillen aus.

»Das ist ja ...«, stieß er hervor. Dann lief er an ihr vorbei zum Küchenfenster, das auf den Garten blickte, und riß es weit auf.

»Grundlin ...« brüllte er hinaus, »komm sofort herein! Wie kannst du es wagen, fremdes Bettelvolk in meinem Haus übernachten zu lassen!«

Einen Moment lang war Gret verwirrt. Dann begann sie zu kichern. Mit steifen Muskeln rappelte sie sich mühsam vom Fußboden hoch und ging auf den Doctor zu.

Der hatte sich wieder umgedreht und starrte ihr angewidert entgegen. »Also ...«, stammelte er.

»Guten Morgen«, sagte Gret mit mühsam beherrschter Heiterkeit, »so früh schon bester Laune?«

»Das ist ja ...«, wiederholte der Doctor mangels einer passenden Bemerkung.

»Jaja, ich bin's«, sagte Gret und mußte wieder kichern.

»Da muß der Büttel her«, stieß der Doctor hervor, »so eine freche Bettlerin ist mir im Leben noch nicht vorgekommen! Dringt einfach in meine Küche ein und besitzt auch noch die Stirn –« Er wandte sich zum Küchenfenster und donnerte noch einmal in den Garten: »Grundlin ...!«

»Aber ich bin ja hier«, sagte Gret deutlich und betont, »was schreit Ihr denn so?« Sie konnte sich vor Lachen kaum noch halten.

Doctor Minutus drehte sich wieder zu ihr um. Er musterte sie mit schmalen Augen und erkannte sie endlich. Erst einmal war er sprachlos; dann stotterte er: »Grundlin, wozu die Maskerade? Und warum hast du –«

»Das ist eine lange Geschichte«, schnitt Gret ihm lachend die Rede ab, »es würde zu weit führen, sie Euch zu erzählen. Wenn Ihr gestattet, gehe ich mich waschen und umkleiden. Danach gibt's Frühstück.«

Sie huschte aus der Tür und ließ ihren verdatterten Dienstherrn wieder einmal mit seinen unbeantworteten Fragen in der Küche stehen.

Auf den ersten Blick erkannte Gret, daß in der vergangenen Nacht jemand gewaltsam in ihr Häuschen eingebrochen war. Das Türschloß war aufgesprengt, der Wohnraum durchsucht. Da der Unbekannte Gret aber nicht vorgefunden hatte, war er unverrichteten Mordes wieder abgezogen.

Gret atmete auf. Die Gefahr war für den Augenblick gebannt. Und heute abend saßen die Verbrecher hoffentlich alle im Frankenturm oder in der Hacht …

Leichten Herzens entledigte sich Gret der Lumpen, die sie über ihrem eigenen Kleid getragen hatte. Dann wusch sie sich mit viel Seife die Schminke aus dem Gesicht und bürstete den Puder aus dem Haar. Aber erst, als der Spiegel ihr Gret Grundlin zeigte und nicht mehr das graue Antlitz eines alten Bettelweibes, begann sie sich wieder richtig wohlzufühlen.

15. KAPITEL

Doctor Minutus hatte zwar versucht, den Grund für die sonderbare Verkleidung aus Gret herauszuholen, aber Gret war ihm mit Erfolg ausgewichen. Als er dann seinen Haferbrei mit Pflaumen vor sich stehen gehabt hatte, waren ihm vor Appetit und Wohlgefallen weitere Fragen vergangen. Frohgelaunt und strahlend war er zu einem Kolleg abgezogen, das er am Vormittag zu halten hatte.

Gret hatte in Windeseile all ihre Hausarbeit erledigt, die Tiere versorgt und die Pflanzen im Garten gewässert. Bis zur Mittagszeit mußte ja alles getan sein, damit sie ihren Plan, dem Klocken ins Versteck der Bande zu folgen, in die Tat umsetzen konnte.

Nun endlich stand sie in ihrem Häuschen vor dem Spiegel, um sich das Haar neu zu ordnen und eine frische Haube aufzusetzen. Sie löste ihre Zöpfe auf, fuhr mit dem Kamm durch die schimmernden, aschblonden Wellen, flocht das Haar neu und steckte es im Nacken zu einem straff sitzenden Knoten zusammen. Die Haube aus blauem Leinen kam darüber, fertig. Unscheinbar wie immer.

Gret band die grobe Arbeitsschürze los, die sie zur Schonung ihrer Kleider in Stall und Garten trug. Da raschelte etwas in der Rocktasche – das Stück Papier, das sie von Herrn Olligschläger mitgenommen, und auf dem Katharina die Bedingungen für ihre Freilassung niedergeschrieben hatte. Gret zog den unansehnlichen Bogen heraus und entfaltete ihn. Wieder fiel ihr die sorgfältige, saubere Handschrift der Ratsherrentochter auf, und wieder verwunderten sie die kleinen Tintenkleckse, die über das ganze Blatt verstreut waren.

Während Gret das Stück Papier aufmerksam betrachtete, hatte sie den Eindruck, als seien die Flecke durch Aufstippen der Feder entstanden. Denn im Zentrum jedes Kleckses war ein kleiner dunkler Punkt zu sehen. Sonderbar, sehr sonderbar ...

Je länger Gret den beschriebenen Bogen anschaute, desto lauter sagte ihr die Intuition, daß die Kleckse mit Absicht auf das Papier gebracht worden waren. Katharina Olligschläger mußte sich etwas dabei gedacht haben, als sie ihre saubere Handschrift derart verunziert hatte.

Gret nahm ein Stückchen Kohle aus ihrer Feuerstelle und verband die Kleckse durch Striche miteinander. Sie probierte sämtliche Möglichkeiten aus, aber keins der entstandenen Muster ergab einen Sinn. Schließlich wischte Gret die Kohlestriche, so gut es ging, wieder von dem Papier ab und legte es enttäuscht auf ihre Truhe. »Mist«, murmelte sie, »was bin ich doch für ein Esel, daß ich nicht drauf komme! E wie Esel, G wie Gret ...«

Zwei der Kleckse standen direkt bei einem E, der eine über dem Buchstaben, der andere darunter ...

Gret hielt den Atem an. Hastig schnappte sie sich das Kohlestückchen noch einmal. Der Reihe nach, angefangen bei der ersten Zeile, notierte sie mit fliegenden Fingern alle Buchstaben, bei denen ein Tintenklecks zu sehen war, auf den unteren Rand des Blattes.

w – e – r – t – h -G – e – n stand da zu lesen. Kein Zweifel. Gret überprüfte noch einmal, ob sie auch keinen Fleck ausgelassen hatte.

werthGen.

Plötzlich schlug ihr das Herz bis zum Hals. Katharina hatte durch die Kleckse das Versteck bezeichnet, in das die Verbrecher sie verschleppt hatten und wo sie nun festgehalten wurde! Sie war auf dem Werthchen – der kleinen sandigen Insel, die dem Kölner Hafen vorgelagert war!

Das Werthchen wurde kaum genutzt; nur ein paar verlassene Fischerhütten standen da – ideale Verstecke für Gesindel aller Art!

»Kluges Kind«, murmelte Gret vor sich hin und wußte nicht genau, ob sie damit Katharina Olligschläger meinte, oder sich selbst. Was war jetzt zu tun?

Diese Frage war leicht beantwortet. Auf der Stelle mußte Herr Olligschläger eingeweiht werden – bevor er aus Unkenntnis der neuen Situation falsche Entscheidungen traf!

Gret faltete das Papier zusammen, steckte es wieder in die Rocktasche und war schon aus der Tür. Sie lief, was ihre flinken Füße hergaben. Jeder Augenblick konnte jetzt lebenswichtig sein.

Die Glocke schlug elf, als Gret zu Herrn Olligschläger ins Arbeitszimmer geführt wurde. Der Ratsherr, noch im langen Hausmantel, lief unruhig im Raum hin und her, die Stirn in tiefe Sorgenfalten gelegt. Als er Gret sah, begann er sofort auf sie einzureden, ohne zu fragen, was sie wollte.

»Ich habe eine zweite Botschaft von Katharina bekommen«, sagte er erregt, »und jetzt bin ich tatsächlich gezwungen, den Kuno auf freien Fuß zu setzen, wenn ich mein Kind lebend wiedersehen will!« Er starrte Gret an. »Es ist schon alles in die Wege geleitet. Ich habe den Arnold gebeten, mir bei der Überführung nach Raderberg behilflich zu sein. Denk dir, Mädchen – der gute Kerl hat mir seine Hilfe regelrecht angeboten!«

»Das glaub ich Euch auf's Wort«, gab Gret zurück. Verdammt, vielleicht war der verräterische Schweinehund schon auf dem Weg zum Werthchen, um der Räuberbande den Erfolg zu melden! »Wann ist die zweite Botschaft gekommen«, fragte sie knapp, »und was macht der Arnold jetzt?«

»Das Handschreiben ist so gegen neun gebracht worden, und der Arnold«, Herr Olligschläger runzelte schmerzlich die Augenbrauen, »der hat noch bis zwölf Wachdienst auf dem Markt. Gegen zwei wird er zusammen mit einem anderen Gerichtsboten den Kuno aus der Stadt begleiten.« Er rang die Hände. »Ich hab ja keine andere Wahl, Herrgott!«

Bis zwölf. Dann war doch noch etwas Zeit. »Darf ich den neuen Brief einmal sehen?«

Der Ratsherr reichte Gret das Blatt Papier vom Schreibpult herüber. Es enthielt einen ähnlich verzweifelten Aufruf an Herrn Olligschläger, alles zu tun, was die Verbrecher verlangten, und den gefangenen Straßenräuber bis zum späten Nachmittag freizulassen. »Zwei Mann vom Gericht dürfen ihn begleiten – mehr nicht«, stand da in säuberlicher Handschrift, »im Wald soll er gegen mich ausgetauscht werden.«

Das Papier war am unteren Rand mit einigen Blutstropfen befleckt. Aber darauf achtete Gret nicht mehr, und sie las auch den Text nicht zu Ende. Denn sie hatte die kleinen Tintenkleckse gesehen, die genau wie auf dem ersten Brief gleichmäßig über das Blatt verteilt waren. Darüber hinaus waren diesmal die Buchstaben, bei denen sie standen, mit einem überflüssigen, deutlich übertriebenen Schnörkel verziert.

Gret mußte nicht lange überlegen, welches Wort sich wohl aus den so markierten Buchstaben ergeben würde. W – e – r – T – h – g – e – n. Fünf weitere Buchstaben ergaben das Wort h e L F t.

Jetzt war auch die allerletzte Möglichkeit ausgeschlossen, daß es sich bei den Tintenklecksen um Zufallserscheinungen handelte. »Ihr habt eine sehr mutige und kluge Tochter«, sagte Gret, »da beißt die Maus keinen Faden von ab!«

»Ob sie mutig und klug ist, das weiß ich nicht zu beurteilen«, gab Herr Olligschläger zurück, »nur eines ist wichtig: Ich hab sie lieb – und ich pfeife auf alle Ämter und Würden, wenn es sein muß, um ihr Leben zu retten!«

»Aber es muß nicht sein«, sagte Gret nüchtern. Sie hielt dem Ratsherrn das Papier hin. »Seht Ihr die Tintenflecke? Lest die Buchstaben, bei denen sie stehen, von oben nach unten.«

»Was soll das jetzt? Hast du den Verstand verloren?«

»Lest!«

Gret legte all ihre Energie in ihre Stimme. Und der Ratsherr ließ sich beeindrucken. »W e r t h g e n«, buchstabierte er mühsam, »h e l f t«.

»Nun?« fragte Gret.

Es dauerte einen Augenblick. Dann wurde der Ratsherr kreidebleich. Seine Hände, die das Blatt hielten, begannen zu zittern. »Zufall«, murmelte er erregt, »es wird Zufall sein – was sonst?«

»O nein.« Gret zerrte die erste Nachricht aus ihrer Rocktasche und zeigte sie dem Ratsherrn. »Lest die markierten Lettern auf diesem Blatt!«

Diesmal brauchte Herr Olligschläger keine zweite Aufforderung. »werthgen«, murmelte er, während er die Buchstaben zusammensetzte, »Werthchen!«

»Ich sagte doch, daß Ihr eine kluge Tochter habt«, erwiderte Gret. »Sie hat Euch den Ort angegeben, an dem sie gefangengehalten wird, ohne daß es den dämlichen Halunken aufgefallen wäre! Jetzt ist es an Euch, sie heil da herauszuholen.«

»Herrgott, Mädchen«, flüsterte der Ratsherr, »ohne dich hätte ich Katharinas Hinweis nie verstanden! Dich hat mir der Himmel geschickt ...«

»Herr Olligschläger, die Zeit drängt«, sagte Gret, »Ihr müßt ein Aufgebot von Leuten zusammenbringen und die Räuberbande auf dem Werthchen verhaften lassen! Es sind sechzehn Mann – sie halten sich heute alle dort auf. Die ganze Bande könnte auf einen Schlag –«

»Was sagst du da?« Der Turmherr kam wieder zu sich. »Sechzehn Mann? Woher willst du das wissen?«

»Ich weiß es eben. Jetzt kann ich mich nicht darüber auslassen, weil ich mich beeilen muß. Wie lange werdet Ihr brauchen, um genügend Wachleute zusammenzutrommeln?«

»Um sechzehn Räuber einzufangen? Das kann Stunden dauern!«

»Zwei Stunden – höchstens zweieinhalb!«

»Himmel, ich weiß es nicht!« Herr Olligschläger krampfte die Hände ineinander. »Ich müßte sie alle per Boten herbestellen. Allein das wird mich schon zwei Stunden kosten. Und bis sie dann endlich zur Stelle und bereit sind –«

»In spätestens zweieinhalb Stunden muß die Mannschaft auf dem Werthchen sein«, warf Gret seinen Zeitplan über den Haufen, »sonst wird Katharina das alles vielleicht doch nicht lebend überstehen. Trotz der klugen Hilfestellung, die sie Euch gegeben hat.«

»In anderen Worten: Ich muß das Unmögliche möglich machen«, sagte Herr Olligschläger. Seine Stimme hatte plötzlich Kraft und eine klirrende Härte. »Gut, ich werde es schaffen – so wahr ich Turmherr der Stadt Köln bin!«

Er ging zur Tür, riß sie auf und brüllte nach dem Hausdiener. Dann verabschiedete er Gret. »Ich danke dir für deine unschätzbare Hilfe, Mädchen. Irgendwie werde ich mich erkenntlich zeigen!«

Gret knickste und lief los, ohne sich noch mit Höflichkeitsfloskeln aufzuhalten. Arnold mußte davon abgehalten werden, den Verbrechern weitere Informationen zu bringen. Und Arnolds Dienst ging um zwölf zu Ende – in einer halben Stunde!

Sie lief die Straße an der Goldwaage hinunter und legte den Weg zum Heumarkt fast im Galopp zurück. Beim Wagen der Schauspieler herrschte schon Betriebsamkeit. Die Mitglieder der Truppe bereiteten sich auf die Vorstellung des frühen Nachmittags vor.

Aline hatte Gret kommen sehen und ging ihr ein paar Schritte entgegen. »Hast du schon was gegessen?« fragte sie zur Begrüßung. »Du siehst aus, als könntest du einen Happen vertragen!«

»Das wäre nicht das Schlechteste«, gab Gret zurück, »komm, wir holen uns frisches Brot, und ich erzähle dir, was alles passiert ist!«

Sie suchten sich einen Garküchenstand, an dem Brot mit gebratenem Fisch verkauft wurde. Jetzt um die Mittagszeit hatte die Fischersfrau, die die leckere Speise verkaufte, großen Zulauf von Markthändlern und Kunden.

Gret und Aline stellten sich in die Traube von Leuten, die sich um die Garküche drängten, und warteten. »Was ist denn so wichtiges geschehen«, wollte Aline wissen und schaute Gret gespannt an.

Tuschelnd und in knappen Worten berichtete Gret. »Es ist auf dem Inselchen vor dem Hafen«, schloß sie ihre vertraulichen Ausführungen, »und Olligschläger bietet im Augenblick eine Anzahl Männer auf, die die Bande in einem Handstreich gefangensetzen soll.«

»Ooooh!« brachte Aline heraus.

»Drei Fischbrote«, sagte der breitschultrige, nach Teer riechende Kerl, der vor ihnen am Verkaufstisch stand.

»Gleich drei?« wunderte sich die Fischersfrau.

»Kann ich mir leisten. Hab mein Boot heut' schon mal günstig vermietet.«

»Aha. Zum Frachtfahren?«

»Nä. 'n Klocke is damit auf et Werthchen. Er hätt da 'ne Angel verjesse ...« Die Teerjacke lachte bei der Erinnerung. »Zahlt der jecke Hund mir doch zwei Fettmännchen, um 'ne Angel wiederzuholen, die höchstens eins kostet! Blöd muß mer sein!« Er tippte sich an die Stirn. »Aber die Klocken – die sin ja all blöd!«

Die Fischersfrau und einige umstehende Kunden brachen in zustimmendes Gelächter aus. »Aber dat dollste is«, fügte die Teerjacke als krönenden Abschluß seiner Anekdote hinzu, »wie der wieder da war un dat Boot bei mir abjejeben hat – da hatte der jar keine Angel dabei. Er hätt se nit jefunden, sät der Jeck!«

Alles brüllte vor Lachen. Nur Gret und Aline erfaßten auf der Stelle, daß diese Anekdote absolut nicht zum Lachen war. Gret krallte die Finger um Alines Hand. »Lieber Himmel«, flüsterte sie entsetzt, »der Arnold war schon da und hat sie unterrichtet!«

»Jetzt ist Katharina Olligschläger erledigt«, flüsterte Aline tonlos, »vielleicht haben sie sie schon –«

»Schscht!« machte Gret. »So was darfst du nicht mal denken!«

»Wir müssen sofort hin«, zischte Aline, »vielleicht können wir das Schlimmste noch verhindern.«

»Ja.«

»Aber wie kommen wir auf die Insel?«

»Genauso wie Arnold.« Gret knuffte den Bootsbesitzer in den Rücken. »Ist dein Kahn jetzt wieder frei?« fragte sie ihn.

Der Mann drehte sich um und musterte Gret erstaunt. »Dat Boot ja«, gab er Auskunft, »aber fahren tu ich keinen.«

»Ist auch nicht nötig«, beruhigte ihn Gret, »rudern kann ich schon allein.«

»Wo willste denn hin?« erkundigte sich die Teerjacke mit leisem Mißtrauen, »ich meine – als Frau, janz ohne Mann …«

»Angeln«, sagte Gret trocken. Die Umstehenden brachen wieder in Gelächter aus.

Aline grinste auch. Ganz so falsch war die Auskunft ja nicht.

»Aber jezahlt wird im voraus«, sagte der Bootsbesitzer.

Der Handel mit der Teerjacke war schnell abgeschlossen gewesen. Dann kaufte Gret auch für Aline und sich selbst Fisch und Brot. Sie verzehrten die Mahlzeit in der Nähe der Garküche, damit sie den Bootsbesitzer nicht aus den Augen verloren. Wenn er mit seinen drei Fischbroten fertig war, würden sie ihm zum Leystapel folgen, wo der gemietete Kahn lag.

»Wir brauchen eine Waffe«, sagte Aline plötzlich.

»Oh ja. Daran hatte ich nicht gedacht«, gab Gret zurück. »Wo kriegen wir die her?«

Aline hatte sich schon umgedreht. »Im Wagen liegt ein Dolch«, sagte sie, »der hat dem Vater gehört. Ich hol ihn.«

»Aber sag niemandem, was wir vorhaben«, riet Gret.

»Versteht sich von selbst.« Aline sauste los. Augenblicke später war sie wieder da. Aus ihrem Rockbund ragte der Griff eines schlanken, zierlich gearbeiteten Stiletts. »Keiner hat was gemerkt«, sagte sie, »der Rossignol liegt unter dem Wagen und repariert die Deichsel, und die anderen sitzen drinnen und besprechen das Stück, das sie spielen werden. Diesmal ohne mich – aber das wissen sie noch nicht.« Sie lächelte. »Muß halt das Hänsle meine Rolle übernehmen. Der ist sowieso viel hübscher als ich!«

Gret wollte eben antworten, als sie den Klocken Arnold in einiger Entfernung langsam vorüberschlendern sah. Er hatte offenbar seinen Dienst beendet und würde jetzt ...

Gret blieben die Worte im Hals stecken. Sie hatte vergessen, Herrn Olligschläger über die Unzuverlässigkeit dieses Klocken aufzuklären! Der Ratsherr würde Arnold ganz sicher als erstes über die Verhaftungsaktion auf dem Werthchen informieren. Und Arnold konnte in aller Ruhe die Verbrecher warnen. Denn der Turmherr brauchte ja eine gewisse Zeit, um sein Aufgebot an Leuten zusammenzustellen.

Er konnte es kaum schaffen, Arnold auf dem Werthchen zuvorzukommen!

»Aline«, flüsterte Gret aufgeregt, »hast du ihn gesehen, den Arnold?«

»Ja.«

»Der Turmherr weiß nicht, daß Arnold ein Verräter ist!«

»Lieb's Herrgöttle!« Aline hatte sofort begriffen. »Was jetzt?«

Gret hatte die plötzliche Eingebung, die sie brauchte. »Halte ihn auf«, sagte sie zu Aline, »verwickle ihn in ein Gespräch ... irgendwas, damit er nicht zum Turmherrn geht! Und spiel ihm vor, du seist ich. Er ahnt ja nicht, daß wir Zwillinge sind!«

»Du meinst, ich soll ihn als Gret Grundlin so lange aufhalten, bis Herr Olligschläger seine Mannschaft zusammen hat und zur Insel aufbricht«, überlegte Aline folgerichtig, »aber dann mußt du allein zurechtkommen. Ich hab Angst um dich, Gretle!«

»Für Angst reicht die Zeit nicht! Ich schaffe das schon. Am besten, ich nehme deinen Dolch mit, falls ich mich wehren muß.«

»Gut«, sagte Aline. Sie zog die schlanke Waffe aus dem Rockbund und reichte sie Gret. »I werd mir halt beim Arnold was einfallen lassen. Mit Männern hab i noch nie Schwierigkeiten g'habt.«

Die Zwillinge umarmten sich. »Viel Glück, Schwester«, sagte Gret und steckte das Stilett ins Mieder, »ich weiß – wir werden unsere Sache gut machen. Hoffentlich tut auch Herr Olligschläger sein Teil.«

Aline schlenderte zu dem Klocken hinüber, der eben Richtung Goldwaage davongehen wollte. Gret, die hinter dem

Brunnen in Deckung gegangen war, erkannte ganz deutlich den fassungslosen Ausdruck auf Arnolds Gesicht, als er Aline auf sich zukommen sah. Offenbar hatte er nicht mehr damit gerechnet, die vermeintliche Gret je wiederzusehen; seine angespannte Körperhaltung verriet, daß er aus dem Konzept gebracht war.

»Tja, Arnold«, murmelte Gret vor sich hin, »die verdammte Schnüfflerin lebt noch! Und was du nicht weißt, es gibt sie zweimal ...«

Die beiden da vorn redeten einen Augenblick miteinander; dann lotste Aline den Klocken ein paar Schritte weiter, so daß Gret ihren Platz am Brunnen ungesehen verlassen konnte.

Gret nutzte die Gelegenheit, die Aline ihr verschafft hatte. »Danke, Schwester«, murmelte sie, »und ab jetzt sei vorsichtig!«

Sie drückte sich im Schutze einiger Stände mit Körben und Töpferwaren am Rand des Marktes entlang, aufmerksam darauf achtend, daß sie nicht ins Blickfeld des bestechlichen Klocken geriet. Dann machte sie sich mit dem Bootsbesitzer, der inzwischen seine Mahlzeit beendet hatte, auf dem Weg zum Leystapel.

Gret hatte ohne Feilschen den verlangten Preis gezahlt. Also stellte die Teerjacke keine Fragen. Gret stieg in den kleinen Nachen und nahm das Paddel, während der Besitzer die Leine löste. »Erzähl' aber keinem, daß ich bei dir 'nen Kahn gemietet habe«, trug sie dem Mann auf, »ich treff' mich nämlich mit jemandem und will nicht ins Gerede kommen!«

»Ach, so hast du dat mit dem Angeln jemeint«, grinste die Teerjacke, »is jut. Mir soll keiner nachsagen können, dat ich

Liebespärchen et Leben schwer mach. Aber treib et nit zu doll!«

Er zwinkerte anzüglich. Gret stieß vom Ufer ab. »Bist 'n netter Kerl«, bedankte sie sich, »wenn einer kommt und nach mir fragt, dann sag' einfach, du hättest dein Boot an 'nen Angler vermietet.«

Die Teerjacke kicherte. »Juten Fang«, sagte er und gab dem Kahn noch einen kräftigen Stoß mit der Fußspitze.

Gret machte sich die Fahrt zum Werthchen leicht. Sie ließ das Boot, von wenigen Paddelschlägen gelenkt, einfach mit der Strömung des Rheins zu dem ausgedehnten Schilffeld hinübertreiben, von dem die kleine Insel auf drei Seiten gesäumt war. Im Handumdrehen tauchte der Kahn in das Dickicht aus schwankenden grünen Halmen ein, und Gret war allen Blicken entzogen.

Sie stakte das Boot mit dem Paddel tiefer ins Röhricht hinein, schob es zwischen den Schilfstengeln immer weiter, bis sein Kiel über Sand schürfte und es endlich mit der Spitze festsaß. Dann richtete Gret sich halb auf, schürzte den Rock, entledigte sich ihrer Schuhe und verstaute sie unter der Ruderbank. Sie stieg aus und machte den Kahn an einer Weidenwurzel fest, die wie ein dicker Arm ins Wasser ragte. Dann arbeitete sie sich vorsichtig durch das Gebüsch, das auf dem Ufer wuchs.

Die zwei baufälligen Bretterschuppen, die die Verbrecher als Unterschlupf nutzten, standen näher, als Gret gedacht hatte – bedrohlich nah in ihrer trostlosen Erbärmlichkeit. Die Hütten sahen aus, als habe sie schon seit Generationen niemand mehr betreten.

Gret reckte den Hals und spähte durch die Zweige der Weidenbüsche zu den Schuppen hinüber. Aus dem größeren der beiden verfallenen Gebäude kräuselte durch das schadhafte Schindeldach ein dünner Rauchfaden in die Luft. In dieser Hütte mußten sich die Halunken aufhalten. Die andere schien verlassen.

Gret stapfte wieder zum sumpfigen Ufer hinunter. Irgendwo, gegenüber der Stadt, mußten die Boote der Verbrecher vertäut sein ... wenn man die losmachte, trieben sie ab, und die Bande konnte nicht mehr weg. Ein paar Schritte arbeitete sich Gret am Ufer entlang. Dann blieb sie stehen. Die Verbrecher waren kaum so dumm gewesen, ihre Fahrzeuge da anzubinden, wo jeder sie vom Kölner Ufer aus sehen konnte. Die Boote lagen mit Sicherheit auf der Flußseite – wo sie nicht auffielen!

Es war leicht, sich durch das Schilf zu bewegen. Gret mußte nur tief gebückt waten, damit sie nicht von der Hütte aus entdeckt wurde. Augenblicke später hatte sie gefunden, was sie suchte. Zwei große, flache Kähne, wie Fischer sie benutzten, lagen vor ihr im Schilf – gut gesichert durch ganz neue Hanfseile, und mit je sechs Riemen bestückt.

Gret verlor keine Zeit. Sie band die Boote nacheinander los und schob sie, bis an die Knie im Wasser stehend, aus dem Schilfgürtel hinaus. Die Strömung des Rheins erfaßte sie und trug sie langsam in Richtung Kunibertsturm davon. Blieb nur zu hoffen, daß die Bande nicht zu früh den Verlust ihrer Rückzugsmöglichkeit bemerkte.

Gret verließ das Röhricht wieder und suchte Deckung zwischen den Weidenbüschen. Bei den Hütten regte sich nichts; friedlich zog noch immer die Rauchfahne aus dem größeren Schuppen in den blauen Himmel.

Die Weidenbüsche boten Deckung bis zu dem kleineren Hüttchen. Grete entschloß sich, im Schutz der dicht belaubten Zweige näher heranzuschleichen. Sie mußte feststellen, in welchem der beiden Schuppen Katharina Olligschläger festgehalten wurde. Wenn sie sehr vorsichtig war, gelang es ihr vielleicht, durch irgendein Astloch einen Blick ins Innere der Hütten zu werfen. Gret raffte den Rock noch höher um die Hüften und verknotete ihn. Dann ließ sie sich auf Hände und Knie nieder und kroch hinüber.

Die elende Bude hatte keine Fenster. Die grau verwitterte Tür war, wie Gret durch einen schnellen Blick um die Ecke feststellen konnte, mit einem großen Vorhängeschloß gesichert. Das Schloß schien massiv und solide. Es aufzubrechen kam nicht in Frage.

Gret untersuchte die Rückwand des Schuppens. Die Bretter waren alle morsch, und die Nägel, die sie hielten, zum Teil durchgerostet. Da bot sich vielleicht eine Möglichkeit ...

Vorsichtig legte Gret ein Ohr an die Planken und lauschte. Kein Laut. Wahrscheinlich war die Hütte leer. Aber warum dann das Schloß an der Tür?

Einen Augenblick lang zögerte Gret. Dann entschloß sie sich, in die kleine Hütte einzubrechen und festzustellen, warum sie so schwer gesichert war. Sollte sie nichts wichtiges darin finden, mußte sie versuchen, den anderen Schuppen zu erkunden.

Gret zog das Stilett aus dem Gürtel und schob die schmale Klinge in eine der Ritzen zwischen den Wandplanken. Ein Ruck, und die zwei rostigen Nägel, die das rechte Brett am unteren Ende hielten, brachen mit leisem Knirschen.

Aus dem Innern der Hütte drang ein unterdrücktes Stöhnen. Gret hielt vor Schreck den Atem an. Sie wartete einen Augenblick, aber der Laut wiederholte sich nicht. Alles blieb still.

Ein Gefühl sagte ihr, daß keine unmittelbare Gefahr

drohte. Es war mehr als unwahrscheinlich, daß sich in dieser fensterlosen Hütte einer von der Bande aufhielt. Gefährlich konnte es erst werden, falls Gret hier gesehen wurde.

Sie schob den Dolch wieder in den Rockbund, packte das gelockerte Brett und hob es sachte an. Es gab weiter nach; mit leisem Knacken löste es sich ganz aus seiner Nagelung. Die Lücke, die sich jetzt in der Wand auftat, war gerade breit genug, um Gret durchzulassen.

Sie spähte hinein. Der Schuppen war leer. Aber vorn, in der Ecke neben der verschlossenen Tür, lag zusammengekrümmt eine junge Frau in zerrissenem Kleid, die Gret jetzt erschrocken den Kopf zuwandte.

Katharina Olligschläger war zwar gefesselt und geknebelt, und ihre Stirn trug eine blutige Platzwunde – aber sie war am Leben.

Klopfenden Herzens zwängte sich Gret durch die Lücke und glitt lautlos zu der Ratsherrentochter hinüber. »Gott sei Dank – ich hab Euch gefunden!«

Das Mädchen starrte Gret mit angstvoll aufgerissenen Augen an.

»Hört zu«, flüsterte Gret, »ich löse jetzt Eure Fesseln, und dann werden wir fliehen. Keinen Laut – sonst sind wir beide verloren! Ihr wißt, daß die Verbrecher vor keinem Mord zurückschrecken!«

Katharina Olligschläger nickte, am Sprechen gehindert durch ein schmutziges Wolltuch, das man ihr als Knebel über den Mund gebunden hatte.

»Tut genau, was ich Euch sage«, wisperte Gret, während sie flink die Knoten der Seile löste, mit denen Katharinas Hände und Füße verschnürt waren, »es ist überaus wichtig, daß wir keine Fehler machen. Könnt Ihr gehen?«

Katharina nickte. Gret nahm ihr den Knebel ab. »Ich will's versuchen«, hauchte die Gefangene matt, »meine Beine sind ganz taub.«

»Es muß gehen«, drängte Gret, »los! Wir haben nicht die geringste Chance, wenn wir trödeln!«

»Wer bist du?« fragte Katharina. »Wie kommst du überhaupt hierher ...?«

»Später! Jetzt müssen wir weg, ehe jemand kommt!« Gret legte den Finger an die Lippen. »Und keinen Ton mehr, sobald wir draußen sind – habt Ihr verstanden? Es ist lebenswichtig!«

Katharina Olligschläger griff nach der Hand, die Gret ihr hinstreckte, und umklammerte sie fest. »Gut«, hauchte sie, »ich vertraue dir!«

Gret schob sich als erste durch die Lücke in der Bretterwand. Sie hielt Umschau. Alles war nach wie vor ruhig. Sie winkte Katharina, half ihr heraus und gab ihr durch Handzeichen zu verstehen, daß sie auf Händen und Knien, möglichst tief geduckt, hinter Gret herkriechen solle.

Die Ratsherrentochter verstand sofort und folgte Gret durch das Unterholz. Aber sie war sehr entkräftet und hatte große Mühe, nachzukommen. Außerdem wurde sie durch die bauschigen Röcke ihres aufwendigen Kleides in der Bewegung behindert.

Im dichten Gebüsch, auf halben Weg zwischen den Hütten und dem Unferschilf, sorgte Gret für Abhilfe. Sie riß kurzerhand den breiten Saum von Katharinas feinem, weißleinenem Unterrock ab und nutzte den Streifen, um damit den schweren Überrock aus tiefblauem Damast um Katharinas Taille hochzuraffen. Erst jetzt konnte sich die Ratsherrentochter geschwind genug durch das Gesträuch fortbewegen.

Sie erreichten den sumpfigen Bereich des Schilfgürtels und tauchten in den schwankenden Halmen unter. Jetzt richtete Katharina, die bis jetzt keinen Laut von sich gegeben hatte, zum ersten Mal wieder das Wort an Gret. »Woher wußtest du ...?«

Gret gab Auskunft, ohne weitere Fragen abzuwarten, die unweigerlich kommen mußten. »Ich heiße Gret und bin über alles unterrichtet, was Euch und Eure Entführung betrifft. Jetzt bin ich hier, um zu verhindern, daß die Mörder Euch umbringen. Gebe Gott, daß es gelingt.«

»Wenn mein Vater den Schwarzen Kuno freiläßt, dann bin auch ich frei«, murmelte Katharina, »und er wird es tun, um mein Leben zu retten.«

»Gerade das darf er auf keinen Fall«, sagte Gret leise, »denn damit würde er Euer Todesurteil sprechen. Aber sorgt Euch nicht – im Augenblick sammelt Euer Vater ein Aufgebot an Männern, um die Bande auf dieser Insel zu verhaften. Ich hoffe nur, daß er rechtzeitig kommt, bevor –«

Aus dem Bereich der beiden verfallenen Hütten drangen Stimmen zu ihnen herüber – laute Rufe, johlendes Gelächter.

Gret erstarrte. »Duckt Euch«, wisperte sie, »hinein ins Schilf und untergetaucht!«

Katharina Olligschläger gehorchte, ohne lange zu überlegen. Sie watete ein paar Schritte tiefer in das sumpfige Wasser und ließ sich auf die Knie nieder, ungeachtet der Tatsache, daß sie bis zur Brust untersank.

»Gut so«, hauchte Gret, »nun rührt Euch nicht – unter keinen Umständen. Sonst war alles vergebens!«

»Gott im Himmel, hoffentlich entdeckten die Kerle unsere Spuren nicht ...«

Die Stimmen klangen ganz nah und deutlich von den

Schuppen herüber. »He, Arnold«, rief einer der Verbrecher, »das war schlau von dir, daß du die Schnüfflerin gleich mitgebracht hast! Da können wir sie hier abservieren, wo keiner was merkt. Alles in einem Aufwasch!«

Das war Hermann mit den roten Haaren gewesen. Gret erschauerte. Vielstimmiges Gelächter schallte. Dann zerriß ein spitzer Schrei den Vorhang der durcheinanderredenden und lachenden Stimmen. »O nein«, schrie eine Frau, »so leicht kriegt ihr mich nicht!«

Das war unverkennbar Alines Stimme gewesen. Was machte sie hier? Heilige Mutter Gottes – wie hatte sie denn diesen Verbrechern in die Hände fallen können?

Gret spürte, daß sie sich vor Schrecken am ganzen Körper verkrampfte. Aline hatte doch Bescheid gewußt über Arnold und die anderen Raubgesellen! Ihr hätte klar sein müssen, daß sie sich ihnen nicht wehrlos ausliefern durfte!

»Am besten erledigen wir es jetzt«, hörte Gret Hermanns Stimme, »dann können wir ohne Ballast abziehen und unseren Hauptmann empfangen!«

»Recht hast du«, gab Arnold zurück, »ich muß ja sofort wieder nach Köln zurück – dienstlich!« Er lachte sein ekelhaftes Lachen. »Wollte euch nur dieses kleine Präsent machen. Hoffentlich wißt ihr, was das Weib wert ist, und laßt noch ein paar Silberne springen!«

Aline stieß einen wütenden Schrei aus. Es hörte sich an, als würde sie weggezerrt. Unmittelbar darauf folgte ein wildes Durcheinander von lauten Flüchen, und einige der Verbrecher begannen, hektisch bei den Hütten hin- und herzurennen.

»Sie ist weg«, brüllte Hermann aus vollem Hals. Er schien völlig außer sich. »Wie konnte das passieren? Welcher Idiot ...«

Gret erkannte die Fistelstimme des Narbengesichts: »Laß uns die Schnüfflerin einsperren, Hermann. Dann suchen wir den Platz in aller Ruhe ab. Weit kann das Miststück ja nicht gekommen sein!«

»He, die Boote sind auch weg«, klang ein aufgeregter Ruf von der Flußseite her, »wenn die sich 'n Boot jenommen hat, dann –«

»Wir suchen trotzdem«, befahl Hermann schrill, »alle sollen ausschwärmen – aber alle!«

16. KAPITEL

Gret spürte, wie eine riesige Welle der Kraft sie überrollte, geboren aus Todesangst und Zorn. »Jetzt kommt's darauf an, Katharina«, zischte sie, während sie sich noch tiefer duckte, »runter in den Schlamm bis an's Kinn. Und keinen Laut!«

Die Ratsherrentochter gehorchte auf der Stelle der dringenden Aufforderung. Sie ließ sich auf den Grund des Schilfes gleiten, bis ihre Schultern von braunem Wasser überspült wurden. Sie fror zwar, und ihre Zähne schlugen klappernd zusammen, aber sie beherrschte ihre Furcht großartig. »Was hast du vor?« hauchte sie ihre Frage. Offenbar ahnte sie, daß Gret nicht an dieser Stelle im Röhricht bleiben wollte.

»Bleibt hier und rührt Euch nicht – egal, was geschieht«,

wisperte Gret so leise, daß ihre Stimme kaum noch zu verstehen war, »laßt Euch unter keinen Umständen aufschrecken, sonst ist alles aus. Werdet Ihr das schaffen?«

Katharina nickte und rutschte noch einen Zoll tiefer ins schlammige Wasser. Untergetaucht bis ans Kinn verharrte sie ebenso regungslos wie Gret.

Schritte näherten sich, mehrere Männer durchstreiften kreuz und quer das Unterholz. Gret konnte ihre schmutzigen Füße sehen und die Kerle gotteslästerlich fluchen hören. Aber keiner von ihnen bemerkte die beiden Frauen, die sich schreckensstarr im Schilf verborgen hielten. Nach einigen Augenblicken rief einer der Verbrecher seinen Spießgesellen zu: »Hier ist nichts! Los – auf die andere Seite!«

Gret atmete tief ein vor Erleichterung. Sie waren blind und stumpfsinnig, die Halunken – sie hatten die verräterische Spur aus niedergetretenem Gras und geknickten Binsen nicht gesehen, die ins Schilf führte. Nun spielte die Fährte, die Gret und Katharina hinterlassen hatten, keine Rolle mehr. Sie war verwischt durch die Tritte der Raubgesellen.

Gret wartete ein paar Atemzüge lang, bis die Stimmen der Verbrecher sich weiter entfernt hatten. Dann schärfte sie Katharina Olligschläger noch einmal ein, sich auf keinen Fall zu rühren, und schob sich auf allen vieren aus dem Schilf in die Weidenbüsche.

Jede Möglichkeit zur Deckung nutzend, näherte sie sich von neuem den Hütten. Ungesehen zwängte sie sich ein zweites Mal in den kleineren der beiden Schuppen hinein. Aline hockte drinnen, wild mit dem Versuch beschäftigt, sich ihrer Handfesseln zu entledigen. Gret schob sich, tropfnaß wie sie war, an ihre Schwester heran. Aline erkannte sie sofort und hielt ihr die Hände hin. Gret zog den Dolch aus dem durchweichten Rockbund. Ein scharfer Schnitt, und Aline war frei.

»Und was jetzt, Gretle?« hauchte sie.

»Hier raus«, wisperte Gret, »auf dem schnellsten Weg ins Schilf. Komm!«

Aline begriff blitzschnell wie immer. Sie heftete sich an ihre Schwester wie ein Schatten. Dicht am Boden schoben sich die Zwillinge durch das Unterholz und tauchten dann im Röhricht unter, ein paar Schritte von Katharina Olligschlägers Versteck entfernt.

»Die Lumpen durchkämmen die Insel«, flüsterte Gret.

»Gret – der Gerichtsherr muß jeden Augenblick hier sein«, antwortete Aline leise wie ein Luftzug, »ich hab ihn mit seinen Männern in einen großen Kahn einsteigen sehen, als ich mit Arnold zum Werthchen fuhr!«

Gret begriff schlagartig, warum Aline sich in Gefahr gebracht hatte. Arnold sollte ja auch entlarvt werden – also hatte sie sich von ihm zum Werthchen schleppen lassen, damit er in Gesellschaft der Verbrecher gefaßt werden konnte.

»Wieviel Mann?« fragte Gret.

»Genug. Sie müssen nur ganz schnell kommen, sonst geht das Unternehmen doch noch schlimm für uns aus!«

Gret lächelte über die Idee, die ihr plötzlich kam. »Kennst du die Geschichte von dem Igel und dem Hasen?«

»Ja. Du meinst ...« Aline sprach nicht zu Ende. Sie grinste.

»Wenn wir schnell und schlau sind, können wir die Schurken auf der Insel herumhetzen, bis Herr Olligschläger eintrifft«, fügte Gret hinzu.

»Dann bleibe ich hier an dieser Stelle«, flüsterte Aline, »und du suchst einen anderen Platz im Schilf – ein Ave Maria weit. Wenn du das geschafft hast, hebst du den Kopf und machst die Kerle auf dich aufmerksam ...«

»Dann tauch' ich wieder unter, und wenn sie fast bei mir sind, hebst du den Kopf«, bestätigte Gret. »Alles klar?«

»So vier, fünf Atemzüge später«, hauchte Aline und grinste noch einmal.

Gret nahm mit vorsichtigen Bewegungen ihre feuchte Haube ab und steckte sie in den Rockbund. Dann löste sie ihr Haar auf, damit es frei hing wie bei Aline. »Wir müssen die Schurken völlig durcheinanderbringen, damit sie immerfort im Zickzack rennen«, schloß sie.

»Also los!« Aline zwinkerte ihr zu. Und Gret machte sich auf den Weg. Am Ende des Ave hatte sie sich schon ein ordentliches Stück von Alines Standort entfernt. Sie stand jetzt in einem Dickicht aus ganz jungen Weidenbüschen, die hervorragende Deckung boten.

Gret richtete sich vorsichtig auf, reckte den Hals und spähte zum grasbewachsenen Teil der kleinen Insel hinüber. Die Verbrecher hatten sich über die südliche Hälfte des Werthchens verteilt und liefen suchend am Rand des Schilfgürtels entlang. Ärgerliche Rufe drangen zu Gret herüber; besonders Hermann schien sehr wütend zu sein.

Gret wußte genau, wie gefährlich das Spiel war, das sie sich mit Aline ausgedacht hatte, um die Verbrecher zu verwirren und Zeit herauszuschinden. Aber noch viel gefährlicher war es, nichts zu tun und gefangen zu werden, bevor der Turmherr mit seiner Abteilung auf dem Werthchen erschien.

Auf, befahl sie sich. Sie verließ ihre Deckung, schob sich aus dem Gebüsch und stieß einen Schrei aus – laut genug, um die Schurken herumfahren zu lassen.

»Da ist sie«, brüllte das Narbengesicht. Der dürre Kerl

setzte sich in Trab und rannte in Grets Richtung, gefolgt von einigen seiner Spießgesellen. Gret verschwand sofort wieder in den Büschen. Sie verharrte regungslos. Jetzt war Aline an der Reihe – hoffentlich verpaßte sie ihren Einsatz nicht!

Gret konnte das widerwärtige Gesicht des Lumpen an der Spitze des Suchtrupps schon deutlich erkennen. Sie stand stocksteif. Dreißig Schritte weiter streckte Aline plötzlich den Kopf aus dem Röhricht und ließ ihren Ruf hören. »Da«, schrie der rote Hermann, »sie hat sich nach da drüben durchgearbeitet! Schnappt sie euch …!«

Die ganze Gruppe wechselte die Richtung. Die Verbrecher liefen jetzt dahin, wo eben Alines Kopf wieder im Schilf verschwunden war. Gret tat den nächsten Schritt – sie hastete weiter, so geräuschlos das möglich war. Als die Halunken gerade in den Schilfgürtel eindringen wollten, zeigte sie sich vor den Sträuchern bei der kleinen Hütte.

»Idioten«, rief Arnold, der sich der Suche angeschlossen hatte, »wo wollt ihr denn hin? Das Weibsstück ist doch da hinten – und es ist nicht die Olligschläger, sondern die Schlampe, die ich euch mitgebracht hatte!«

»Verdammt«, kam ein Wutschrei von Hermann, »gottverfluchte Sauerei! Macht endlich – wir müssen sie ja beide kriegen! Packt das Luder!«

Mit ein paar langen Sprüngen hetzte Gret über den Grasplatz und warf sich in das Dickicht an der stadtzugewandten Seite des Werthchens. Sobald sie den Blicken der Verfolger entzogen war, verhielt sie sich wieder still und regungslos. Das Spiel ging weiter.

Aline tauchte hoch und bewegte sich auffällig vor einem dichten Binsenfeld, vierzig Schritte von Gret entfernt. Die verwirrten, völlig aus der Ruhe gebrachten Räuber schwenkten ab und rannten in die neue Richtung, in die Aline sie lenkte.

Gret, die sich zur nächsten Runde im Gebüsch weiterarbeiten wollte, hörte plötzlich Ruder klatschen. Bootskiele glitten durch das Röhricht, schürften über den Ufersand …

Auf einmal wimmelte es auf der Insel von Männern. Befehle wurden gebrüllt, Knäuel von kämpfenden und miteinander ringenden Verbrechern und Wachleuten bildeten sich. Augenblicke später war alles vorüber: Der Turmherr persönlich hatte sein Aufgebot angeführt und mit Geschwindigkeit und Präzision zugeschlagen.

Die gesamte Räuber- und Mörderbande war überwältigt – alle sechzehn Mann. Es war so schnell gegangen, daß Gret immer noch staunend und mit offenem Mund im Schilf stand, als die Lumpen bereits einzeln in Fesseln abgeführt wurden.

Gret hatte Mühe, sich nach der durchgestandenen Angst und Aufregung wieder in den Griff zu bekommen. Steifbeinig stieg sie aus dem Wasser, stelzte in ihren triefenden Kleidern zu der Stelle hinüber, wo Katharina Olligschläger im Schilf versteckt lag, suchte mit Blicken nach ihrer Schwester.

Aline stand bei Herrn Olligschläger, der heftig auf sie einredete. Der Turmherr schien furchtbar aufgeregt zu sein, aber das kümmerte Gret im Augenblick nicht. Zuerst mußte Katharina aus ihrer erbärmlichen, unbequemen Lage erlöst werden.

Die Ratsherrentochter lag noch so tief im weichen Morast des Uferschilfs vergraben, wie Gret sie verlassen hatte. Sie starrte Gret mit den großen, angstgeweiteten Augen eines gehetzten Rehs an und rührte sich nicht in ihrem nassen Versteck.

»Kommt heraus«, sagte Gret und lächelte sie an, »es ist vorbei, Katharina! Die Bande ist eingefangen. Euer Vater –«

»O – er ist gekommen! Er hat meine Botschaften richtig verstanden!« Katharina Olligschläger erwiderte Grets Lächeln und mühte sich mit steifen, unterkühlten Muskeln, aufzustehen. »Ich wußte, er würde es erkennen!«

Gret half ihr aus dem Sumpf. »Ja«, sagte sie, »nur ein ganz kleiner Hinweis war nötig. Dann hat er sofort begriffen.«

Sie führte die triefnasse Ratsherrentochter zu ihrem Vater, der noch mit Aline auf dem Platz vor den Hütten stand. »Da sind wir wieder«, rief sie dem Turmherrn zu, »etwas durchweicht und dreckig, aber ohne Beschädigungen. Von ein paar Kratzern abgesehen ...«

Der Turmherr stand da wie versteinert. Er riß den Mund auf; aber zuerst kam nur ein Krächzen heraus. Dann räusperte er sich. »Mädchen – erst sagst du mir, du wüßtest nicht, wo meine Tochter ist ...« stotterte er und starrte Aline an, »und dann kommst du einfach und bringst sie mir her ... ich meine – die da ...« Er warf einen hilflosen, völlig verwirrten Blick auf Gret.

»Aline wußte wirklich nicht, wo Katharina war«, sagte Gret zur Erklärung. »Aline – das ist meine Zwillingsschwester ...«

Sie mußten alle lachen. Die Spannung löste sich endlich.

»Wollt Ihr nicht Eure Tochter begrüßen«, fragte Gret, »auch wenn sie klatschnaß ist?«

Herrn Olligschlägers Beherrschung brach zusammen. Er nahm seine Tochter in die Arme und drückte sie fest an sich, so naß und schlammverschmiert sie war. »Mein Kättchen«, schluchzte er, »daß ich dich wiederhab', Kind ... Was machst du aber auch für Sachen!«

»Ich will's bestimmt nicht wieder tun«, gab Katharina zurück. Sie weinte und lachte in einem; die Tränen zogen helle Streifen über ihre schmutzigen Wangen.

»Kommt«, sagte der Turmherr, als er sich wieder in der Gewalt hatte, »jetzt wollen wir dafür sorgen, daß das Rabenfutter sicher in die Hacht kommt.« Er machte eine Kopfbewegung zu den Verbrechern hinüber, die schon vollzählig in den Booten saßen. »Gleich gibt's warmes Wasser zum Waschen und trockene Kleider für euch Mädchen!«

»Die beste Lösung«, ergänzte Gret, »nachdem die Arbeit abgeschlossen ist.« Sie umarmte heftig ihre Schwester und hakte sich dann bei ihr ein.

Am Ufer auf der Rheinseite der Insel wurden Geräusche hörbar. Wasser klatschte, das Schilf rauchte, keuchende Atemzüge drangen herüber. Gret und Aline drehten sich überrascht um. Es klang, als sei da noch immer ein Handgemenge im Gange ...

»Du Schweinehund«, schrie eine kräftige Männerstimme ganz außer sich vor Wut, »was hast du mit den Frauen gemacht? Spuck's aus – oder du spuckst Zähne!«

So konnte nur einer brüllen – Hans Stellmacher! Es folgte ein Schmerzgeheul; dann ließ sich eine zweite Stimme hören: »Und ich zerschlag dir den Rest der Knochen, wenn du nicht redest! Glaub mir, du gehst anschließend an den Kirchentüren betteln – als Krüppel!«

Das war Rossignol, unverkennbar. Die beiden Männer waren jetzt auch zu sehen. Sie wateten aus dem Schilf heraus und schleppten einen Dritten mit sich – Arnold.

Der Klocke blutete aus der Nase. Er wehrte sich wütend und versuchte, aus dem doppelten Griff seiner beiden Angreifer freizukommen. »Wat wollt ihr denn«, schrie er höhnisch, »ich hab keine Ahnung, wo eure Schlampen sind! Paßt besser auf, damit sie nicht fremdgehen!«

Das hätte er nicht sagen dürfen. Hans und Rossignol hoben gleichzeitig die Fäuste und droschen auf ihn ein. Arnold stieß ein schmerzerfülltes Stöhnen aus und fiel auf dem Boden zusammen wie ein leerer Sack. Da lag er und rührte sich nicht mehr. Die beiden wutentbrannten Männer hatten ihm die Luft aus den Lungen geprügelt.

Aline machte sich von Gret los und rannte zu Rossignol. Der schaute verdutzt; dann umarmte er sie wortlos.

Hans hatte Gret entdeckt. Mit steifen Schritten und noch immer geballten Fäusten stelzte er zu ihr herüber. »Wie konntest du mir nur soviel Angst machen«, flüsterte er heiser, während er sich in seiner ganzen Größe vor ihr aufbaute, »ich liebe dich doch, Gretchen!«

»Was?« wisperte Gret.

»Ich ... ich ...« Hans kam nicht weiter. Er streckte die Arme aus, faßte Gret an den Schultern und zog sie an sich. Dann küßte er sie.

Für Gret war dieser Gefühlsausbruch zu überraschend gekommen. Jetzt nahm sie den Kuß nicht nur hin, sie erwiderte ihn sogar. Und in einem riesigen, übermächtigen Glücksgefühl legte sie Hans die schlammverschmierten Arme um den Hals.

Donnernder Applaus der Umstehenden riß sie in die Wirklichkeit zurück. Verlegen machte sie sich von Hans los und wollte beiseite treten.

»Nichts da«, sagte Aline, »verlobt ist verlobt – oder?«

Verlobt? Gret lief dunkelrot an. »Aber das war doch nur –«

»Wir haben alle genau gesehen, was das war«, sagte Rossignol und lachte, »Zeugen sind genug hier – da gibt's kein Zurück. Es sei denn ... Was sagst du dazu, Hans?«

»Oh ja«, murmelte Hans Stellmacher mit einem träumerischen Lächeln, »es war allerdings so gemeint ...«

»Du hast mich ja nicht mal gefragt«, beschwerte sich Gret mit rotem Kopf, »und jetzt blamierst du mich auch noch vor all den Leuten!« Sie verschränkte die Arme vor der Brust. »Das sieht dir ähnlich. Ich rede kein Wort mehr mit dir!«

Aber Hans stand noch im Bann des ersten Kusses. Er umarmte Gret einfach ein zweites Mal und küßte sie, bis sie sich mit Gewalt befreite.

»Blöder Ochse«, zischte sie, »das hat ein Nachspiel!«

»Ich hoffe sehr darauf«, sagte Hans.

»Oh!« Gret war wieder die alte. »Pack dir lieber den schlaffen Sack auf den Ast«, befahl sie und deutete auf Arnold, der stöhnend zu sich kam, »damit wir endlich abhauen können! Und wie du überhaupt hierhergekommen bist, kannst du mir später erzählen. Bin mal gespannt, welche Rechtfertigung du diesmal dafür hast, mir nachzuspionieren!«

Hans küßte Gret gegen ihren Widerstand ein drittes Mal. Da hatte sie ihre Erklärung.

»Donnerwetter, Stellmacher«, sagte Herr Olligschläger voller Bewunderung, »du kriegst eine Frau mit Temperament – alles, was recht ist!«

Gret und Aline fuhren im Boot des Turmherrn und seiner Tochter zurück zum Kölner Ufer. Mit Genugtuung bemerkten sie die ungläubigen Blicke Arnolds und der gefangenen Verbrecher, die erst jetzt erkannten, daß sie nicht von einer Schnüfflerin, sondern von einem Zwillingspaar genarrt worden waren.

Mit gesenkten Köpfen und verstockten Sündermienen saßen die Mörder und Straßenräuber, scharf bewacht von den Männern der Stadtwache, auf dem Boden des breiten Kahns, der sie zu ihrer Bestrafung brachte. Meister Hans würde in den nächsten Tagen viel zu tun bekommen. Auf Raub und Mord stand der Galgen – und schuldig waren sie alle.

Herr Olligschläger sprach auf der Fahrt kaum ein Wort. Vielerlei bewegte ihn; zum einen war er glücklich über die Rettung seiner Tochter, zum anderen konnte er noch immer nicht recht begreifen, daß sein erfahrenster Klocke mit den Räubern gemeinsame Sache gemacht hatte. Immer wieder glitt sein Blick zu Arnold hinüber, der zwischen den Verbrechern saß, wo er hingehörte, und seinen Vorgesetzten voller Haß anstarrte. Arnold würde gehängt werden – zusammen mit den Räubern, denen er zugearbeitet hatte. Unfaßbar.

Herr Olligschläger war außerdem stolz. Er hatte die Bande des Schwarzen Kuno, die jahrelang den Handelsverkehr auf den Straßen nach Köln gefährdet und bedroht hatte, vollzählig zur Strecke gebracht. Diese Leistung war die Krönung seiner Amtszeit als Turmherr.

Gott, wie anders wäre dieser so ruhmreiche Tag verlaufen, wenn nicht diese Magd, diese Gret Grundlin eingegriffen hätte! Aber nun würde man Herrn Olligschläger wohl öffentlich ehren, ihn vielleicht sogar am Jahresende in eines der beiden Bürgermeisterämter wählen …

Bei der Anlegestelle warteten vier Bediente mit einem Tragesessel, um den Ratsherrn und seine Tochter nach Hause zu bringen. Aber Herr Olligschläger stieg noch nicht ein. Er bestellte eine zweite Doppelsänfte. »Margarete Grundlin und ihre Schwester sind in mein Haus eingeladen. Sie sollen sich reinigen, trockene Kleider und eine anständige Bewirtung bekommen«, sagte er zu Hans und Rossignol. »Das ist das mindeste, was meine Dankbarkeit mir gebietet – und so lange werdet ihr Männer wohl auf die Gesellschaft eurer Frauen verzichten müssen.«

Hans und Rossignol sahen das selbstverständlich ein. Und Gret und Aline akzeptierten die Einladung; aber sie taten es eher, weil sie sich scheuten, naß und schmutzig durch die Stadt zu gehen. Die Leute auf den Straßen konnten ja nicht wissen, warum Gret und Aline in diesem Zustand waren, und würden mit Fingern auf sie zeigen.

Schamhaft versteckten sich die Schwestern hinter den Vorhängen des zweiten Tragesessels. Aline brachte es kichernd auf den Punkt. »Wir sehen aus wie zerzauste Wasserratten«, sagte sie grinsend und mit klappernden Zähnen.

Zwei Stunden später standen sie in nagelneuen, einfach, aber hervorragend gearbeiteten Kleidern und mit einer guten Mahlzeit im Magen wieder auf der Straße. Herr Olligschläger und seine Tochter hatten sich nicht lumpen lassen. Nach dem Bad im großen Zuber – mit viermal erneuertem Wasser und duftender Seife – hatte Katharina die Truhe mit ihrer Brautausstattung geöffnet. Sie hatte darauf bestanden, daß Gret und Aline sich von den schönen leinenen Hemden, den Kleidern, Hauben, Schuhen und Strümpfen etwas aussuchten.

Besonders Aline war bei all der gediegenen Pracht erst einmal die Sprache weggeblieben, aber die Ratsherrentochter hatte Verlegenheit und Scheu nicht gelten lassen. Vernünftig und mit gutem Geschmack hatte sie den Schwestern Vorschläge gemacht und dafür gesorgt, daß kein Teil – auch nicht das geringste – vergessen wurde.

Nach dem Ankleiden war Katharina Olligschläger über das Ergebnis fast noch glücklicher gewesen als Gret und Aline. »Jetzt fühle ich mich wunderbar«, hatte sie gesagt, »auch wenn der ausgestandene Schrecken mir noch lange in den Knochen sitzen wird!«

Der Hausherr persönlich hatte sie darauf zu Tisch gebeten. Knusprig gebratener Kapaun, gefüllt mit Mandeln, Äpfeln und Rosinen, war aufgetragen worden. Dazu hatte es junge Möhren gegeben, warmes, ganz frisches Brot und Bier aus dem Brauhaus, das am Domhof lag.

»Heute ist unser letzter Tag«, sagte Aline jetzt, nachdem sie das Olligschläger'sche Haus wieder verlassen hatten. Ihre Stimme klang nachdenklich und ein bißchen traurig. »Morgen ganz früh, da geht's weiter. Abg'spielt d'Stadt, wie man so sagt ...«

Daran hatte Gret nicht gedacht. In kürzester Zeit war Aline ein so selbstverständlicher Teil ihres Lebens geworden, daß sie den Wanderberuf ihrer Schwester völlig vergessen hatte. Sie schaute Aline erschrocken an, und auf einmal schossen ihr die Tränen in die Augen.

»Schon morgen?«

»Ja. I bin halt vom fahrenden Volk, Gretle. Der Wage muß rolle – 's Spiel muß weitergehen, verstehst du?«

»Ach, Aline!« Gret umarmte ihre Schwester. »Kaum hab ich dich gefunden, da mußt du schon wieder fort!«

»Aber nicht für immer«, sagte Aline. Ihre Stimme klang rauh. »I komm wieder – i schwör's dir, mein Schwesterle! Und schreiben tu ich dir auch von unterwegs.«

»Kannst du das denn?« fragte Gret.

»Aber ja, Kindskopf!« Aline lächelte und versuchte verbissen, ihre eigenen Tränen im Schach zu halten, »wie sollt i denn sonst meine Rollen lernen? Als ich sechs war, hat mir 's Ähnle das ABC beigebracht – und mehr war halt nicht nötig ...«

Sie wischte Gret die salzigen Tropfen von der Wange. »Aus jeder großen Stadt kriegst du einen Brief – auch wenn ich keine Antwort von dir erwarten kann ...«

Sie gingen langsam die Straße hinab, ihre Bündel mit der notdürftig getrockneten eigenen Kleidung am Arm. In innerem Einverständnis schlugen sie den Weg zum Elendsfriedhof ein. Sie hatten beide das Bedürfnis, dort ein Versprechen einzulösen.

Kapelle und Gräberfeld lagen verlassen in der Sonne des Nachmittages. Nicht einmal der wunderliche Priester, der diesen Ort betreute, war zu sehen.

Gret und Aline gingen durch das hohe Gras zu den beiden frischen Grabhügeln hinüber, die im Schatten der alten Weide aufgeworfen waren. Sie legten die dicken Feldblumensträuße nieder, die sie unterwegs gepflückt hatten.

»Bell«, murmelte Gret, »du und dein Klärchen – ihr seid gerächt. Eure Mörder kriegen, was sie verdient haben, wenn auch nicht für den Mord an euch. Aber das macht euch sicher nichts aus ...«

Sie kniete mit Aline nieder. Gemeinsam sprachen sie ein stilles Gebet für die beiden Toten, die trotz des sündigen Lebens, das sie geführt hatten, hier in geweihter Erde ruhten.

Gret lächelte beim Beten. Ganz bewußt hatte sie dem Priester verschwiegen, welches Gewerbe Bell und Klara ausgeübt hatten. Warum sollte immer die Kirche entscheiden, wer in den Himmel kam, und wer nicht? Maria Magdalena hatte der liebe Gott schließlich auch eingelassen ...

Wie selbstverständlich setzten die Schwestern nach dem

Gebet ihren letzten gemeinsamen Spaziergang fort zum Kloster am Blaubach. Aline wollte sich unbedingt von der gütigen alten Frau verabschieden, die Gret mehr als nur eine Mutter gewesen war. Der erste Besuch bei der alten Apothekerin hatte sie tief beeindruckt. Sie fühlte sich genau so stark zu ihr hingezogen wie ihre Zwillingsschwester – so sonderbar und unerklärlich dieses Gefühl auch war.

Mutter Immaculata kam den beiden jungen Frauen aus dem Chaos ihres Laboratoriums entgegengelaufen. »Ich habe mit Sehnsucht auf euch gewartet, meine Kinder«, sagte sie, ohne sich um Grußformeln zu kümmern, »Aline – stammte deine Mutter aus Neuß?«

»Gu … guten Tag, ehrwürdige Mutter«, stammelte Aline, überrumpelt durch diese übergangslose Frage, »ich wollte … Ja, sie war aus Neuß, und –«

»Wir sind Schwestern«, warf Gret ein; sie kannte die Neigung der alten Apothekerin, überflüssige Worte manchmal allzu radikal wegzulassen und ohne jegliche Einleitung zu dem Thema zu kommen, das sie bewegte.

»Allmächtiger Gott«, murmelte die Klosterfrau, »gib mir Kraft! Es wäre zuviel der Wunder!«

»Gretle und ich«, sagte Aline, »wir haben's von Anfang an gewußt. Es ist schon wunderbar – aber ein Wunder scheint's mir nicht. Das wäre doch übertrieben.«

»Es ist sogar ganz natürlich«, ergänzte Gret, »weil wir Zwillinge sind!«

»Meine Kinder – kommt.« Mutter Imma nahm Gret und Aline bei der Hand und zog sie in ihr Laboratorium hinein, zu dem dicken Pfeiler, wo Fässer und Schemel standen. Sie bot den Schwestern Platz an und ließ sich selbst auf dem Dreibein nieder. »Ich habe die letzten Tage nachdenkend und im Gebet verbracht«, sagte sie leise, »und nun möchte ich von dir, Aline, daß du mir den Rest erzählst. Du sagtest ja, du könntest mehr erfragen.«

Aline begriff, daß die Klosterfrau die Geschichte hören wollte, die Jörgle erzählt hatte. Also begann sie ohne Umschweife und berichtete im Wechsel mit Gret von den glücklich-unglücklichen Umständen ihrer Geburt und der Rettung ihrer Zwillingsschwester.

Mutter Imma lauschte mit geschlossenen Augen, ohne ein weiteres Mal zu unterbrechen. Als die Schwestern am Ende angelangt waren, schwieg sie zuerst. Aber dann blickte sie auf, und die Augen in ihrem übernächtigten, blassen Gesicht leuchteten vor Freude und glitzerten von unvergossenen Tränen.

Gret sah, daß ihre Pflegemutter bis in die Seele aufgewühlt war. Sie öffnete den Mund, um etwas zu sagen, aber die alte Apothekerin schnitt ihr mit einer Handbewegung das Wort ab. »Nun muß auch ich euch eine Geschichte erzählen«, sagte sie mit leiser, bebender Stimme, »unterbrecht mich nicht, wie ich euch nicht unterbrochen habe. Wenn ich fertig bin, ist Zeit genug zum Reden.«

In der Stille des Gewölbes wandte sie sich Gret und Aline zu. »Was sich damals zutrug, ist rasch berichtet«, sagte sie. »Vor fünfundzwanzig Jahren lebte in Neuß eine Frau. Nicht mehr jung – seit langem vermählt mit einem reichen Handelsherrn, einem herzensguten Menschen, den sie sehr liebte. Und noch viel mehr liebte sie ihre Tochter, das einzige Kind, das Gott ihr geschenkt hatte – ihre ganze Freude, ihr ganzer Stolz.

Diese Tochter war einem jungen Mann aus gutem Haus zur Ehe versprochen. Aber sie verliebte sich in einen andern – einen mit lachenden Augen und stolzem Herzen. Bei

Nacht verließ sie Vater und Mutter und lief mit ihm davon – ohne Abschied, und ohne Nachricht zu hinterlassen. Die Eltern waren untröstlich. Sie setzten alles daran, ihr geliebtes Kind wiederzufinden, aber es blieb verschwunden, als sei es niemals dagewesen.

Was geschah weiter? Kurz darauf starb der Handelsherr auf einer seiner Reisen. Seine Frau verkaufte Hab und Gut, kehrte zurück in ihre Heimatstadt und trat in das Kloster ein, das den Namen ihrer verlorenen Tochter trug. Sie haderte mit Gott, der ihr das Liebste auf der Welt genommen hatte, und wollte gleichzeitig büßen – für eine Schuld, derer sie sich nicht bewußt war.«

Mutter Imma hielt inne und senkte den Kopf. Gret legte ihr die Hand auf den Arm und krallte die Finger in den groben weißen Stoff ihres Habits. Sie wollte etwas sagen, aber die alte Nonne wehrte wieder ab. »Laßt mich zu Ende sprechen«, sagte sie und schaute die Schwestern an, deren Augen sich vor Staunen geweitet hatten.

»Zuerst diente die Novizin in der Pflege der Kranken«, fuhr Mutter Imma fort, »aber bald begann sie sich mit der Bereitung von Arzneien zu beschäftigen. Sie legte die Ewigen Gelübde ab, arbeitete, studierte, besiegte endlich ihren Schmerz; aber niemals wich er ganz. Vier Jahre später, um den Heiligen Abend, als sie ganz besonders verzweifelt war, tat Gott ein Wunder: Er schenkte ihr ein neues Kind. Es war halbtot, winzig, kaum lebensfähig. Sie fand es auf der Schwelle und nahm es auf, wie sie das Christkind selbst aufgenommen hätte. Sie setzte durch, daß sie es selbst pflegen durfte, behütete es vor dem Findelhaus … und das Kind überlebte, es wuchs. Je älter es wurde, desto mehr ähnelte es der geliebten Tochter, die die Frau verloren hatte …«

Selbst wenn Gret gewollt hätte – jetzt hätte sie nicht mehr

ruhig dasitzen können. »Das Kind war ich«, flüsterte sie mit zitternden Lippen, »und die Frau – die Klosterfrau – das warst du, Mutter!«

Zum ersten Mal, seit Gret denken konnte, versagte der Apothekerin die Stimme. Sie streckte nur die Arme aus und zog Gret und Aline an sich. Es dauerte einen Augenblick, bis sie wieder sprechen konnte. »Kein Zweifel mehr«, sagte sie mit erstickter Stimme, »ihr seid die Töchter meiner Magdalena. Ohne mein Wissen habe ich ein Enkelkind aufgezogen ... ein Zwillingskind. Denn daß du eine Schwester hattest, Margarete – das hätte ich niemals ahnen können!«

»Genausowenig wie ich, Mutter«, flüsterte Gret.

»Großmutter ...«, sagte Aline fassungslos.

»Gott nahm mir meine Familie; nun gibt er sie mir zurück«, sagte die alte Nonne, »das ist viel mehr, als ich hoffen konnte.«

Aline begann zu weinen. »Und ich«, schluchzte sie, »ich muß wieder fort! Ich war gekommen, um mich zu verabschieden!«

Mutter Imma ließ die knotige Hand über Alines Haar gleiten. »Mein geliebtes Kind«, murmelte sie, »sorg' dich nicht – ihr beiden steht unter einem glücklichen Stern. Gott schützt euch besonders; das sagt mir euer bisheriges Schicksal. Wir werden uns wiedersehen, wenn Gott es will. Er leitet euch auf den verschlungenen Wegen eures Lebens!«

Sie waren bei Mutter Imma geblieben, bis das Angelus geläutet wurde und sie das Kloster verlassen mußten. Schweren Herzens hatten Aline und ihre neu gefundene Großmutter sich zum Abschied umarmt. »Eines Tages wirst du wieder da sein, Kind«, waren die Worte gewesen, die Mutter

Imma ihr mit auf den Weg gegeben hatte, »und dann bleibst du für immer. Ich spüre es tief in meinem Herzen!«

Gret spürte es auch, als sie nach dem endgültigen Abschied von Aline auf dem Heimweg in die Glockengasse war. Was sich während der letzten Tage ereignet hatte, war kein Märchen gewesen – es war wirklich passiert, so unglaublich es auch sein mochte. Aline und Gret, die Zwillinge, würden sich, nachdem sie sich einmal gefunden hatten, nie wieder völlig aus den Augen verlieren. Sie waren schließlich keine Kometen, die strahlend am Nachthimmel aneinander vorüberziehen, und deren Wege sich nie wieder kreuzen ...

Dieser Gedanke war tröstlich. Gret wischte sich energisch über die Augen und ging schneller, denn die Sperrketten wurden bereits über die Straßen gespannt.

Morgen früh, wenn die Schauspieler in ihrem Wagen aus der Stadt rollten, konnte sie nicht dabeisein, um ihrer Schwester nachzuwinken – und sie wollte es auch nicht. Es würde zu weh tun.

Außerdem hatte sie zu arbeiten.

Aline hatte versprochen zu schreiben. Gret zerdrückte die letzte Träne. Immer würde sie wissen, wo ihre Schwester gerade war. Sie würde bei Aline sein und mit ihr durch die bunte Welt reisen – wenn auch nur in Gedanken.

Auf der Straße vor seinem Haus stand Doctor Minutus, unüberhörbar in ein Streitgespräch mit Hans Stellmacher verstrickt. »Beim Turmherrn?« schrie er mit Stentorstimme, »das ist mir ganz gleichgültig, mit Verlaub! Eine Magd hat hier zu sein, wenn Arbeit zu leisten ist – dafür wird sie schließlich bezahlt, und nicht, um sich wie eine streunende Katze in der Stadt herumzutreiben!«

»Doctor«, donnerte Hans zurück, »beleidigt meine Verlobte nicht! Das gestatte ich niemandem – nicht einmal Euch!«

»Verlobte?« Doctor Minutus' Stimme überschlug sich. »Das wird ja immer schöner!« Er entdeckte Gret, die sich mit großen Schritten näherte. »Du bist entlassen, Grundlin«, keifte er, »ich werfe dich raus – daß du es weißt! Und deinen Gadem, den hast du bis übermorgen …«

»Guten Abend, die Herren«, sagte eine sonore Männerstimme. Ein Amtsdiener des Rats in schwarzem Dienstmantel betrat hinter Gret die Szene. »Bin ich hier richtig bei einer Margarete Grundlin?«

Überrascht und ein wenig erschrocken drehte Gret sich zu dem Mann um. »Ja, ich wohne hier«, sagte sie unsicher.

»Aber nur noch bis übermorgen«, knurrte Doctor Minutus.

»Herr Olligschläger sendet Euch dies persönlich«, sagte der Amtsbote und reichte Gret ein versiegeltes Schreiben. »Er wollte, daß Ihr es noch heute erhaltet. Hiermit ist es unter Zeugen übergeben«, er wandte sich prüfenden Blickes an Doctor Minutus, »Ihr könnt ja wohl als Zeuge dienen – oder nicht?«

Der Doctor schäumte. »Ich bin ein geachtetes und hochgeehrtes Mitglied der medizinischen Fakultät«, schrie er wütend, »genügt das dem hochwohlgeborenen Herrn Olligschläger?«

»Aber ja – natürlich, selbstverständlich!« Der Amtsbote verbeugte sich verlegen und trat verwirrt den Rückzug an. »Eine gute Nacht allerseits …!«

Gret drehte das Schreiben in der Hand. Es trug das Siegel der Stadt Köln! Mit zitternden Fingern brach sie es auf und entfaltete den steifen Papierbogen.

»Hiermit verleihen wir, Bürgermeister der Stadt Köln, im Einvernehmen mit den Herren des Rats

der

Margarete genannt Grundlin
wohnhaft in der Glockengasse
aus persönlichen Verdiensten das Bürgerrecht.
Gegeben zu Köln, am XXIV. septembris,
anno dom. 1500«

Es folgte eine Menge Unterschriften …

Gret verschwammen die säuberlich handgeschriebenen Buchstaben vor den Augen. »Das Bürgerrecht«, stammelte sie, »mir ist das Bürgerrecht verliehen worden! Herr Olligschläger muß es persönlich veranlaßt haben – heute nachmittag, gleich nachdem Aline und ich aus dem Haus waren.«

»Waaas …?« krächzte Doctor Minutus. »Du hast das Lesen verlernt, Grundlin! Womit solltest du dir wohl das Bürgerrecht verdient haben – hä? Und wer, zum Teufel, ist Aline?«

»Lieber Gott, Doctor – das ist eine lange Geschichte …«

»Jaja und es würde zu weit führen, daß du sie mir erzählst«, murrte der Doctor, »wie immer, Grundlin – wie immer!«

Gret mußte lachen. Sie schaute zum ersten Mal Hans an, der bis jetzt mit strahlendem Gesicht daneben gestanden und keinen Ton herausgebracht hatte.

»Ich weiß gar nicht, was ich sagen soll«, murmelte Hans.

»Dann ist ja alles in bester Ordnung«, erwiderte Gret heiter.

Barbara von Bellingen

Mord und Lautenklang

Ein Kriminalroman

304 Seiten

Als auf der Burg derer von Eichen einige Mitglieder des Hauses heimtückisch vergiftet werden, setzt sich die junge Wirtschafterin Gret Grundlin auf die Spur des Mörders. Trotz mehrerer Anschläge auf ihr Leben spürt sie ihm unerschrocken nach – und macht eine schockierende Entdeckung.

ECON Taschenbuch Verlag
Postfach 30 03 21 · 40403 Düsseldorf

Marian J. A. Jackson

Der Rubin des Punjat

Ein viktorianischer Kriminalroman

344 Seiten

1899: Die eigenwillige Abigail, 17jährige Tochter eines Amerikaners und zur Erziehung in England, ist fest entschlossen, der erste weibliche Detektiv der Welt zu werden. Als bei einem Dinner der Punjat-Rubin verschwindet, den der Prince of Wales erhalten sollte, ist Miss Abigail nicht mehr aufzuhalten ...

ECON Taschenbuch Verlag
Postfach 30 03 21 · 40403 Düsseldorf